红楼梦里的情商课

欧丽娟——著

人民东方出版传媒
東方出版社

图书在版编目（CIP）数据

红楼梦里的情商课 / 欧丽娟 著 . — 北京：东方出版社，2021.11
ISBN 978-7-5207-2258-2

Ⅰ. ①红…　Ⅱ. ①欧…　Ⅲ. ①红楼梦》人物—人物研究②心理交往—通俗读物
Ⅳ. ① I207.411 ② C912.11-49

中国版本图书馆 CIP 数据核字（2021）第 121862 号

红楼梦里的情商课
（HONGLOUMENG LI DE QINGSHANG KE）

作　　者：欧丽娟
责任编辑：王夕月
出　　版：东方出版社
发　　行：人民东方出版传媒有限公司
地　　址：北京市东城区朝阳门内大街 166 号
邮　　编：100010
印　　刷：北京印刷集团有限责任公司印刷一厂
版　　次：2021 年 11 月第 1 版
印　　次：2024 年 3 月第 2 次印刷
开　　本：650 毫米 ×960 毫米　1/16
印　　张：19.75
字　　数：251 千字
书　　号：ISBN 978-7-5207-2258-2
定　　价：69.80 元
发行电话：（010）85924663　85924644　85924641

目录

序言
我们为什么要跟《红楼梦》学情商？

欧丽娟

在本书开始之前，我想先问一个问题：我们为什么要学情商呢？我个人觉得，一个重要的原因，就是我们越来越缺乏学习情商的环境。为什么这么说？其实这是因为我们现在的家庭结构有了很大的变化。现在一个家庭一般只有夫妻两个人，最多再加上一两个孩子。这种小家庭在生活上，没有那么多的亲属关系要面对，这样的好处，是简单自由，有很大的自主空间，但也有它的缺点，即不容易学到和别人相处的能力。可是长大以后，尤其在城市里工作生活，我们又需要和很多陌生人不断地互动、合作，这又更加考验我们为人处世的能力，也给人带来了压力。所以，我们比任何时代都更需要学习情商。

为什么要向《红楼梦》学情商？

情商固然重要，那么为什么要向《红楼梦》学情商呢？毕竟我们现在的时代和曹雪芹写《红楼梦》的那个时代，已经非常不同了。

《红楼梦》是中国文学史上最伟大的经典之一，是中华文化的百科全书，里面体现了中华文化很独特的地方。可是如果说到学情商，从别的文学作品是不是也一样能学到呢？为什么一定要和《红楼梦》学情商呢？

这是因为《红楼梦》它与众不同。实际上，写人情世故的小说中，没有任何一部可以和《红楼梦》相比。比如说，小说史里有明清时期六大奇书的说法，这六大奇书里当然包括《红楼梦》。其他五部分别是《三国演义》《水浒传》《西游记》《金瓶梅》《儒林外史》。《三国演义》我们都很熟悉，写的是政治军事和外交，《水浒传》讲的是劫富济贫、除暴安良，《西游记》是神话故事，所以这些都和一般人的日常生活关系不大；《金瓶梅》算是比较接近现实生活的，但西门庆是个暴发户，不是普通人的状态，书里面更多的是人性的阴暗、扭曲和失控，所以说只能当作负面教材，让人引以为戒；《儒林外史》主要写科举制度影响下的读书人，很讽刺，也不是正统文化的正面反映，更像是一种文人的自我反省，和一般人的关系也不大。这样一来，《红楼梦》就显得非常特别了。

《红楼梦》跟情商的关系，要从《红楼梦》自身的特点说起。《红楼梦》写的是上层阶级，讲的是贵族生活中的高雅文化，还有贵族生活中复杂的人际关系。《红楼梦》中的人物和你我一样，既有长辈的压力，也有各种人情世故要应付，但不同的是，他们所面临的情商环境，可比我们复杂太多了。复杂在哪儿呢？一是空间的局限性，二是人际关系复杂。

先说空间，《红楼梦》里的人几乎没有隐私空间。首要原因是建筑结构。传统房屋都是木造的，门窗是透雕的设计，也就是镂空的，不隔音；房屋内部的隔间，也是薄纱隔开，更是没有隔音效果，在屋子里用正常音量说话，别人都可以听得清清楚楚，完全没有秘密可言。更甚的是，《红楼梦》中的人连视觉上的隐私也没有，最极端的例子是年轻的寡妇李纨，《红楼梦》第七回说，资深的高级管家周瑞家的受薛姨妈的委托，要送宫花给各位金钗，她经过李纨的住处，从窗下过，就能看到李纨在炕上睡觉。连睡觉这么私人的姿态，都被路过的人看在眼里，其他也就更不用多说了。

所以，《红楼梦》里的居住空间和我们现代人很不一样，没有隐私可言。

另外一个造成《红楼梦》中人的情商环境复杂的原因，是古时人的群体生活方式。现在我们家庭一般两三人，多则四五人，可贾府这个家里有多少人呢？书里第五十二回提到过，“家里上千的人”，这些人里主要是伺候主子的仆人们。

就像第五回，贾宝玉在秦可卿的卧室里睡午觉，做了一场神游太虚幻境的美梦，但是最后在噩梦中醒过来，还失声喊叫：“可卿救我！”这时旁边的丫头们连忙上来搂住，说：“宝玉别怕，我们在这里！”宝玉旁边拥上来抱住他、安慰他的一群人，是宝玉睡觉前原本就安排在旁边照应的人，有“袭人、媚人、晴雯、麝月四个丫鬟”，这还只是贴身侍候的大丫鬟，没算外面屋檐下的小丫鬟们，这些小丫鬟的地位最低，只能待在外面听吩咐。这就能说明周围的人有多少了。

这还只是睡午觉的情形，等到了晚上，加强了安全防范，除了丫鬟们之外，更外围的走廊阶梯上，还要加上打地铺守夜的婆子们，她们对屋子里的情况也是了如指掌。而且，这些仆人可不只是提供服务的下人，资深一点的、高级一点的管家、奶娘、陪房，都是可以随时指正年轻主子错误的。主子面对她们指出的错误，也必须谦虚接受，因为这才是贵族世家的教养。所以说，《红楼梦》里的人基本上随时随地都在人际互动里，时刻考验着他们的情商。

总的来说，我们现代人讲究隐私权，一关起门来就是自己的小天地，可以想干吗干吗，但《红楼梦》里的世界是截然不同的，他们随时都生活在大家的眼皮底下，就像生活在严密的监视网里。因为没有隐私，所以《红楼梦》中的人物，无论是在公开场合还是在私底下，都更重视人际关系中的客体自我。客体自我不是从自己出发，而是用别人的眼光和家族的标准来衡量自我，要随时随地约束自己，不能过度放任个性。在这样的标准下，人和人的互动就顺滑很多了，也形成了他们光明正大的品格。

所以，生活在《红楼梦》这种特殊场景里的人，要有极高的情商，尤其是处理自我和他人的关系的能力要极高，《红楼梦》是对情商的最佳示范。再看现代人，婆媳两代或者祖孙三代生活在一起就矛盾不断；《红楼梦》里人数众多、关系复杂，但贾宝玉、薛宝钗、探春、凤姐、刘姥姥这些人在人际关系上处理得非常好，这难道不值得借鉴吗？

真正的情商是什么？

我们要跟《红楼梦》学的情商到底是什么？其实，真正的情商从《好了歌》就能看出来："世人都晓神仙好，只有金银忘不了！"《好了歌》可以算是《红楼梦》的题眼，是曹雪芹给我们的提示，告诉我们人间的本质是无常，让读者做好心理准备，不要被接下来津津有味的富贵故事迷惑，世间的一切不过就是一场大梦而已。就像曹雪芹在书中重复使用过一个歇后语，叫"千里搭长棚——天下无不散的筵席"。

比如说第二十六回里，怡红院的红玉——那个口齿伶俐、后来受到王熙凤重用的丫鬟——当时被晴雯、秋纹等一干大丫鬟排挤，她却说：

> 也不犯着气他们。俗语说的好，“千里搭长棚，没有个不散的筵席”，谁守谁一辈子呢？

还有第七十二回，迎春的大丫鬟司棋和她的表哥潘又安幽会偷情，被鸳鸯无意中看见，司棋担心这件事被传出去，整天担惊受怕，生了场大病，于是鸳鸯特地去安慰司棋，让司棋不用担心，好好养病。这时候司棋感激地说，如果鸳鸯真的能保密，就等于是她的再生母亲了，然后她就引了这个俗语，她对鸳鸯说：

> 再俗语说，“千里搭长棚，没有不散的筵席”。再过三二年，咱们都是要离这里的……倘或日后咱们遇见了，那时我又怎么报你的德行。

这些不识字的丫鬟，都能感悟到人生无常的本质，感悟到每一个人都只是过客，那我们就该明白，在这场注定曲终人散的人生筵席里，偶然聚在一起真的该好好珍惜，让这场筵席留下愉快的音容笑貌，这不是比多吃一口、多藏一点更有价值吗？

只有充分意识到人生是短暂的、无常的，一个人才会真正清楚地知道自己最重视的是什么，然后真心诚意地与人相处和交往。

因此，我们才要开发情商，让自己有能力做一个大家都喜欢的人，给别人、给自己留下美好的回忆，往下一站走的时候，脚步才是轻快的，没有遗憾和懊悔。

学习情商本身就是成长。我们要想成为一个“被喜欢”的人，前提是自己要先做一个“值得别人喜欢”的人。人格才是最重要的，有成熟、开阔、均衡的心灵，当然就会产生高度的情商，与其说学习“情商”，还不如说是学习提升自己的人格。如果只停留在技巧上，对《红楼梦》和情商的解读就太浅显了，甚至是误读。

本书会涉及曹雪芹展现给我们的各种情商话题，比如：

《红楼梦》中情商最高的人是谁？

王熙凤为什么可以这么泼辣？并且为什么她这么泼辣，贾母却还是这么疼爱她？

情商最高的王熙凤也会在想不到的地方出错，为什么？

高情商的人，有哪些共同的特质？

谁最能欣赏别人的优点，最能真心赞美别人？

最坚毅勇敢的人是谁？坚毅勇敢和情商又有什么关系？

《红楼梦》里哪一位金钗的情商成长速度最快，为什么她可以这么快就改变自己？让她改变的关键是什么？

再有，为什么《红楼梦》中的人们，不分贵贱与性别，大部分都很懂得角色扮演的意义？

为什么一般认为最软弱无能、最平凡无奇的贾迎春，也能充分自得其乐，拥有坚定的精神信仰？

刘姥姥、秦可卿这两个人都出身寒微，但却拥有让人喜爱的能力，这又是为什么？

最重要的是，一味迁就别人，反倒是情商不足的表现，高情商的意义，还包括懂得适时表示“心理界限”，说“是”还是说“不”，都需要高度的情商。

以上这些情商话题，都将在本书中与大家一一分享。

最后，需要再特别说明的是：我们每个人性格都不一样，处理人际关系的方式也不一样，所以没有放诸四海而皆准的秘诀，在这本书里会提出一些建议，但是再好的建议也不一定对每个人都适用，每个人都必须自己练习，在一次又一次的实践里总结经验，不能生搬硬套。所以，《红楼梦》中人物的情商只是在特定场景下的一种表现，其中的道理会因人、因事而异，每个人都要自己去体会、灵活运用，偷懒的人就注定只能一直犯同样的错误了。

第一章
将情绪化变为优势
——王熙凤的收放自如

故事提要

①凤姐性格泼辣，敢于在夫人、太太面前开玩笑，还是博得众位家长疼爱。

②凤姐也有撒泼打滚的时候，也会受折辱默默流泪，但她聪明地知道，什么时候可以"无理取闹"，什么时候该顾全大局。

③凤姐通过不断增长自己的见识和阅历来提升自己。

这一章，我们要谈情商最高的一个金钗——王熙凤。

序言中已经介绍了为什么要向《红楼梦》学情商，以及什么是真正的情商。只有了解了这些，我们才有可能学到《红楼梦》的精髓，用正确的心态做正确的事情，人生也才能更圆满。从这一章开始，我们就来认识《红楼梦》里这些高情商的人物。

提到王熙凤，不知道你有没有想过下面这些问题：

王熙凤的高情商来自哪里？

为什么高情商的王熙凤，还能如此泼辣？

为什么王熙凤这么泼辣，贾母却还是这么疼爱她？

难道只因为凤姐很会讨好老祖宗吗？贾母是非常精明又有智慧的贵族妇女，怎么会轻易被哄骗！

下面我们就从《红楼梦》里寻找以上问题的答案。

1. 核心原则：账也清楚，理也公道

其实，凤姐不但非常聪明，也很懂得分寸，凤姐待人处事的大原则，就是八个字："账也清楚，理也公道。"

第三十六回
↓
扩展阅读 1

比如书中第三十六回，王夫人问起赵姨娘的月钱，说："前儿我恍惚听见有人抱怨，说短了一吊钱，是什么原故？"凤姐连忙原原本本、清清楚楚地告诉王夫人原因，接着王夫人又问起："老太太屋里几个一两的？"

凤姐道："八个。如今只有七个，那一个是袭人。"

接着凤姐又开始详细解释，例如袭人原是老太太的人，不过给了宝玉使唤，她的这一两银子还在老太太的丫头分例上领取。还补充说宝玉怡红院里的大小丫头都有固定的月钱，等等。一大篇账目说得行云流水，滔滔不绝，在旁边的薛姨妈笑说："只听凤丫头的嘴，倒像倒了核桃车子的，只听他的帐也清楚，理也公道。"这就是"账也清楚，理也公道"这八字箴言的来历。

2. 泼辣但要识分寸

"账也清楚，理也公道"，作为凤姐待人处事的核心，处处可见。而凤姐即使是表面看起来放肆的言行，其实也都没有逾越这个原则。

第三十八回
↓
扩展阅读 2

书中第三十八回，贾母说自己少女时期淘气贪玩，不小心掉进了水池，差一点淹死，鬓角被木钉碰破了，至今留下了疤痕，凤姐抢先笑道："寿星老儿头上原是一个窝儿，因为万福万寿盛满了，所以倒凸高出些来了。"大家都笑软了，贾母笑道：

"这猴儿惯得了不得了，只管拿我取笑起来，恨的我撕你

那油嘴！”凤姐笑道：“回来吃螃蟹，恐积了冷在心里，讨老祖宗笑一笑开开心，一高兴多吃两个就无妨了。”贾母笑道：“明儿叫你日夜跟着我，我倒常笑笑觉的开心，不许回家去。”王夫人笑道：“老太太因为喜欢他，才惯的他这样。还这样说，他明儿越发无礼了。”贾母笑道：“我喜欢他这样，况且他又不是那不知高低的孩子。家常没人，娘儿们原该这样。横竖礼体不错就罢，没的倒叫他从神儿似的作什么！”

开玩笑要遵循“礼体不错”的大原则，不然反倒容易弄巧成拙。

情商点评

凤姐之所以胆敢这么调侃老祖宗，完全是因为本意是一片孝心，为的是让贾母开心，也打开胃口；而且凤姐严守“礼体不错”的原则，“不是那不知高低的孩子”，懂得适可而止，不会因为过分而显得“无礼”，所以贾母才会如此疼爱她。试想，要是换作另一个不懂分寸的人，一再开贾母的玩笑，那贾母肯定会不高兴，结果适得其反。

王熙凤这么泼辣，而且贾母还欣赏她的泼辣，说她是“凤辣子”，在书里第四十四回还说她是“霸王似的一个人”，可是却并没有否定她的意思。

这里头的原因，在于凤姐即使在泼辣的时候，都还是站住了“礼”字和“理”字。

3. 不被情绪控制，学会“驱使情绪”

在丈夫贾琏偷娶二房尤二姐的时候，酸凤姐大闹宁国府，演了一出精彩绝伦的闹剧，但仔细想想就能发现，其实凤姐的这场大闹宁国府并不是情绪失控，而是一场策略性的“情绪表演”，不是情商不及格的败笔，反而是她高情商的表现。我们来看原文，书里第六十八回是这么写的：

凤姐儿走来上房，尤氏正迎了出来，凤姐照脸一口唾沫，把她啐骂了一顿，指责贾琏在“国孝家孝，两重在身”的情况下，竟然偷娶了尤二姐，一面说，一面大哭，拉着尤氏，只要去见官。急得贾蓉跪在地下碰头，凤姐一面又骂贾蓉不知天高地厚，成日家调三窝四，干出这些没脸面、没王法、败家破业的营生，死去的娘亲、祖宗都不容，一面扬手就打，贾蓉连忙磕头，自己举手左右开弓，打了一顿嘴巴子。

接着凤姐儿滚到尤氏怀里，号天动地，说了又哭，哭了又骂，后来放声大哭起祖宗爹妈来，又要寻死撞头。把个尤氏揉搓成一个面团，衣服上全是眼泪鼻涕，尤氏完全无话可说，只骂贾蓉，凤姐儿就哭着搬着尤氏的脸，逼问她以后又啐了几口。到了这时，众姬妾、丫鬟、媳妇已是乌压压跪了一地，陪笑求凤姐给尤氏留个脸面，但捧上茶来时，凤姐也把茶杯给摔了。

发脾气要站在“合理”的基础上，利用情绪表达自己的态度，不然就成了无理取闹。

情商点评

这场戏称得上惊天动地，之所以王熙凤敢张狂，就是因为她站住了道理的“理”字，她让情绪成为工具，利用激烈的情绪达到她想要的目的——拿下情敌尤二姐。所以她再怎么闹也不是无理取闹，站住了理才能真正发挥出强大的气势，让别人无法招架。那她是占了什么理呢？事情是这样的，宁府的大家长贾敬过世，依照礼制子孙必须守孝，但是就在守丧期间，贾琏色欲熏心，竟然偷娶了尤二姐，这是很严重的不孝大罪，家国不容，所以这场情绪大爆发才能让凤姐如愿，把尤二姐瓮中捉鳖，尤二姐从此就逃不出凤姐的手掌心。

这段情节告诉我们，处理人际关系时，是否合理是最重要的，只要能做到“账也清楚，理也公道”，就不会失去理性地乱发脾气，也就不会被情绪所控制，反过来还能“驱使情绪”，在“理”的帮助之下维护自己的权益。

所以说，凤姐的情商堪称一绝，她对情绪的收放自如，简直到了出神入化的地步！

4. 自尊，才被人尊重

当然，高情商不只有利于人际关系和谐、维护自己的权益，也能让人在遇到挫折冤屈的时候，保有优雅的尊严。再举一个凤姐的例子。

书里第七十一回写道：

邢夫人自为要鸳鸯之后讨了没意思，后来见贾母越发冷淡了她，凤姐的体面反胜自己，心里早已愤愤不平，再加上身边一干小人嫉妒挟怨，背地里造谣生事，挑拨主人，在挑拨离间之下，邢夫人因此着实恶绝凤姐，只是没机会发泄。恰好发生一件事，两个狂妄无礼的婆子冒犯了宁府的尤氏，王熙凤获悉之后，便依礼命人把她们捆了，送到宁国府里交给尤氏发落。

没想到这两位婆子又是邢夫人陪房的亲戚，刚好给了邢夫人借题发挥的机会，故意当众陪笑求情，羞辱凤姐不顾贾母的生日，去折磨起人家来，要凤姐把两人给放了，说完就上车去了。凤姐听了这话，又当着许多人，又羞又气，憋得脸紫涨，回头对人家笑着说：“这是那里的话。昨儿因为这里的人得罪了那府里的大嫂子，我怕大嫂子多心，所以尽让他发放，并不为得罪了我。”又对尤氏说：“我为你脸上过不去，所以等你开发，不过是个礼。就如我在你那里有人得罪了我，你自然送了来尽我开发。凭他是什么好奴才，到底错不过这个礼去。”只是没想到王夫人、尤氏却也说凤姐太多事，王夫人甚至回头便命人去放了那两个婆子。这让凤姐越想越生气，越想越羞愧，不知不觉灰心悲伤，滚下泪来。她因赌气回自己房间哭，又不让别人知道。

凤姐的处理方式还是反映了“账也清楚，理也公道”的原则，她对尤氏说：“我为你脸上过不去，所以等你开发，不过是个礼。”这个做法后来就得到了贾母的赞同，贾母说：“这才是凤丫头知礼处，难道为我的生日由着奴才们把一族中的主子都得罪了也不管罢。”尤其值得注意的是，备受羞辱的凤姐努力克制自己的情绪，即使赌气回房哭泣，也不让人发现，贾母叫她的时候，她连忙擦干了泪，重新洗了脸涂了脂粉，才和琥珀一起过去，她考虑的是“老太太好日子，我也不敢哭的”，这难道不是一种知礼的表现吗？

情商点评

凤姐这么刚强霸气的人，当众被婆婆羞辱，可以说是莫大的难堪，但她没有怨天尤人，也没有呼天抢地，把自己的委屈发泄出来，而是默默地哭，自己想办法收拾情绪，即使鸳鸯故意来仔细端详凤姐的脸，好让贾母也注意到凤姐的眼睛肿了，凤姐也还是笑着说：“才觉的一阵痒痒，揉肿了些。”并没有借机告状，引起更多的是非，这更是一种坚强。由此，我们联想到曹雪芹在小说里不惜重复使用的另一个谚语，就是“胳膊折了往袖子里藏”，也是打落牙齿和血吞的意思。在凤姐身上，我们应该能重新体会到这句谚语的含意了，其实它并不是一种虚荣、好面子，刚好相反，那是因为爱惜自己的尊严，懂得顾全大局，是一种高情商。一个有自尊心的人才会得到尊敬，这些贾母都看在眼里，更觉得王熙凤是一个值得疼爱的晚辈，凤姐也是因为这个得到鸳鸯、琥

顾全大局，而非只顾自己个人的感受，既维护了自己的尊严，也能收获大家的理解和尊敬。

珀这些大丫鬟的支持，她们才会告诉贾母“二奶奶还是哭的，那边大太太当着人给二奶奶没脸”，代替凤姐伸张冤屈。

所以说，要成为一个“被喜欢”的人，前提是自己先做一个“值得别人喜欢”的人，人格永远是最重要的根柢。从王熙凤身上，我们可以看到高情商的女强人知礼守礼、收放自如的情绪掌控能力。要学习王熙凤，就要先学习她那“账也清楚，理也公道”的人格特质和处世原则。

5. 情商靠不断学习

这里，还需澄清一个关于王熙凤的误解。一般读《红楼梦》的人，很容易误以为王熙凤是一个权谋专家，手段高明，所以操纵别人，无往不利。这是一种很严重的误解。

因为只有心机、权谋，一味地追求私欲私利，是不可能服人心的，好的人际关系也不可能持久。千万不要以为别人不知真心和假意的区别，其实周围人的眼睛都很犀利，何况贾府有上千双的眼睛，包括贾母、王夫人这样见多识广的慧眼，怎么可能长期被蒙蔽呢！

从小说中的描写可知，凤姐主要的人格特质还是英雄，不是枭雄。凤姐之所以会有如此高的情商，一方面是由于凤姐出身贵族世家，这种家庭环境让她从小见多识广，所以才二十出头就已经“纱罗也见过几百样”。纱罗是当时很珍稀的布料，其他的各种人情世故更不用说。另一方面是她依然不断地追求增广见识，从不画地自限、傲慢自大，例如第十六回描写朝廷恩准嫔妃回家省亲，贾府也开始准备盖造别墅以迎接元妃，这时凤姐笑道：

若果如此，我可也见个大世面了。可恨我小几岁年纪，若早生二三十年，如今这些老人家也不薄我没见世面了。

增长见识，在各种环境中历练，增加阅历，是提升情商的好方法。

情商点评

有了广阔丰富的见识，才会高瞻远瞩、权衡局势，才能拿捏轻重、取舍分寸，处处都能有恰当的谈吐举止，这也是凤姐能有高情商的原因之一。

凤姐高情商的另一个原因，与凤姐所在的处境有关。书中描写的已经是贾府的末世，有许多无可奈何的大问题，凤姐遇到的难关也非比寻常，她必须训练出更高的情商才能处理得当。

第五回宝玉神游太虚幻境时，见到的关于凤姐的图画和判词已经透露一二，图画中“一片冰山，上面有一只雌凤”，“冰山”，指的就是贾家的末世，处境非常艰难而危险，“雌凤”象征凤姐，站在冰山上，努力让冰山不要消融崩溃，那就必须用尽心力才能办到。《红楼梦》里对王熙凤的判词，有两句大家都很熟悉——“机关算尽太聪明，反算了卿卿性命”。但是一般读者也正因为这两句判词，对王熙凤有很大的误会，认为是讽刺王熙凤，小聪明太多反而害了自己。其实正好相反，这句判词的原文来自《红楼梦曲·聪明累》：

机关算尽太聪明，反算了卿卿性命。生前心已碎，死后性空灵。

“机关算尽太聪明，反算了卿卿性命”的真正意思是她用尽心力，最后还牺牲了自己的性命，这是一曲英雄的挽歌呀！

本章我们了解到王熙凤不仅不断地追求进步，还拥有无比坚忍的性格、高明的见识和极高的情商。总结一下王熙凤的情商特质：

第一，能够控制情绪，而不是被情绪控制。

第二，遇到挫折与冤屈的时候，可以坚忍不拔、自尊自爱，努力培养“值得别人喜欢”的人格。

第三，要不断学习、追求成长，才能培养高度的“行止见识”。

第四，也是最重要的，在待人处事时遵守“账也清楚，理也公道”的大原则，就可以走遍天下。

这就是王熙凤高情商的真正原因。

下一章，我们再看王熙凤高度杰出的管理者气度。

扩展阅读 1

第三十六回　绣鸳鸯梦兆绛芸轩　识分定情悟梨香院

闲言少述。如今且说凤姐自见金钏死后，忽见几家仆人常来孝敬他些东西，又不时的来请安奉承，自己倒生了疑惑，不知何意。这日又见人来孝敬他东西，因晚间无人时笑问平儿。平儿冷笑道：“奶奶连这个都想不起来了？我猜他们的女儿都必是太太屋里的丫头，如今太太屋里有四个大的，一个月一两银子的分例，下剩的都是一个月只百钱。如今金钏儿死了，必定他们要弄这一两银子的巧宗儿呢。”凤姐听了，笑道：“是了，是了，倒是你想的不错。只是这些人也太不知足。钱也赚够了，苦事情又摊不着他们，弄个丫头搪塞身子儿也就罢了，又要想这个巧宗儿！他们几家的钱也不是容易花到我跟前的，这可是他们自寻。送什么我就收什么，横竖我有主意。”凤姐儿安下这个心，所以只管耽延着，等那些人把东西送足了，然后乘空方回王夫人。

这日午间，薛姨妈、宝钗、黛玉等正在王夫人屋里，大家吃西瓜。凤姐儿得便回王夫人道：“自从玉钏儿的姐姐死了，太太跟前少着一个人，太太或看准了那个丫头，就吩咐了，下月好发放月钱。”王夫人听了，想了一想道：“依我说，什么是例，必定四个五个的？够使就罢了。竟可以免了罢。”凤姐笑道：“论理，太太说的也是；只是原是旧例。别人屋里还有两个呢，太太倒不按例了。况且省下一两银子，也有限的。”王夫人听了，又想了想道：“也罢，这个分例只管关了来，不用补人，就把这一两银子给他妹妹玉钏儿罢。他姐姐伏侍了我一场，没个好结果，剩下他妹妹跟着我，吃个双分儿也不为过。”凤姐答应着，回头望着玉钏儿笑道：“大喜，大喜！”玉钏儿过来磕了头。

王夫人又问道：“正要问你：如今赵姨娘周姨娘的月例多少？”凤姐道：“那是定例，每人二两。赵姨娘有环兄弟的二两，共是四两，另外四串钱。”王夫人道：“月月可都按数给他们？”凤姐见问得奇，忙道：“怎么不按数给呢！”王夫人道：“前儿恍惚听见有人抱怨，说短了一串钱，什么原故？”凤姐忙笑道：“姨娘们的丫头月例，原是人各一吊钱，从旧年他们外头商量的，姨娘们每位丫头，分例减半，人各五百钱。每位两个丫头，所以短了一吊钱。

“这事其实不在我手里，我倒乐得给他们呢，只是外头扣着，这里我不过是接手儿，怎么来怎么去，由不得我做主。我倒说了两三回，仍旧添上这两分儿为是，他们说了‘只有这个数儿’，叫我也难再说了。如今我手里给他们，每月连日子都不错。先时候儿在外头关，那个月不打饥荒，何曾顺顺溜溜的得过一遭儿呢。”

王夫人听说，就停了半晌，又问：“老太太屋里几个一两的？”凤姐道：“八个。如今只有七个，那一个是袭人。”王夫人说：“这就是了。你宝兄弟也并没有一两的丫头，袭人还算老太太房里的人。”凤姐笑道：“袭人还是老太太的人，不过给了宝兄弟使，他这一两银子还在老太太的丫头分例上领。如今说因为袭人是宝玉的人，裁了这一两银子，断乎使不得。若说再添一个人给老太太，这个还可以裁他。若不裁他，须得环兄弟屋里也添上一个，才公道均匀了。就是晴雯、麝月他们七个大丫头，每月人各月钱一吊，佳蕙他们八个小丫头们，每月人各月钱五百，还是老太太的话，别人也恼不得气不得呀。”薛姨妈笑道：“你们只听凤丫头的嘴，倒像倒了核桃车子似的。账也清楚，理也公道。”凤姐笑道：“姑妈，难道我说错了吗？”薛姨妈笑道：“说的何尝错，只是你慢着些儿说不省力些？”凤姐才要笑，忙又忍住了，听王夫人示下。

王夫人想了半日，向凤姐道：“明儿挑一个丫头送给老太太使唤，补袭人，把袭人的一分裁了。把我每月的月例，二十两银子里拿出二两银子一吊钱来，给袭人去。以后凡事有赵姨娘周姨娘的，也有袭人的，只是袭人的这一分，都从我的分例上匀出来，不必动官中的就是了。”凤姐一一的答应了，笑推薛姨妈道：“姑妈听见了？我素日说的话如何？今儿果然应了。”薛姨妈道：“早就该这么着。那孩子模样儿不用说，只是他那行事儿的大方，见人说话儿的和气，里头带着刚硬要强，倒实在难得的。”王夫人含泪说道：“你们那里知道袭人那孩子的好处？比我的宝玉还强十倍呢！宝玉果然有造化，能够得他长长远远的伏侍一辈子，也就罢了。”凤姐道：“既这么样，就开了脸，明放他在屋里不好？”王夫人道："这不好：一则年轻；二则老爷也不许；三则宝玉见袭人是他的丫头，纵有放纵的事，倒能听他的劝，如今做了跟前人，那袭人该劝的也不敢十分劝了。如今且浑着，等再过二三年再说。"

说毕，凤姐见无话，便转身出来。刚至廊檐下，只见有几个执事的媳妇子正等他回事呢，见他出来，都笑道："奶奶今儿回什么事，说了这半天？可别热着罢。"凤姐把袖子挽了几挽，跐着那角门的门槛子，笑道："这里过堂风，倒凉快，吹一吹再走。"又告诉众人道："你们说我回了这半日的话，太太把二百年的事都想起来问我，难道我不说罢？"又冷笑道："我从今以后，倒要干几件刻薄事了。抱怨给太太听，我也不怕！糊涂油蒙了心、烂了舌头、不得好死的下作娼妇们，别做娘的春梦了！明儿一裹脑子扣的日子还有呢。如今裁了丫头的钱就抱怨了咱们，也不想想自己也配使三个丫头！"一面骂，一面方走了，自去挑人回贾母话去，不在话下。

扩展阅读 2

第三十八回　林潇湘魁夺菊花诗　薛蘅芜讽和螃蟹咏

话说宝钗湘云二人计议已定，一宿无话。湘云次日便请贾母等赏桂花。贾母等都说道："是他有兴头，须要扰他这雅兴。"至午，果然贾母带了王夫人凤姐兼请薛姨妈等进园来。贾母因问"那一处好？"王夫人道："凭老太太爱在那一处，就在那一处。"凤姐道："藕香榭已经摆下了，那山坡下两颗桂花开的又好，河里的水又碧清，坐在河当中亭子上岂不敞亮，看看水眼也清亮。"贾母听了，说："这话很是。"说着，引了众人往藕香榭来。原来这藕香榭盖在池中，四面有窗，左右有回廊，也是跨水接峰，后面又有曲折桥。众人上了竹桥，凤姐忙上来搀着贾母，口里说道："老祖宗只管迈大步走，不相干，这竹子桥规矩是咯吱咯吱的。"

一时进入榭中，只见栏杆外另放着两张竹案，一个上面设着杯箸酒具，一个上头设着茶筅茶具各色盏碟。那边有两三个丫头煽风炉煮茶，这边另有几个丫头也煽风炉烫酒呢。贾母忙笑问："这茶想的很好，且是地方东西都干净。"湘云笑道："这是宝姐姐帮着我预备的。"贾母道："我说那孩子细致，凡事想的妥当。"一面说，一面又看见柱子上挂的黑漆嵌蚌的对子，命湘云念道：

芙蓉影破归兰桨，菱藕香深泻竹桥。

贾母听了，又抬头看匾，因回头向薛姨妈道："我先小时，家里也有这么一个亭子，叫做什么枕霞阁。我那时也只像他姐妹们这么大年纪，同着几个人，天天玩去。谁知那日一下子失了脚掉下去，几乎没淹死，好容易救上来了，到底叫那木钉把头碰破了。如今这鬓角上那指头顶儿大的一个坑儿，就是那碰破的。众人都怕经了水，冒了风，说活不得了，谁知竟好了。"

凤姐不等人说，先笑道："那时要活不得，如今这么大福可叫谁享呢？可知老祖宗从小儿福寿就不小，神差鬼使，碰出那个坑儿来，好盛福寿啊。寿星老儿头上原是个坑儿，因为万福万寿盛满了，所以倒凸出些来了。"未及说完，贾母和众人都笑软了。贾母笑道："这猴儿惯的了不得了，拿着我也取起笑儿来了！恨的我撕你那油嘴。"凤姐道："回来吃螃蟹，怕存住冷在心里，讨老祖宗笑笑儿，就是高兴多吃两个也无妨了。"贾母笑道："明日叫你黑家白日跟着我，我倒常笑笑儿，也不许你回屋里去。"王夫人笑道："老太太因为喜欢他，才惯的这么样，还这么说，他明儿越发没理了。"贾母笑道："我倒喜欢他这么着，况且他又不是那真不知高低的孩子。家常没人，娘儿们原该说说笑笑，横竖大礼不错就罢了。没的倒叫他从神儿似的做什么！”

说着，一齐进了亭子。献过茶，凤姐忙安放杯箸。上面一桌，贾母、薛姨妈、宝钗、黛玉、宝玉；东边一桌，湘云、王夫人、迎、探、惜。西边靠门一小桌，李纨和凤姐，虚设坐位，二人皆不敢坐，只在贾母王夫人两桌上伺候。凤姐吩咐：“螃蟹不可多拿来，仍旧放在蒸笼里，拿十个来，吃了再拿。”一面又要水洗了手，站在贾母跟前剥蟹肉。头次让薛姨妈，薛姨妈道：“我自己掰着吃香甜，不用人让。”凤姐便奉与贾母。二次的便与宝玉。又说：“把酒烫得滚热的拿来。”又命小丫头们去取菊花叶儿桂花蕊熏的绿豆面子，预备着洗手。

第二章
凭什么他／她是我领导？
——王熙凤的胸襟气度

故事提要

①凤姐能独揽大权，也有欣赏人才的惺惺相惜。

②不在意权力旁落，反而赞美比自己优秀的人才，希望彼此能相辅相成。

③能干的凤姐，也背负了更多的议论和责任。

在上一章里我们看到，曹雪芹给王熙凤很高的赞誉，称她是“裙钗一二可齐家”，可以和朝廷上治国的大臣相媲美。因为为人处世都秉持“账也清楚，理也公道”的原则，凤姐获得了贾母还有大家的信任，取得非常成功的理家成就。那王熙凤还有哪些高情商的表现呢？这一章我们继续来挖掘王熙凤高情商的秘密。

1. 不嫉妒，不打压人才

我们对凤姐的印象，大多是有才，而且喜欢卖弄才干。其实，凤姐比其他任何人都爱惜人才，愿意和人才好好合作。下面举一个例子。

既然凤姐是“脂粉队里的英雄”，她看人的眼光必然是非常高的。在《红楼梦》里，还有另一位脂粉英雄，厉害的凤姐却十分欣赏，那就是探春。探春在《红楼梦》前半部分几乎默默无闻，似乎是一个配角，其实，探春可是胜于凤姐的重要金钗。书中第五十五回说，凤姐因为小产，暂时不能管理家事，于是王夫人就委托李纨和探春来代理，没想到探春一鸣惊人，威震四方，立刻让那些原来藐视她，想要欺负她、看她笑话的下人肃然起敬，书中有句原话是“渐觉探春精细处不让凤姐”，下人们再也不敢随便应付。当时代表凤姐在现场帮忙的平儿，也成为探春树立威信的跳板，平儿回去后，凤姐问她当时的情况，平儿便笑着将刚才发生的情况细细说给她听，凤姐听了笑道：“好，好，好，好个三姑娘！我说他不错。”

注意，凤姐一连用了四个“好”字，这可是空前绝后的赞叹。凤姐这样具有穿心透肺的好眼力的人，从她口中说出这四个“好”字，简直就是一顶镶了钻石的桂冠，从此戴在了探春的额头上，让探春光芒四射。

不仅如此，原来凤姐早就观察到探春的杰出，在探春还没有机会表现的时候，凤姐已经像伯乐一样，看出探春其实是一匹千里马。前面凤姐说：“我说他不错。”表示她早就判断探春“不错”；现在这一场上任以后轰轰烈烈的表现，印证了她的判断非常正确，比起那些藐视探春的刁奴，眼光不知要高明多少倍。最可贵的是，凤姐当家这几年，可以说是呼风唤雨，凤姐丈夫贾琏的心腹仆人兴儿就说：“他说一是一，说二是二，没人敢拦他。”但是凤姐并没有得意忘形，没有被权力腐化，她知己知彼，不但看出探春的卓越，甚至还看出探春比她自己还要优秀，这就非常难能可贵了，比如王熙凤说探春虽是姑娘家，心里却事事明白，不过是言语谨慎；他又比我知书识字，更利害一层了。

懂得欣赏比自己优秀的人，是优秀的人的特质。

凤姐不但知道探春比自己优秀，她还完全了解探春之所以比她更厉害一层，原因就在于“知书识字”，而凤姐没有读过书，只是因为天天看账本，才大略认得一些文字，缺乏真正的学问，所以比探春逊色。可见，“知书识字”有多么重要。

不仅如此，凤姐还有更难得的地方，如果是一般人，发现竟然有一个比自己厉害的人，一定会担心她将来会取代自己，人性就是这样，很可能会嫉妒，想办法卡住她，减少一个竞争对手。

但是王熙凤竟然一点也没有嫉妒，也完全没有因为害怕探春威胁到自己的地位而压制她，反倒惺惺相惜，想要彼此合作，她对平儿说：

> 如今他既有这主意，正该和他协同，大家做个膀臂，我也不孤不独了。按正理，天理良心上论，咱们有他这个人帮着，咱们也省些心，于太太的事也有些益。

原来，在冰山上机关算尽的凤姐，竟然一直是在孤军奋斗，只有一个平儿做她的助手。两个人、四只眼睛，应付家里上千的人，真是费心费力，难免有应付不周的地方，如今来了探春这个强大的援军，难怪凤姐会欣然接纳了。从这里也可以感觉到，凤姐真是非常坚强，坚强到让人心疼。她并没有忌妒探春的出色，也没有防备探春的分权，反倒因为有了一等一的人才一起同心协力，为家族增加了生力军，感到十分庆幸。也就是说，她之所以想要和探春这位新诞生的女英雄联手，目的根本不是结党营私，而是大公无私，让贾家、让王夫人获得更大的帮助。

情商点评

所以说，凤姐虽然还是有卖弄才干的一面，却并不是一个独占功劳、不愿分享的人，她是真心爱惜人才。还记得她说的“按正理，天理良心”吗？还是道理的理，一个站住“理”的人，就不容易自私自利，能从大局来看人看事，这就会形成恢宏的气度，不会孤芳自赏，也不会想要永远得第一名，能够大方地欣赏别人的优点，在看到高手的时候，发自内心地产生一种英雄惜英雄的欢喜。这就是王熙凤能够这么杰出的原因！

其实，除了对探春的欣赏，凤姐对可卿、宝钗、黛玉等有才的女子都是一样的欣赏。《红楼梦》里谁最能欣赏别人的优点？答案正是王熙凤。

2. 近人情，知冷暖

凤姐的杰出气度并非仅体现在爱惜人才上，她那一双锐利的眼睛，并不是看上不看下，不是只能看到发出光芒的人；她还能看到弱势者的委屈，穿透表面，看到好人内在的朴实无华。这类例子很多，最具有代表性的情节，就是对邢夫人本家的侄女邢岫烟的体贴。

我们先看看邢夫人是一个怎样的人，书里第四十六回说邢夫人禀性愚昧固执，只知一味顺从贾赦以自保，其次是贪取钱财，凡出入银钱事务，一经她的手，便异常地苛刻吝啬。儿女奴仆，任何人的话都不听，甚至连自己的女儿迎春都漠不关心。当迎春出嫁后，遇到了恶劣不端的丈夫，饱受折磨，过着地狱般的悲惨生活，邢夫人竟完全不过问，对于邢岫烟这位关系更远的侄女当然更是不闻不问，任凭她受人压榨，甚至自己还参与勒索，害得邢岫烟只好靠典当度日。

然而，凤姐却雪中送炭，比照迎春的分例，给邢岫烟一个月二两的月钱，这可能大大颠覆了一般读者对凤姐的印象。帮助岫烟，对凤姐一点好处也没有，甚至还要冒着得罪婆婆邢夫人的风险，是赔本生意，凤姐为什么要如此关照邢岫烟呢？

第四十九回说：凤姐儿冷眼敁敠岫烟心性为人，竟不像邢夫人及他的父母一样，却是温厚可疼的人。因此凤姐儿又怜他家贫命苦，比别的姊妹多疼他些。由此也可见凤姐的一颗真心。也正是因为这由衷的正直和善良，所以日夜跟着凤姐的平儿，才会甘愿赤胆忠心地服侍凤姐，甚至没有经过凤姐的同意，就大胆地多拿一件斗篷送给岫烟。书中是这么描述这段故事的：第五十一回袭人要回家看望病重的母亲，凤姐觉得她穿的褂子太素了些，如今的天气穿着也嫌冷，所以叫平儿把自己的一件大毛的拿来给袭人，没想到平儿不只拿一件，还顺手多拿了一件，叫人给邢大姑娘送去，因为："昨儿那么大雪，人人都是有的，不是猩猩毡，就是羽缎羽纱的，十来件大红衣裳映着大雪，好不齐整。就只他穿着那件旧毡斗篷，越发显的拱肩缩背，好不可怜见的。如今把这件给他罢。"凤姐就笑说："我的东西，他私自就要给人。我一个还花不够，再添上你提着，更好了！"说得众人都笑了。

第四十九回
扩展阅读 2

尽管身居高位、春风得意，仍然平实、谦逊地对待弱势的人，正是高情商的表现。

第五十一回
扩展阅读 3

情商点评

凤姐对弱势者的关心，不亚于宝玉，尤其是她日理万机，竟然还能对弱势者观察细致、体贴入微，连平儿都帮着一起照顾岫烟，非常难得。

这位贾家呼风唤雨的杰出女性，其实拥有柔软的、温情的一面，那温情是来自柔软的内心，是在无所求时显示出来的，再真诚不过，所以令人感动；而且她还有一把客观公正的天平，对人、对事都依照原则恰当地处置。既然邢岫烟特别孤苦，那就多疼她一些，这不就是一种弥补和平衡吗？

3. 能者自然多劳，更要忍辱负重

第七十二回
扩展阅读 4

最后，我们再来看一件凤姐放高利贷的事。一般人只看到凤姐放高利贷，却没有注意到，为了贾家巨大的财务缺口，她连自己这一房所有主子、丫鬟的月钱都捐出来了，这是哪个太太、奶奶能做到的呢？放高利贷，是一个走不出大门的妇道人家唯一能快速补充资金的方法。第七十二回凤姐冷笑道：

> 我也是一场痴心白使了。我真个的还等钱作什么，不过为的是日用出的多，进的少。这屋里有的没的，我和你姑爷一月的月钱，再连上四个丫头的月钱，通共一二十两银子，还不够三五天的使用呢。若不是我千凑万挪的，早不知道到什么破窑里去了。如今倒落了一个放帐破落户的名儿。

这就难怪凤姐会感到悲愤，几乎灰心绝望，不想要再奋斗下去了，于是她说：

> 既这样，我就收了回来。我比谁不会花钱？咱们以后就坐着花，到多早晚是多早晚。

承担大事，必然要忍受更多的议论。

一代英雄背负着世人的骂名，内心是何等的辛酸！可是，当凤姐也跟着贾家的人一起只会坐着花钱的时候，不就是贾家加速败落的时候吗？到了那时，谁又来接替凤姐，力挽狂澜呢？此时凤姐忍辱负重的杰出气慨，就充分表现出来了。

现在，我们总结一下本章所讲的王熙凤的情商特质：

第一，杰出的心胸来自“按正理，天理良心”，所作所为才能宏大。

第二，要能欣赏别人的优点，爱才、惜才，一起合作做正确的事。

第三，能够忍辱负重，坚忍不拔，才能承受压力，走得更长更远。

这就是王熙凤高情商的真正原因。

可是，连如此游刃有余的王熙凤也会出错，又是怎么一回事？我们又可以从中学到什么？让我们在下一章拭目以待。

扩展阅读 1

第五十五回　辱亲女愚妾争闲气　欺幼主刁奴蓄险心

且说元宵已过，只因当今以孝治天下，目下宫中有一位太妃欠安，故各嫔妃皆为之减膳谢妆，不独不能省亲，亦且将宴乐俱免。故荣府今岁元宵亦无灯谜之集。

刚将年事忙过，凤姐儿便小月了，在家一月，不能理事，天天两三个太医用药。凤姐儿自恃强壮，虽不出门，然筹画计算，想起什么事来，便命平儿去回王夫人，任人谏劝，他只不听。王夫人便觉失了膀臂，一人能有许多的精神？凡有了大事，自己主张；将家中琐碎之事，一应都暂令李纨协理。李纨是个尚德不尚才的，未免逞纵了下人。王夫人便命探春合同李纨裁处，只说过了一月，凤姐将息好了，仍交与他。

谁知凤姐禀赋气血不足，兼年幼不知保养，平生争强斗智，心力更亏，故虽系小月，竟着实亏虚下来，一月之后，复添了下红之症。他虽不肯说出来，众人看他面目黄瘦，便知失于调养。王夫人只令他好生服药调养，不令他操心。他自己也怕成了大症，遗笑于人，便想偷空调养，恨不得一时复旧如常。谁知一直服药调养到八九月间，才渐渐的起复过来，下红也渐渐止了。此是后话。

如今且说王夫人见他如此，探春与李纨暂难谢事，园中人多，又恐失于照管，因又特请了宝钗来，托他各处小心："老婆子们不中用，得空儿吃酒斗牌，白日里睡觉，夜里斗牌，我都知道的。凤丫头在外头，他们还有个惧怕，如今他们又该取便了。好孩子，你还是个妥当人，你兄弟妹妹们又小，我又没工夫，你替我辛苦两天，照看照看。凡有想不到的事，你来告诉我，别等老太太问出来，我没话回。那些人不好了，你只管说。他们不听，你来回我。别弄出大事来才好。"宝钗听说，只得答应了。

时届孟春，黛玉又犯了嗽疾。湘云亦因时气所感，亦卧病于蘅芜苑，一天医药不断。探春同李纨相住间隔，二人近日同事，不比往年，来往回话人等亦不便，故二人议定：每日早晨皆到园门口南边的三间小花厅上去会齐办事，吃过早饭，于午错方回房。这三间厅原系预备省亲之时众执事太监起坐之处，故省亲之后也用不着了，每日只有婆子们上夜。如今天已和暖，不用十分修饰，只不过略略的铺陈了，便可他二人起坐。这厅上也有一匾，题着"辅仁谕德"四字，家下俗呼皆只叫"议事厅"儿。如今他二人每日卯正至此，午正方散。凡一应执事媳妇等来往回话者，络绎不绝。

众人先听见李纨独办，各各心中暗喜，以为李纨素日原是个厚道多恩无罚的，自然比凤姐儿好搪塞。便添了一个探春，也都想着不过是个未出闺阁的年轻小姐，且素日也最平和恬淡，因此都不在意，比凤姐儿前更懈怠了许多。只三四日后，几件事过手，渐觉探春精细处不让凤姐，只不过是言语安静，性情和顺而已。

…………

凤姐因问为何去这一日，平儿便笑着将方才的原故细细说与他听了。凤姐儿笑道："好，好，好，好个三姑娘！我说他不错。只可惜他命薄，没托生在太太肚里。"平儿笑道："奶奶也说糊涂话了。他便不是太太养的，难道谁敢小看他，不与别的一样看了？"凤姐儿叹道："你那里知道，虽然庶出一样，女儿却比不得男人，将来攀亲时，如今有一种轻狂人，先要打听姑娘是正出庶出，多有为庶出不要的。殊不知别说庶出，便是我们的丫头，比人家的小姐还强呢。将来不知那个没造化的，挑庶正误了事呢；也不知那个有造化的，不挑庶正的得了去。"

说着，又向平儿笑道："你知道，我这几年生了多少省俭的法子，一家子大约也没个不背地里恨我的。我如今也是骑上老虎了。虽然看破些，无奈一时也难宽放；二则家里出去的多，进来的少。凡百大小事仍是照着老祖宗手里的规矩，却一年进的产业又不及先时。多省俭了，外人又笑话，老太太、太太也受委屈，家下人也抱怨刻薄。若不趁早儿料理省俭之计，再几年就都赔尽了。"平儿道："可不是这话！将来还有三四位姑娘，还有两三个小爷，一位老太太，这几件大事未完呢。"

凤姐儿笑道："我也虑到这里，倒也够了：宝玉和林妹妹他两个一娶一嫁，可以使不着官中的钱，老太太自有梯己拿出来。二姑娘是大老爷那边的，也不算。剩了三四个，满破着每人花上一万银子。环哥娶亲有限，花上三千两银子，不拘那里省一抿子也就够了。老太太事出来，一应都是全了的，不过零星杂项，便费也满破三五千两。如今再俭省些，陆续也就够了。只怕如今平空又生出一两件事来，可就了不得了。咱们且别虑后事，你且吃了饭，快听他商议什么。这正碰了我的机会，我正愁没个膀臂。

虽有个宝玉，他又不是这里头的货，纵收伏了他也不中用。大奶奶是个佛爷，也不中用。二姑娘更不中用，亦且不是这屋里的人。四姑娘小呢。兰小子更小。环儿更是个燎毛的小冻猫子，只等有热灶火坑让他钻去罢。真真一个娘肚子里跑出这样天悬地隔的两个人来，我想到这里就不服。再者林丫头和宝姑娘他两个倒好，偏又都是亲戚，又不好管咱家务事。况且一个是美人灯儿，风吹吹就坏了；一个是拿定了主意，'不干己事不张口，一问摇头三不知'，也难十分去问他。倒只剩了三姑娘一个，心里嘴里都也来的，又是咱家的正人，太太又疼他，虽然面上淡淡的，皆因是赵姨娘那老东西闹的，心里却是和宝玉一样疼呢。比不得环儿，实在令人难疼，要依我的性早撵出去了。如今他既有这主意，正该和他协同，大家做个膀臂，我也不孤不独了。按正理，天理良心上论，咱们有他这个人帮着，咱们也省些心，于太太的事也有些益。若按私心藏奸上论，我也太行毒了，也该抽头退步。回头看看了，再要穷追苦克，人恨极了，暗地里笑里藏刀，咱们两个才四个眼睛，两个心，一时不防，倒弄坏了。趁着紧溜之中，他出头一料理，众人就把往日恨咱们的恨心暂可解了。还有一件，我虽知你极明白，恐怕你心里挽不过来，如今嘱咐你：他虽是姑娘家，心里却事事明白，不过是言语谨慎；他又比我知书识字，更利害一层了。如今俗语'擒贼必先擒王'，他如今要作法开端，一定是先拿我开端。倘或他要驳我的事，你可别分辩，你只越恭敬，越说驳的是才好。千万别想着怕我没脸，和他一犟，就不好了。"

扩展阅读 2

第四十九回　琉璃世界白雪红梅　脂粉香娃割腥啖膻

原来邢夫人之兄嫂带了女儿岫烟进京来投邢夫人的，可巧凤姐之兄王仁也正进京，两亲家一处打帮来了。走至半路泊船时，正遇见李纨之寡婶带着两个女儿——大名李纹，次名李绮——也上京。大家叙起来又是亲戚，因此三家一路同行。后有薛蟠之从弟薛蝌，因当年父亲在京时已将胞妹薛宝琴许配都中梅翰林之子为婚，正欲进京发嫁，闻得王仁进京，他也带了妹子随后赶来。所以今日会齐了来访投各人亲戚。

于是大家见礼叙过，贾母王夫人都欢喜非常。贾母因笑道："怪道昨日晚上灯花爆了又爆，结了又结，原来应到今日。"一面叙些家常，一面收看带来的礼物，一面命留酒饭。凤姐儿自不必说，忙上加忙。李纨宝钗自然和婶母姊妹叙离别之情。黛玉见了，先是欢喜，次后想起众人皆有亲眷，独自己孤单，无个亲眷，不免又去垂泪。宝玉深知其情，十分劝慰了一番方罢。

然后宝玉忙忙来至怡红院中，向袭人、麝月、晴雯等笑道："你们还不快看人去！谁知宝姐姐的亲哥哥是那个样子，他这叔伯兄弟形容举止另是一样了，倒像是宝姐姐的同胞兄弟似的。更奇在你们成日家只说宝姐姐是绝色的人物，你们如今瞧瞧他这妹子，更有大嫂嫂这两个妹子，我竟形容不出了。老天，老天，你有多少精华灵秀，生出这些人上之人来！可知我井底之蛙，成日家自说现在的这几个人是有一无二的，谁知不必远寻，就是本地风光，一个赛似一个，如今我又长了一层学问了。除了这几个，难道还有几个不成？"一面说，一面自笑自叹。袭人见他又有了魔意，便不肯去瞧。晴雯等早去瞧了一遍回来，嘻嘻笑向袭人道："你快瞧瞧去！大太太的一个侄女儿，宝姑娘一个妹妹，大奶奶两个妹妹，倒像一把子四根水葱儿。”

一语未了，只见探春也笑着进来找宝玉，因说道：“咱们的诗社可兴旺了。”宝玉笑道：“正是呢。这是你一高兴起诗社，所以鬼使神差来了这些人。但只一件，不知他们可学过作诗不曾？”探春道：“我才都问了问他们，虽是他们自谦，看其光景，没有不会的。便是不会也没难处，你看香菱就知道了。”

袭人笑道：“他们说薛大姑娘的妹妹更好，三姑娘看着怎么样？”探春道：“果然的话。据我看，连他姐姐并这些人总不及他。”袭人听了，又是诧异，又笑道：“这也奇了，还从那里再瞧好的去呢？我倒要瞧瞧去。”探春道：“老太太一见了，喜欢的无可不可，已经逼着太太认了干女儿了。老太太要养活，才刚已经定了。”宝玉喜的忙同：“这果然的？”探春道：“我几时说过谎！”又笑道：“有了这个好孙女儿，就忘了你这孙子了。”宝玉笑道：“这倒不妨，原该多疼女儿些才是正理。明儿十六，咱们可该起社了。”

探春道：“林丫头刚起来了，二姐姐又病了，终是七上八下的。”宝玉道：“二姐姐又不大作诗，没有他又何妨。”探春道：“越性等几天，他们新来的混熟了，咱们邀上他们岂不好？这会子大嫂子宝姐姐心里自然没有诗兴的，况且湘云没来，颦儿刚好了，人人不合式。不如等着云丫头来了，这几个新的也熟了，颦儿也大好了，大嫂子和宝姐姐心也闲了，香菱诗也长进了：如此邀一满社，岂不好？咱们两个如今且往老太太那里去听听，除宝姐姐的妹妹不算外，他一定是在咱们家住定了的。倘或那三个要不在咱们这里住，咱们央告着老太太留下他们在园子里住下，咱们岂不多添几个人，越发有趣了。”宝玉听了，喜的眉开眼笑，忙说道：“倒是你明白。我终久是个糊涂心肠，空喜欢一会子，却想不到这上头来。”

说着，兄妹两个一齐往贾母处来。果然王夫人已认了宝琴作干女儿，贾母欢喜非常，连园中也不命住，晚上跟着贾母一处安寝。薛蝌自向薛蟠书房中住下。贾母便和邢夫人说："你侄女儿也不必家去了，园里住几天，逛逛再去。"

邢夫人兄嫂家中原艰难，这一上京，原仗的是邢夫人与他们治房舍，帮盘缠，听如此说，岂不愿意。邢夫人便将岫烟交与凤姐儿。凤姐儿筹算得园中姊妹多，性情不一，且又不便另设一处，莫若送到迎春一处去，倘日后邢岫烟有些不遂意的事，纵然邢夫人知道了，与自己无干。从此后若邢岫烟家去住的日期不算，若在大观园住到一个月上，凤姐儿亦照迎春的分例送一分与岫烟。凤姐儿冷眼敁敠岫烟心性为人，竟不像邢夫人及他的父母一样，却是温厚可疼的人。因此凤姐儿又怜他家贫命苦，比别的姊妹多疼他些，邢夫人倒不大理论了。

扩展阅读3

第五十一回　薛小妹新编怀古诗　胡庸医乱用虎狼药

冬日天短，不觉又是前头吃晚饭之时，一齐前来吃饭。因有人回王夫人说："袭人的哥哥花自芳进来说，他母亲病重了，想他女儿。他来求恩典，接袭人家去走走。"王夫人听了，便道："人家母女一场，岂有不许他去的。"一面就叫了凤姐儿来，告诉了凤姐儿，命酌量去办理。

凤姐儿答应了，回至房中，便命周瑞家的去告诉袭人原故。又吩咐周瑞家的："再将跟着出门的媳妇传一个，你两个人，再带两个小丫头子，跟了袭人去。外头派四个有年纪跟车的。要一辆大车，你们带着坐；要一辆小车，给丫头们坐。"周瑞家的答应了，才要去，凤姐儿又道："那袭人是个省事的，你告诉他说我的话：叫他穿几件颜色好衣裳，大大的包一包袱衣裳拿着，包袱也要好好的，手炉也要拿好的。临走时，叫他先来我瞧瞧。"周瑞家的答应去了。

半日，果见袭人穿戴来了，两个丫头与周瑞家的拿着手炉与衣包。凤姐儿看袭人头上戴着几枝金钗珠钏，倒华丽；又看身上穿着桃红百子刻丝银鼠袄子，葱绿盘金彩绣绵裙，外面穿着青缎灰鼠褂。凤姐儿笑道："这三件衣裳都是太太的，赏了你倒是好的。但只这褂子太素了些，如今穿着也冷，你该穿一件大毛的。"袭人笑道："太太就只给了这灰鼠的，还有一件银鼠的。说赶年下再给大毛的，还没有得呢。"凤姐儿笑道："我倒有一件大毛的，我嫌风毛儿出不好了，正要改去。也罢，先给你穿去罢。等年下太太给作的时节我再作罢，只当你还我一样。"众人都笑道："奶奶惯会说这话。成年家大手大脚的，替太太不知背地里赔垫了多少东西，真真的赔的是说不出来，那里又和太太算去。偏这会子又说这小气话取笑儿。"凤姐儿笑道："太太那里想的到这些。究竟这又不是正经事，再不照管，也是大家的体面。说不得我自己吃些亏，把众人打扮体统了，宁可我得个好名也罢了。一个一个像'烧糊了的卷子'似的，人先笑话我当家倒把人弄出个花子来。"众人听了，都叹说："谁似奶奶这样圣明！在上体贴太太，在下又疼顾下人。"

一面说，一面只见凤姐儿命平儿将昨日那件石青刻丝八团天马皮褂子拿出来，与了袭人。又看包袱，只得一个弹墨花绫水红绸里的夹包袱，里面只包着两件半旧棉袄与皮掛。凤姐儿又命平儿把一个玉色绸里的哆罗呢的包袱拿出来，又命包上一件雪褂子。

平儿走去拿了出来，一件是半旧大红猩猩毡的，一件是大红羽纱的。袭人道："一件就当不起了。"平儿笑道："你拿这猩猩毡的。把这件顺手拿将出来，叫人给邢大姑娘送去。昨儿那么大雪，人人都是有的，不是猩猩毡，就是羽缎羽纱的，十来件大红衣装映着大雪，好不齐整。就只他穿着那件旧毡斗篷，越发显的拱肩缩背，好不可怜见的。如今把这件给他罢。”凤姐儿笑道：“我的东西，他私自就要给人。我一个还花不够，再添上你提着，更好了！”众人笑道：“这都是奶奶素日孝敬太太，疼爱下人。若是奶奶素日是小气的，只以东西为事，不顾下人的，姑娘那里还敢这样了。”凤姐儿笑道：“所以知道我的心的，也就是他还知三分罢了。”说着，又嘱咐袭人道：“你妈若好了就罢；若不中用了，只管住下，打发人来回我，我再另打发人给你送铺盖去。可别使人家的铺盖和梳头的家伙。”又吩咐周瑞家的道：“你们自然也知道这里的规矩的，也不用我嘱咐了。”周瑞家的答应：“都知道。我们这去到那里，总叫他们的人回避。若住下，必是另要一两间内房的。”说着，跟了袭人出去，又吩咐预备灯笼，遂坐车往花自芳家来，不在话下。

这里凤姐又将怡红院的嬷嬷唤了两个来，吩咐道：“袭人只怕不来家，你们素日知道那大丫头们，那两个知好歹，派出来在宝玉屋里上夜。你们也好生照管着，别由着宝玉胡闹。”两个嬷嬷答应着去了，一时来回说：“派了晴雯和麝月在屋里，我们四个人原是轮流着带管上夜的。”凤姐儿听了，点头道：“晚上催他早睡，早上催他早起。”老嬷嬷们答应了，自回园去。一时果有周瑞家的带了信回凤姐儿说：“袭人之母业已停床，不能回来。”凤姐儿回明了王夫人，一面着人往大观园去取他的铺盖妆奁。

扩展阅读 4

第七十二回　王熙凤恃强羞说病　来旺妇倚势霸成亲

一语未了，只见旺儿媳妇走进来。凤姐便问："可成了没有？"旺儿媳妇道："竟不中用。我说须得奶奶作主就成了。"贾琏便问："又是什么事？"凤姐儿见问，便说道："不是什么大事。旺儿有个小子，今年十七岁了，还没得女人，因要求太太房里的彩霞，不知太太心里怎么样，就没有计较得。前日太太见彩霞大了，二则又多病多灾的，因此开恩打发他出去了，给他老子娘随便自己拣女婿去罢。因此旺儿媳妇来求我。我想他两家也就算门当户对的，一说去自然成的，谁知他这会子来了说不中用。"贾琏道："这是什么大事，比彩霞好的多着呢。"

旺儿家的陪笑道："爷虽如此说，连他家还看不起我们，别人越发看不起我们了。好容易相看准一个媳妇，我只说求爷奶奶的恩典，替作成了。奶奶又说他必肯的，我就烦了人走过去试一试，谁知白讨了没趣。若论那孩子倒好，据我素日私意儿试他，他心里没有甚说的，只是他老子娘两个老东西太心高了些。"一语戳动了凤姐和贾琏，凤姐因见贾琏在此，且不作一声，只看贾琏的光景。贾琏心中有事，那里把这点子事放在心里。待要不管，只是看着他是凤姐儿的陪房，且又素日出过力的，脸上实在过不去，因说道："什么大事，只管咕咕唧唧的。你放心且去，我明儿作媒打发两个有体面的人，一面说，一面带着定礼去，就说我的主意。他十分不依，叫他来见我。"旺儿家的看着凤姐，凤姐便扭嘴儿。

旺儿家的会意，忙爬下就给贾琏磕头谢恩。贾琏忙道："你只给你姑娘磕头。我虽如此说了这样行，到底也得你姑娘打发个人叫他女人上来，和他好说更好些。虽然他们必依，然这事也不可霸道了。"凤姐忙道："连你还这样开恩操心呢，我倒反袖手旁观不成。旺儿家的，你听见说了这事？你也忙忙的给我完了事来。说给你男人，外头所有的帐，一概赶今年年底下收了进来，少一个钱我也不依的。我的名声不好，再放一年，都要生吃了我呢。”旺儿媳妇笑道：“奶奶也太胆小了，谁敢议论奶奶！若收了时，公道说，我们倒还省些事，不大得罪人。”

凤姐冷笑道：“我也是一场痴心白使了。我真个的还等钱作什么，不过为的是日用出的多，进的少。这屋里有的没的，我和你姑爷一月的月钱，再连上四个丫头的月钱，通共一二十两银子，还不够三五天的使用呢。若不是我千凑万挪的，早不知道到什么破窑里去了。如今倒落了一个放帐破落户的名儿。既这样，我就收了回来。我比谁不会花钱？咱们以后就坐着花，到多早晚是多早晚。这不是样儿：前儿老太太生日，太太急了两个月，想不出法儿来，还是我提了一句，后楼上现有些没要紧的大铜锡家伙四五箱子，拿去弄了三百银子，才把太太遮羞礼儿搪过去了。我是你们知道的，那一个金自鸣钟卖了五百六十两银子。没有半个月，大事小事倒有十来件，白填在里头。今儿外头也短住了，不知是谁的主意，搜寻上老太太了。明儿再过一年，各人搜寻到头面衣服，可就好了！”

第三章
话要说得对，还要说得巧
——王熙凤的沟通艺术

故事提要

①为什么好心提醒平儿，竟然碰了钉子？

②面对王夫人突如其来的批评，王熙凤如何巧妙化解了危机？

在上一章里，我们讲到了凤姐的“账也清楚，理也公道”的做事原则，同时也领略了她高明的眼力和雅量，能够爱才、惜才，完全没有独占权力的私心，这种杰出气度是高情商的绝佳表现。

只不过，这样高情商的王熙凤竟然也会在意想不到的地方出错。这一章就要谈谈这个问题，借此了解情商的另一方面。

1. 搞清说话时机、环境和情绪

首先我们注意到，凤姐除了与自家婆婆邢夫人的婆媳关系之外，在人际关系上可以说是无往不利，她既讨各个长辈的欢心，又获得丈夫的包容，在下人面前更是一言九鼎，在贾府里畅通无阻。但是，细数凤姐的出师不利，确实还是存在的，姑且不谈第四十五回李纨反击凤姐的情节，这个情节是熟读《红楼梦》的读者容易注意到的；还有一段被大家忽略了的情节，其中的人心奥妙也值得玩味。那是第五十五回，探春受王夫人的委托，担任理家的任务。新官上任三把火，探春做了许多改革，尤其针对当权

第四十五回 → 扩展阅读1

第五十五回 → 扩展阅读2

的宝玉、凤姐。比如说，当时赵姨娘的兄弟去世了，凤姐叫平儿捎话给探春："若照常例，只得二十两。如今请姑娘裁夺着，再添些也使得。"探春说道："你主子真个倒巧，叫我开了例，他做好人，拿着太太不心疼的钱乐的做人情。你告诉他，我不敢添减混出主意。他添他施恩，等他好了出来，爱怎么添添去。"探春这样回凤姐，是树立自己的威信，凤姐不但心知肚明，而且还处处配合，因此特地叮咛平儿如何采取恰当的态度面对探春。严格地说，凤姐的心态很体贴，做法也没有问题，但没想到竟然碰了钉子，引起平儿空前绝后的激烈反应，甚至不惜顶撞凤姐，也要争辩一番，这又是为什么呢？我们来看看个中缘由。

当时凤姐对平儿的嘱咐是：

> 还有一件，我虽知你极明白，恐怕你心里挽不过来，如今嘱咐你：他虽是姑娘家，心里却事事明白，不过是言语谨慎；他又比我知书识字，更利害一层了。如今俗语"擒贼必先擒王"，他如今要作法开端，一定是先拿我开端。倘或他要驳我的事，你可别分辩，你只越恭敬，越说驳的是才好。千万别想着怕我没脸，和他一犟，就不好了。

仔细看这一段话，凤姐一开始就说"我虽知你极明白，恐怕你心里挽不过来"，意思是，她知道平儿也非常明白这个道理，只是怕她太忠心护主，心理上转不过来，为了捍卫凤姐而顶撞探春，其实并没有藐视平儿能力的意思。第二，凤姐的指导可以说是完全正确的，而且还是出于一片好意，以免平儿吃了大亏，不但没有错，甚至可以说是金玉良言。尤其凤姐面对的是处于下属地位的人，给予指导和提醒再正常不过，本来是合情、合理又合法，但凤姐这次竟然碰了钉子，平儿一反她过去的温和柔软，非常强硬地打断凤姐说话，加以反驳：

> 平儿不等说完，便笑道："你太把人看糊涂了。我才已经行在先，这会子又反嘱咐我。"

看得出来，平儿显然不服气，因为这个道理她不但很懂，而且早就已经那么做了，在探春面前处理得很得体，因此这时听了凤姐的指导，觉得自己被小看了，忍不住发出抗议。

但这个抗议只是表现在打断凤姐的话，以及"你太把人看糊涂了"这句话而已吗？不是的，这个抗议的问题在于我们现代人看不出来的地方。凤姐听了平儿的抗议，虽然没有生气，但还是特别指出平儿的错误，凤姐笑道：

> "你又急了，满口里'你''我'起来。"

这就非常清楚了，平儿的抗议用了一个下人对主子时不应使用的人称代词——"你"，用"你"来称呼凤姐，是一种大不敬的、无礼的做法。以贾府的礼数规矩，在下人对主子的关系里，无论是当面对话，乃至主子不在场时，只要提到主子，一定要用奶奶、太太之类的尊称，"你"是平级之间或者主子对下人才能采取的称呼。其实这种礼数在现在也没有过时，对长辈和领导，为表示尊敬，称呼上最好用"您"，而不是"你"，以免让人觉得被冒犯，感到不愉快。平儿一急，对凤姐脱口而出"你太把人看糊涂了"，可见对于被凤姐指导，平儿是很不舒服的，才会一反常态。

凤姐毕竟是一个大权在握又有能力和见识的领导，她和平儿说这段话也是出于关心和爱护下属，作为下属的平儿其实不用这样直接的反弹，所以其中必有缘故。原来平儿之所以有这么直接甚至激烈的反应，第一个原因是先前贾琏趁凤姐过生日，偷偷和人幽会，却被凤姐发现，两夫妻激烈地争吵起来，可是不好对打，就把怨气都发泄到平儿身上，平儿受了很大的委屈，所以累积了一些情绪；第二个原因是，平儿足够了解凤姐对她有深厚的姐妹情谊，彼此都不见外，所以才敢对凤姐这样无礼。从情商角度来看，这段情节对我们也有很大的启发。平儿从来不是一个高傲的人，也从来也没有过意气用事，这一次她借题发挥，那就表示凤姐的做法提供了一个可以借来发挥的“题”，这个“题”就是：“指导”的说法和做法。

情商点评

“指导”这种方式本身就是很令人反感的，因为它让人感觉到自己被当作很笨的人，连这些想法、做法都不懂、都想不到，才会需要别人的提示。谁会喜欢被当作很笨的人呢？何况自己不但不笨，甚至比指导自己的人还高明，早就把事情面面俱到地想清楚了，那就更觉得不能忍受了。平儿的反应正是反映出这种微妙的心理。

所以，善心和好意要用在恰当的时机、恰当的地点，时机不对，就会像凤姐这样，她在前几天刚拿平儿撒完气，还在平儿已经做得很好的时候去提醒平儿该怎么做，自然会引起平儿的反弹。

所以，虽然我们提出的建议很正确，但是同时还要用恰当的方式，这样才不会弄巧成拙。“恰当的方式”就是注意说话的分寸，不要让别人感到你在教导他应该怎么做。

《圣经 · 箴言》里记载了所罗门王所说的比喻：“一句话说得合宜，就如金苹果在银网子里。”也就是说，一个言论或者建议，在合适的环境里说出来，才能发挥符合时宜的巧妙作用，就像金

我们往往喜欢指导别人，但反过来想一想，自己是否喜欢被人指导的感受呢？

苹果镶嵌在银网子里那样美好。

这个比喻非常传神，可以说是说话的最高境界。话要说得好，首先是要了解对方、尊重对方，才能用他欣然接受的方式去说。话能说到这个程度，善心和好意才能结出善果。

一场良好的对话，简单地说，就是用“补充”代替“指正”，用“建议”代替“指导”。当然，这两种做法之间的界线有时也不是很清楚，强势的建议就变成了指导，太多的补充也会给别人压力。这一点还需要我们好好拿捏，多多揣摩，逐渐地掌握好分寸。

2. 遇事慢三分，说话“抑扬格”

平心而论，王熙凤对平儿的指导本身并没有错误；面对长辈的时候，王熙凤的说话艺术更是从来没有出过错。归纳一下，凤姐的说话原则可以称为“抑扬格”，也就是先接受和肯定对方，表示对对方的尊重和理解，然后再提供修正和建议，这么一来，对方通常会比较容易接受。

第七十四回→扩展阅读 4

例如，第七十四回里写到大观园里发现了绣春囊，这个色情的物件会让住在里面的千金小姐身败名裂，可以说是攸关生死的大是大非，王夫人一开始误会是凤姐遗落的，在盛怒之下来找凤姐兴师问罪。仔细观察，当时饱受委屈的凤姐是怎样反应的：当时王夫人把王熙凤的整个住处戒严，不许任何丫头接近，然后含着眼泪从袖内掷出一个香袋子来，说：“你瞧。”凤姐连忙拾起一看，也吓了一跳，忙问：“太太从那里得来？”王夫人见问，越发泪如雨下，颤声说这样的东西堂而皇之摆在园子里的山石上，被老太太的傻丫头捡到了，幸亏被凤姐的婆婆邢夫人遇见，赶紧拦截下来，否则后果不堪设想。接着王夫人指责凤姐怎么把这个东

对方误解你、指责你时，往往正在气头上，这时若直面反驳相当于火上浇油。不如冷静下来尝试与对方沟通。

西遗落在那里，凤姐一听脸色也变了，原来王夫人认定凤姐夫妻才会有这种东西，是这个事件的罪魁祸首，所以才会这么愤怒地来兴师问罪。这让凤姐又急又愧，立刻紫涨了面皮，依炕沿双膝跪下，含泪为自己辩解。我们想一想：如果换作是你，你会怎么做？是不是会立刻严正地否认呢？我们看凤姐是怎么说的。

她先是同意王夫人，说“太太说的固然有理，我也不敢辩我并无这样的东西”，即使深受冤屈，还是先赞同王夫人的说法，接受王夫人的谴责，这就是“抑扬格”的“扬”。接着她才说“但其中还要求太太细详其理”，这里就开始转折了，请王夫人从别的角度重新思考事情的真相，有哪些角度呢？凤姐说了五个可能性：第一，那香袋是外头粗制滥造的市卖货，王熙凤自己不会没品位到用这种东西；第二，这种东西不是可以常常带在身上的，如果露出来被姊妹甚至奴才看见，那就太丢脸了，王熙凤不会做这种糊涂事；第三，在主子辈里王熙凤是年轻媳妇，但如果把奴才算进来，更年轻的丫头媳妇就多了，况且她们也常进园子，更有可能带进这种东西；第四，主子辈里的邢夫人、尤氏也常带几个年轻的侍妾，她们更该有这个了，怎么知道不是她们的；第五，园内的丫头太多，未必个个都是正经的，更可能带进这样的东西。最后王熙凤才总结说：“如今不但我没此事，就连平儿，我也可以下保的。太太请细想。”

这一大段就是“抑扬格”的“抑”，补充王夫人所没有想到的部分，也因为凤姐思考得更面面俱到，王夫人听了这一席话，觉得合情合理，才扭转了对凤姐的误会和愤怒，一腔怒火平静下来，让对话变为冷静地讨论处置办法。凤姐不但洗刷了冤屈，也进一步提出了适当的策略。

情商点评

通过这段情节，大家更清楚“抑扬格”的做法了，但还是要特别提醒：我们在对话时先接受、赞同对方，并不是虚伪，也不是敷衍了事，而是真正愿意了解对方的看法和主张，体贴对方的心情和感受，这样，对方也才愿意做进一步交流，产生建设性的沟通，彼此的关系也可以更近一步。

最后，我们总结一下这一章所讲的情商特质：

第一，尊重别人，体贴别人的心意，培养“说话的艺术”。

第二，以“补充”代替“指正”，以“建议”代替“指导”。

第三，面对冲突时用“抑扬格”的方式，先肯定对方，然后再做其他的说明。

这就是王熙凤高情商的另一种表现。

下一章将讲到宝钗的情商，也有你不知道的一面呢！

扩展阅读 1

第四十五回　金兰契互剖金兰语　风雨夕闷制风雨词

话说凤姐儿正抚恤平儿，忽见众姊妹进来，忙让坐了，平儿斟上茶来。凤姐儿笑道：“今儿来的这么齐，倒像下帖子请了来的。”探春笑道：“我们有两件事：一件是我的，一件是四妹妹的，还夹着老太太的话。”凤姐儿笑道：“有什么事，这么要紧？”探春笑道：“我们起了个诗社，头一社就不齐全，众人脸软，所以就乱了。我想必得你去作个监社御史，铁面无私才好。再四妹妹为画园子，用的东西这般那般不全，回了老太太。老太太说：‘只怕后头楼底下还有当年剩下的，找一找，若有呢拿出来，若没有，叫人买去。’”凤姐笑道：“我又不会作什么‘湿的’‘干的’，要我吃东西去不成？”探春道：“你虽不会作，也不要你作。你只监察着我们里头有偷安怠惰的，该怎么样罚他就是了。”凤姐儿笑道：“你们别哄我，我猜着了：那里是请我作监社御史，分明是叫我作个进钱的铜商！你们弄什么社，必是要轮流作东道的。你们的月钱不够花了，想出这个法子来拘了我去，好和我要钱。可是这个主意？”一席话说的众人都笑起来了。

李纨笑道：“真真你是个水晶心肝玻璃人。”凤姐儿笑道：“亏你是个大嫂子呢！把姑娘们原交给你带着念书学规矩针线的，他们不好，你要劝。这会子他们起诗社，能用几个钱，你就不管了？老太太、太太罢了，原是老封君。你一个月十两银子的月钱，比我们多两倍银子。老太太、太太还说你寡妇失业的，可怜，不够用，又有个小子，足的又添了十两，和老太太、太太平等。又给你园子地，各人取租子。年终分年例，你又是上上分儿。你娘儿们，主子奴才共总没十个人，吃的穿的仍旧是官中的。一年通共算起来，也有四五百银子。这会子你就每年拿出一二百两银子来陪他们顽顽，能几年的限？他们各人出了阁，难道还要你赔不成？这会子你怕花钱，调唆他们来闹我，我乐得去吃一个河涸海干，我还通不知道呢！”

李纨笑道：“你们听听，我说了一句，他就疯了，说了两车的无赖泥腿市俗专会打细算盘分斤拨两的话出来。这东西亏他托生在诗书大宦名门之家做小姐，出了嫁又是这样，他还是这么着；若是生在贫寒小户人家，作个小子，还不知怎么下作贫嘴恶舌的呢！天下人都被你算计了去！昨儿还打平儿呢，亏你伸的出手来！那黄汤难道灌丧了狗肚子里去了？气的我只要给平儿打报不平。忖度了半日，好容易'狗长尾巴尖儿'的好日子，又怕老太太心里不受用，因此没来，究竟气还未平。你今儿又招我来了。给平儿拾鞋也不要，你们两个只该换一个过子才是。"说的众人都笑了。凤姐儿忙笑道："竟不是为诗为画来找我这脸子，竟是为平儿来报仇的。竟不承望平儿有你这一位仗腰子的人。早知道，便有鬼拉着我的手打他，我也不打了。平姑娘，过来！我当着大奶奶姑娘们替你赔个不是，担待我酒后无德罢。"说着，众人又都笑起来了。李纨笑问平儿道："如何？我说必定要给你争争气才罢。"平儿笑道："虽如此，奶奶们取笑，我禁不起。"李纨道："什么禁不起，有我呢。快拿了钥匙叫你主子开了楼房找东西去。"

凤姐儿笑道："好嫂子，你且同他们回园子里去。才要把这米帐和他们算一算，那边大太太又打发人来叫，又不知有什么话说，须得过去走一趟。还有年下你们添补的衣服，还没打点给他们做去。"李纨笑道："这些事我都不管，你只把我的事完了我好歇着去，省得这些姑娘小姐闹我。"凤姐忙笑道："好嫂子，赏我一点空儿。你是最疼我的，怎么今儿为平儿就不疼我了？往常你还劝我说，事情虽多，也该保养身子，捡点着偷空儿歇歇，你今儿反倒逼我的命了。况且误了别人的年下衣裳无碍，他姊妹们的若误了，却是你的责任，老太太岂不怪你不管闲事，这一句现成的话也不说？我宁可自己赔不是，岂敢带累你呢。"李纨笑道："你们听听，说的好不好？把他会说话的！我且问你，这诗社你到底管不管？"凤姐儿笑道："这是什么话，我不入社花几个钱，不成了大观园的反叛了，还想在这里吃饭不成？明儿一早就到任，下马拜了印，先放下五十两银子给你们慢慢作会社东道。过后几天，我又不作诗作文，只不过是个俗人罢了。‘监察’也罢，不‘监察’也罢，有了钱了，你们还撵出我来！”说的众人又都笑起来。凤姐儿道：“过会子我开了楼房，凡有这些东西都叫人搬出来你们看，若使得，留着使，若少什么，照你们单子，我叫人替你们买去就是了。画绢我就裁出来。那图样没有在太太跟前，还在那边珍大爷那里呢。说给你们，别碰钉子去。我打发人取了来，一并叫人连绢交给相公们矾去，如何？”李纨点首笑道：“这难为你，果然这样还罢了。既如此，咱们家去罢，等着他不送了去再来闹他。”说着，便带了他姊妹就走。

扩展阅读 2

第五十五回　辱亲女愚妾争闲气　欺幼主刁奴蓄险心

忽听有人说：“二奶奶打发平姑娘说话来了。”赵姨娘听说，方把口止住。只见平儿进来，赵姨娘忙陪笑让坐，又忙问：“你奶奶好些？我正要瞧去，就只没得空儿。”李纨见平儿进来，因问他来做什么。平儿笑道：“奶奶说，赵姨奶奶的兄弟没了，恐怕奶奶和姑娘不知有旧例，若照常例，只得二十两。如今请姑娘裁夺着，再添些也使得。”探春早已拭去泪痕，忙说道：“又好好的添什么，谁又是二十四个月养下来的？不然也是那出兵放马背着主子逃出命来过的人不成？你主子真个倒巧，叫我开了例，他做好人，拿着太太不心疼的钱乐的做人情。你告诉他，我不敢添减混出主意。他添他施恩，等他好了出来，爱怎么添添去。”平儿一来时已明白了对半，今听这一番话，越发会意，见探春有怒色，便不敢以往日喜乐之时相待，只一边垂手默侍。

时值宝钗也从上房中来，探春等忙起身让坐。未及开言，又有一个媳妇进来回事。因探春才哭了，便有三四个小丫鬟捧了沐盆、巾帕、靶镜等物来。此时探春因盘膝坐在矮板榻上，那捧盆的丫鬟走至跟前，便双膝跪下，高捧沐盆；那两个小丫鬟，也都在旁屈膝捧着巾帕并靶镜脂粉之饰。平儿见待书不在这里，便忙上来与探春挽袖卸镯，又接过一条大手巾来，将探春面前衣襟掩了。探春方伸手向面盆中盥沐。那媳妇便回道："回奶奶姑娘，家学里支环爷和兰哥儿的一年公费。"平儿先道："你忙什么！你睁着眼看，见姑娘洗脸，你不出去侍候着，先说话来。二奶奶跟前你也这么没眼色来着？姑娘虽然恩宽，我去回了二奶奶，只说你们眼里都没姑娘，你们都吃了亏，可别怨我。"唬的那个媳妇忙陪笑道："我粗心了。"一面说，一面忙退出去。

探春一面匀脸，一面向平儿冷笑道："你迟了一步，还有可笑的：连吴姐姐这么个办老了事的，也不查清楚了，就来混我们。幸亏我们问他，他竟有脸说忘了。我说他回你主子事也忘了再找去？我料着你那主子未必有耐性儿等他去找。"平儿忙笑道："他有这一次，管包腿上的筋早折了两根。姑娘别信他们。那是他们瞅着大奶奶是个菩萨，姑娘又是个腼腆小姐，固然是托懒来混。"说着，又向门外说道："你们只管撒野，等奶奶大安了，咱们再说。"门外的众媳妇都笑道："姑娘，你是个最明白的人，俗语说'一人作罪一人当'，我们并不敢欺蔽小姐。如今小姐是娇客，若认真惹恼了，死无葬身之地。"

平儿冷笑道："你们明白就好了。"又陪笑向探春道："姑娘知道二奶奶本来事多，那里照看的这些，保不住不忽略。俗语说'旁观者清'，这几年姑娘冷眼看着，或有该添该减的去处二奶奶没行到，姑娘竟一添减，头一件于太太的事有益，第二件也不枉姑娘待我们奶奶的情义了。"

话未说完，宝钗李纨皆笑道：“好丫头，真怨不得凤丫头偏疼他！本来无可添减的事，如今听你一说，倒要找出两件来斟酌斟酌，不辜负你这话。”探春笑道：“我一肚子气，没人煞性子，正要拿他奶奶出气去，偏他碰了来，说了这些话，叫我也没了主意了。”

一面说，一面叫进方才那媳妇来，问：“环爷和兰哥儿家学里这一年的银子，是做那一项用的？”那媳妇便回说：“一年学里吃点心或者买纸笔，每位有八两银子的使用。”探春道：“凡爷们的使用，都是各屋里领了月钱的。环哥的是姨娘领二两，宝玉的是老太太屋里袭人领二两，兰哥儿的是大奶奶屋里领。怎么学里每人又多这八两？原来上学去的是为这八两银子！从今儿起，把这一项蠲了。平儿，回去告诉你奶奶，说我的话，把这一条务必免了。”平儿笑道：“早就该免。旧年奶奶原说要免的，因年下忙，就忘了。”那个媳妇只得答应着去了。就有大观园中媳妇捧了饭盒来。

扩展阅读 3

第四十四回　变生不测凤姐泼醋　喜出望外平儿理妆

话说众人看演《荆钗记》，宝玉和姐妹一处坐着。林黛玉因看到《男祭》这一出上，便和宝钗说道：“这王十朋也不通的很，不管在那里祭一祭罢了，必定跑到江边子上来作什么！俗语说，‘睹物思人’，天下的水总归一源，不拘那里的水舀一碗看着哭去，也就尽情了。”宝钗不答。宝玉回头要热酒敬凤姐儿。

原来贾母说今日不比往日，定要叫凤姐痛乐一日。本来自己懒待坐席，只在里间屋里榻上歪着和薛姨妈看戏，随心爱吃的拣几样放在小几上，随意吃着说话儿；将自己两桌席面赏那没有席面的大小丫头并那应差听差的妇人等，命他们在窗外廊檐下也只管坐着随意吃喝，不必拘礼。王夫人和邢夫人在地下高桌上坐着，外面几席是他姊妹们坐。

贾母不时吩咐尤氏等：“让凤丫头坐在上面，你们好生替我待东，难为他一年到头辛苦。”尤氏答应了，又笑回说道：“他坐不惯首席，坐在上头横不是竖不是的，酒也不肯吃。”贾母听了，笑道：“你不会，等我亲自让他去。”凤姐儿忙也进来笑说：“老祖宗别信他们的话，我吃了好几钟了。”贾母笑着，命尤氏：“快拉他出去，按在椅子上，你们都轮流敬他。他再不吃，我当真的就亲自去了。”尤氏听说，忙笑着又拉他出来坐下，命人拿了台盏斟了酒，笑道：“一年到头难为你孝顺老太太、太太和我。我今儿没什么疼你的，亲自斟杯酒，乖乖儿的在我手里喝一口。”凤姐儿笑道：“你要安心孝敬我，跪下我就喝。”尤氏笑道：“说的你不知是谁！我告诉你说，好容易今儿这一道，过了后儿，知道还得像今儿这样不得了？趁着尽力灌丧两钟罢。”凤姐儿见推不过，只得喝了两钟。

接着，众姊妹也来，凤姐也只得每人的喝一口。赖大妈妈见贾母尚这等高兴，也少不得来凑趣儿，领着些嬷嬷们也来敬酒。凤姐儿也难推脱，只得喝了两口。鸳鸯等也来敬，凤姐儿真不能了，忙央告道：“好姐姐们，饶了我罢，我明儿再喝罢。”鸳鸯笑道：“真个的，我们是没脸的了？就是我们在太太跟前，太太还赏个脸儿呢。往常倒有些体面，今儿当着这些人，倒拿起主子的款儿来了。我原不该来。不喝，我们就走。”说着真个回去了。凤姐儿忙赶上拉住，笑道：“好姐姐，我喝就是了。”说着拿过酒来，满满的斟了一杯喝干。鸳鸯方笑了散去，然后又入席。

凤姐儿自觉酒沉了，心里突突的似往上撞，要往家去歇歇，只见那耍百戏的上来，便和尤氏说："预备赏钱，我要洗洗脸去。"尤氏点头。凤姐儿瞅人不防，便出了席，往房门后檐下走来。平儿留心，也忙跟了来，凤姐儿便扶着他。才至穿廊下，只见他房里的一个小丫头正在那里站着，见他两个来了，回身就跑。凤姐儿便疑心，忙叫："站住！"那丫头先只装听不见，无奈后面连平儿也叫，只得回来。

凤姐儿越发起了疑心，忙和平儿进了穿堂，叫那小丫头子也进来，把槅扇关了。凤姐儿坐在小院子的台矶上，命那丫头子跪了，喝命平儿："叫两个二门上的小厮来，拿绳子鞭子，把那眼睛里没主子的小蹄子打烂了！"那小丫头子已经唬的魂飞魄散，哭着只管碰头求饶。凤姐儿问道："我又不是鬼，你见了我，不说规规矩矩站住，怎么倒往前跑？"小丫头子哭道："我原没看见奶奶来。我又记挂着房里无人，所以跑了。"凤姐儿道："房里既没人，谁叫你来的？你便没看见我，我和平儿在后头扯着脖子叫了你十来声，越叫越跑。离的又不远，你聋了不成？你还和我强嘴！"说着便扬手一掌打在脸上，打的那小丫头一栽；这边脸上又一下，登时小丫头子两腮紫胀起来。平儿忙劝："奶奶仔细手疼。"凤姐便说："你再打着问他跑什么。他再不说，把嘴撕烂了他的！"那小丫头子先还强嘴，后来听见凤姐儿要烧了红烙铁来烙嘴，方哭道："二爷在家里，打发我来这里瞧着奶奶的，若见奶奶散了，先叫我送信儿去的。不承望奶奶这会子就来了。"

凤姐儿见话中有文章，便又问道："叫你瞧着我作什么？难道怕我家去不成？必有别的原故，快告诉我，我从此以后疼你。你若不细说，立刻拿刀子来割你的肉。"说着，回头向头上拔下一根簪子来，向那丫头嘴上乱戳，唬的那丫头一行躲，一行哭求道："我告诉奶奶，可别说我说的。"平儿一旁劝，一面催他，叫他快说。丫头便说道："二爷也是才来房里的，睡了一会醒了，打发人来瞧瞧奶奶，说才坐席，还得好一会才来呢。二爷就开了箱子，拿了两块银子，还有两根簪子，两匹缎子，叫我悄悄的送与鲍二的老婆去，叫他进来。他收了东西就往咱们屋里来了。二爷叫我来瞧着奶奶，底下的事我就不知道了。”

凤姐听了，已气的浑身发软，忙立起身来一径来家。刚至院门，只见又有一个小丫头在门前探头儿，一见了凤姐，也缩头就跑。凤姐儿提着名字喝住。那丫头本来伶俐，见躲不过了，越性跑了出来，笑道：“我正要告诉奶奶去呢，可巧奶奶来了。”凤姐儿道：“告诉我什么？”那小丫头便说二爷在家这般如此如此，将方才的话也说了一遍。凤姐啐道：“你早作什么了？这会子我看见你了，你来推干净儿！”说着也扬手一下打的那丫头一个趔趄，便蹑手蹑脚的走至窗前。

往里听时，只听里头说笑。那妇人笑道：“多早晚你那阎王老婆死了就好了。”贾琏道：“他死了，再娶一个也是这样，又怎么样呢？”那妇人道：“他死了，你倒是把平儿扶了正，只怕还好些。”贾琏道：“如今连平儿他也不叫我沾一沾了。平儿也是一肚子委曲不敢说。我命里怎么就该犯了‘夜叉星’。”

凤姐听了，气的浑身乱战，又听他俩都赞平儿，便疑平儿素日背地里自然也有愤怨语了，那酒越发涌了上来，也并不忖度，回身把平儿先打了两下，一脚踢开门进去，也不容分说，抓着鲍二家的撕打一顿。又怕贾琏走出去，便堵着门站着骂道：“好淫妇！你偷主子汉子，还要治死主子老婆！平儿过来！你们淫妇忘八一条藤儿，多嫌着我，外面儿你哄我！”说着又把平儿打几下。打的平儿有冤无处诉，只气得干哭，骂道：“你们做这些没脸的事，好好的又拉上我做什么！”说着也把鲍二家的撕打起来。

贾琏也因吃多了酒，进来高兴，未曾作的机密，一见凤姐来了，已没了主意，又见平儿也闹起来，把酒也气上来了。凤姐儿打鲍二家的，他已又气又愧，只不好说的，今见平儿也打，便上来踢骂道："好娼妇！你也动手打人！"平儿气怯，忙住了手，哭道："你们背地里说话，为什么拉我呢？"凤姐见平儿怕贾琏，越发气了，又赶上来打着平儿，偏叫打鲍二家的。平儿急了，便跑出来找刀子要寻死。外面众婆子丫头忙拦住解劝。这里凤姐见平儿寻死去，便一头撞在贾琏怀里，叫道："你们一条藤儿害我，被我听见了，倒都唬起我来。你也勒死我！"贾琏气的墙上拔出剑来，说道："不用寻死，我也急了，一齐杀了，我偿了命，大家干净。"

正闹的不开交，只见尤氏等一群人来了，说："这是怎么说，才好好的，就闹起来。"贾琏见了人，越发"倚酒三分醉"，逞起威风来，故意要杀凤姐儿。凤姐儿见人来了，便不似先前那般泼了，丢下众人，便哭着往贾母那边跑。

此时戏已散出，凤姐跑到贾母跟前，爬在贾母怀里，只说："老祖宗救我！琏二爷要杀我呢！"贾母、邢夫人、王夫人等忙问怎么了。凤姐儿哭道："我才家去换衣裳，不防琏二爷在家和人说话，我只当是有客来了，唬得我不敢进去。在窗户外头听了一听，原来是和鲍二家的媳妇商议，说我利害，要拿毒药给我吃了治死我，把平儿扶了正。我原气了，又不敢和他吵，原打了平儿两下，问他为什么要害我。他臊了，就要杀我。"贾母等听了，都信以为真，说："这还了得！快拿了那下流种子来！"一语未完，只见贾琏拿着剑赶来，后面许多人跟着。

贾琏明仗着贾母素习疼他们，连母亲婶母也无碍，故逞强闹了来。邢夫人王夫人见了，气的忙拦住骂道："这下流种子！你越发反了，老太太在这里呢！"贾琏乜斜着眼，道："都是老太太惯的他，他才这样，连我也骂起来了！"邢夫人气的夺下剑来，只管喝他："快出去！"那贾琏撒娇撒痴，涎言涎语的还只乱说。贾母气的说道："我知道你也不把我们放在眼里，叫人把他老子叫来！"贾琏听见这话，方趔趄着脚儿出去了，赌气也不往家去，便往外书房来。

这里邢夫人王夫人也说凤姐儿。贾母笑道："什么要紧的事！小孩子们年轻，馋嘴猫儿似的，那里保得住不这么着。从小儿世人都打这么过的。都是我的不是，叫你多吃了两口酒，又吃起醋来。"说的众人都笑了。贾母又道："你放心，等明儿我叫他来替你赔不是。你今儿别要过去臊着他。"因又骂："平儿那蹄子，素日我倒看他好，怎么暗地里这么坏。"尤氏等笑道："平儿没有不是，是凤丫头拿着人家出气。两口子不好对打，都拿着平儿煞性子。平儿委曲的什么似的呢，老太太还骂人家。"贾母道："原来这样，我说那孩子倒不像那狐媚魇道的。既这么着，可怜见的，白受他们的气。"因叫琥珀来："你出去告诉平儿，就说我的话：我知道他受了委曲，明儿我叫凤姐儿替他赔不是。今儿是他主子的好日子，不许他胡闹。"

扩展阅读 4

第七十四回　惑奸谗抄检大观园　矢孤介杜绝宁国府

一语未了，人报："太太来了。"凤姐听了诧异，不知为何事亲来，与平儿等忙迎出来。只见王夫人气色更变，只带一个贴己的小丫头走来，一语不发，走至里间坐下。凤姐忙奉茶，因陪笑问道："太太今日高兴，到这里逛逛。"王夫人喝命："平儿出去！"平儿见了这般，着慌不知怎么样了，忙应了一声，带着众小丫头一齐出去，在房门外站住，越性将房门掩了，自己坐在台矶上，所有的人，一个不许进去。

凤姐也着了慌，不知有何等事。只见王夫人含着泪，从袖内掷出一个香袋子来，说："你瞧。"凤姐忙拾起一看，见是十锦春意香袋，也吓了一跳，忙问："太太从那里得来？"王夫人见问，越发泪如雨下，颤声说道："我从那里得来！我天天坐在井里，拿你当个细心人，所以我才偷个空儿。谁知你也和我一样。这样的东西，大天白日明摆在园里山石上，被老太太的丫头拾着，不亏你婆婆遇见，早已送到老太太跟前去了。我且问你，这个东西如何遗在那里来？"

凤姐听得，也更了颜色，忙问："太太怎知是我的？"王夫人又哭又叹说道："你反问我！你想，一家子除了你们小夫小妻，馀者老婆子们，要这个何用？再女孩子们是从那里得来？自然是那琏儿不长进下流种子那里弄来。你们又和气，当作一件顽意儿，年轻人儿女闺房私意是有的，你还和我赖！幸而园内上下人还不解事，尚未捡得。倘或丫头们捡着，你姊妹看见，这还了得。不然有那小丫头们捡着，出去说是园内拣着的，外人知道，这性命脸面要也不要？"

凤姐听说，又急又愧，登时紫涨了面皮，便依炕沿双膝跪下，也含泪诉道："太太说的固然有理，我也不敢辩我并无这样的东西。但其中还要求太太细详其理：那香袋是外头雇工仿着内工绣的，带这穗子一概是市卖货。我便年轻不尊重些，也不要这劳什子，自然都是好的，此其一。二者这东西也不是常带着的，我纵有，也只好在家里，焉肯带在身上各处去？况且又在园里去，个个姊妹我们都肯拉拉扯扯，倘或露出来，不但在姊妹前，就是奴才看见，我有什么意思？我虽年轻不尊重，亦不能糊涂至此。三则论主子内我是年轻媳妇，算起奴才来，比我更年轻的又不止一个人了。况且他们也常进园，晚间各人家去，焉知不是他们身上的？四则除我常在园里之外，还有那边太太常带过几个小姨娘来，如嫣红翠云等人，皆系年轻侍妾，他们更该有这个了。还有那边珍大嫂子，他也不算甚老，他也常带过佩凤等人来，焉知又不是他们的？五则园内丫头太多，保的住个个都是正经的不成？也有年纪大些的知道了人事，或者一时半刻人查问不到偷着出去，或借着因由同二门上小幺儿们打牙犯嘴，外头得了来的，也未可知。如今不但我没此事，就连平儿，我也可以下保的。太太请细想。”

王夫人听了这一席话大近情理，因叹道：“你起来。我也知道你是大家小姐出身，焉得轻薄至此，不过我气急了，拿了话激你。但如今却怎么处？你婆婆才打发人封了这个给我瞧，说是前日从傻大姐手里得的，把我气了个死。”凤姐道：“太太快别生气。若被众人觉察了，保不定老太太不知道。且平心静气暗暗访察，才得确实；纵然访不着，外人也不能知道。这叫作‘胳膊折在袖内’。如今惟有趁着赌钱的因由革了许多的人这空儿，把周瑞媳妇旺儿媳妇等四五个贴近不能走话的人安插在园里，以查赌为由。再如今他们的丫头也太多了，保不住人大心大，生事作耗，等闹出事来，反悔之不及。如今若无故裁革，不但姑娘们委屈烦恼，就连太太和我也过不去。不如趁此机会，以后凡年纪大些的，或有些咬牙难缠的，拿个错儿撵出去配了人。一则保得住没有别的事，二则也可省些用度。太太想我这话如何？”

第四章
高情商不是做老好人
——懂得说“不”的薛宝钗

故事提要

①宝钗清楚地知道他人亮出的边界。

②面对小丫头的轻浮猜测，宝钗一反常态厉声否认。

③与侵犯自己边界的人周旋，休面地拒绝别人。

在上一章里，通过王熙凤一次不算错的出错，我们学习到如何让好意正确地表达出来，从而皆大欢喜。本章中，我们就要看到一个读者通常想不到的问题。

说起《红楼梦》里高情商的人，除了王熙凤之外，人们一定还会想到另一位金钗：薛宝钗。薛宝钗可以说也是《红楼梦》里情商数一数二的人物，很多读者都认为她处事圆融，与人为善，所以广受欢迎，曹雪芹也的确是这么写的，书里第五回说：

> 品格端方，容貌丰美，人多谓黛玉所不及。而且宝钗行为豁达，随分从时，不比黛玉孤高自许，目无下尘，故比黛玉大得下人之心。便是那些小丫头子们，亦多喜与宝钗去顽。

何止是下人们，平辈、长辈也都很喜欢宝钗，第三十五回贾母当众说：“提起姊妹，不是我当着姨太太的面奉承，千真万真，从我们家四个女孩儿算起，全不如宝丫头。”“稳重和平”的宝钗当然是一个最懂得与人合作的少女，能够处处给予别人最贴心的照应，最重要的是，她拥有成熟人格的关键——不以自我为中心，能够完美地扮演每一个角色。真正做到了《论语·公冶长》里孔子所说的：“老者安之，朋友信之，少者怀之。”即让老辈人都能够安享幸福，朋友之间相互信任，年轻的子弟们怀有远大的理想。宝钗能让大家都达到和谐的状态，确实是一个情商极高的人，符合儒家的君子境界。

宝钗的高情商体现在理解别人的思想、情感、经验，因此总能像春风化雨一般体贴入微。例如她细心帮助孤苦的湘云，替她办了一场丰盛的螃蟹宴，难怪第三十二回湘云笑道：“我天天在家里想着，这些姐姐们再没一个比宝姐姐好的。……我但凡有这么个亲姐姐，就是没了父母，也是没妨碍的。”说着，眼圈儿还红了。这可以说是对宝钗的最高赞美。

但是，我们这里要谈的，不是宝钗已经广为人知的性格特质，而是要学习她高情商的另一种表现，那就是懂得说“不”。在此，借宝钗的故事来说明一个重要的情商原则：在人际关系中划出“心理界限”的必要。

1.“识趣”就是认得出别人的边界

什么是“心理界限”？一听到“界限”这个词，我们可能会疑惑，那应是一种距离，而不是合作吧？拒绝别人的姿态，怎能算作高情商呢？以往印象中，宝钗可是一个很懂得顺应别人的人呢。

其实我们往往都误会了，以为高情商就是能配合别人，这固然没有错，但并不是情商的全部；一味地强调与别人合作，却忽略了安全距离，反倒很容易出现问题。请想一想，既然高情商的表现是懂得替别人着想，当然也包括能了解、体谅别人的处境，尊重别人的心理界限，不要造成别人的负担，而宝钗就是这样做的。

书里第十八回写，宝玉、黛玉、宝钗在王夫人处闲玩，而贾府为了元妃省亲，上上下下忙碌不堪，即使大观园已经建好，贾政等人也都做了初步题撰的工作，后续的事务依然繁重。小说中写道，王夫人等日日忙乱，当下又有人回报，说工程上等着糊东西的纱绫，请凤姐去开楼拣纱绫；又有人来回报，请凤姐开库房，要收金银器皿。连王夫人并上房丫鬟等一干众人，皆一时不得空闲，于是宝钗就说："咱们别在这里碍手碍脚，找探丫头去。"说着，便同宝玉、黛玉往迎春等房中去。

掌握好对方的心理界限，不要成为"碍手碍脚"、让人感到受侵犯的人。

情商点评

宝钗明白，别人忙碌时，就不是闲话家常、联络感情的时候，更不是可以拿一些日常琐事去询问的时候。我们需要知道，别人不可能随时响应你的需求，你必须先了解对方的状况，知道他的"心理界限"，才不会鲁莽地给别人造成困扰。所以，情商既是一种与别人合作的能力，更是一种不带给别人困扰、不增加别人的负担、避免打扰别人的能力，也就是不要让别人觉得"碍手碍脚"。宝钗就很懂得这个道理，而我们也要意识到这一点，特别是当别人已经告诉你，他现在很忙很累，那就表示这不是可以聊天、讨论的时候，而当他这么说的时候，就是在表明他的"心理界限"，除非有很重要的紧急事务，否则请你到此为止。只要我们守住这个界限，做一个贴心的人，那么别人一看到或想起你，就会很高兴、很欢迎，而不是想逃开了。

2. 你需要教会别人如何对待你

“心理界限”是与别人相处之时，不可触碰的界限。无论彼此是怎样的关系，都应该划定适当的界限，当有人逾越了界限，使你感到受侵犯时，就必须敢于说“不”，要求他改正，以免别人刻意或者无意间得寸进尺，造成彼此更大的嫌隙。

毕竟人性太复杂，每个人的个性、认知都不一样，并非每个人都会反省自己、约束自己，也不是每个人都能像宝钗一样替别人着想，所以在人际关系中容易发生侵犯心理界限的问题。此时，如何让逾越界限的人适可而止，就需要适时加以提醒，明确自己的界限。就这一点而言，高情商的宝钗提供了一个很好的案例。

{第三十回 → 扩展阅读 1}

第三十回写了一段宝玉、黛玉、宝钗之间针锋相对、暗地较劲的精彩情节。当时薛蟠过生日，宝玉托病没有去拜寿，却又要撇清，于是请宝钗替他分辩分辩，接着宝玉又问：“姐姐怎么不看戏去？”宝钗道：“我怕热，看了两出，热的很。要走，客又不散。我少不得推身上不好，就来了。”宝玉听说，自己由不得脸上没意思，这很像是指桑骂槐，影射了宝玉推托生病、没去向薛蟠拜寿的行为。于是宝玉只得又搭讪笑道：“怪不得他们拿姐姐比杨妃，原来也体丰怯热。”宝钗听说，不由得大怒，便冷笑了两声，说道：“我倒像杨妃，只是没一个好哥哥好兄弟可以作得杨国忠的！”一个女孩子被说体态丰满，当然很不开心，于是宝钗反击宝玉说，就算她的体态像杨贵妃，这也没什么要紧，至少没有出一个祸国殃民的兄弟，那才是严重得很呢！就在宝钗、宝玉两个人针锋相对的时候，正巧小丫头靛儿因不见了扇子，和宝钗笑道：“必是宝姑娘藏了我的。好姑娘，赏我罢。”宝钗便指着她说：“你要仔细！我和你顽过，你再疑我。和你素日嬉皮笑脸的那些姑娘们跟前，你该问他们去。”几句话说得靛儿跑了。

这实在是一段很特殊的情节，宝钗并不是一个脾气暴躁、没有雅量的人，这次怎么这么严厉，当众不给靛儿情面呢？何况第五回不是说，宝钗“比黛玉大得下人之心，便是那些小丫头子们，亦多喜与宝钗去顽”吗？怎么这次小丫头靛儿和她玩，她却要大发脾气呢？

很多人会以为，宝钗这次的动怒是“项庄舞剑，意在沛公”，是要借机给宝玉、黛玉两个人难堪。因为，宝玉之所以推托生病，不去参加薛蟠的庆生宴，就是因为先前黛玉又为了“金玉良缘”的事闹脾气，也害宝玉摔玉、砸玉，闹得轰轰烈烈，事后宝玉无精打彩，哪里还有心情去看戏，因此推病不去，这就是宝钗从推病开始数落宝玉的事端。可是仔细品味，宝钗这次的动怒其实和宝玉、黛玉两人无关，而是宝钗必须这样做，换作是你遇到这种状况，也必须这样做，因为这是道德问题，不是情绪问题。

小丫头靛儿虽然很亲近宝钗，敢和她玩，但这个小丫头已经逾越了界限，她对宝钗说，她的扇子一定是宝钗偷藏起来了，这等于说宝钗是一个会偷藏别人东西的贼。如果不严厉地反驳，岂不是等于承认自己是贼？平辈之间都不能忍受此种说法，何况靛儿是个小丫头，竟然说主子偷藏了她的扇子，这实在太过随便，换作脾气大一点的主子，大概就把她给撵出去或卖掉，还少不了一顿毒打。

守护底线看似不近人情，实际却是保证人际关系健康、长久的诀窍。

情商点评

所以说，这件事完全错在小丫头靛儿，她不懂分寸，玩笑开过头，这种随意诬赖的行为已经构成了道德侵犯，何况侵犯的还是主子，以下犯上，是必须严惩的。宝钗这样厉声澄清，已经是非常宽厚的做法。这样的斥责，就是要划清一道“心理界限”，很严正地告诉对方，宝钗自己洁身自爱，律己甚严，并不是一个“素日嘻皮笑脸的姑娘”，再怎么亲近，这都是别人不能逾越的界限！

宝钗这么冷静的人，却在此时动怒了，这和凤姐大闹宁国府有异曲同工之妙，也就是说，当“情绪表达”是必需的时候，就应该表现出情绪，但目的并不是发泄，而是“宣示”。尤其在别人已经侵犯到我们的底线时，就应该严正地提醒对方，这是捍卫自己的尊严，也是使彼此关系能正常继续下去的必要方式；否则当对方一再逾越界限，到了我们不能忍受而导致情绪爆发、发生冲突的时候，反倒破坏了彼此的关系，造成最不理想的后果。

3. 说“不”的技巧

第七十九回 → 扩展阅读 2

另外，宝钗还有一个高明至极的表现，非常值得我们学习。第七十九回薛家娶进了一个泼辣强悍的媳妇夏金桂，她比王熙凤粗野得多、邪气得多，有心机手腕却没有柔软公道，所以闹得薛家鸡犬不宁：

> 先时不过挟制薛蟠，后来倚娇作媚，将及薛姨妈，后又将至薛宝钗。宝钗久察其不轨之心，每随机应变，暗以言语弹压其志。金桂知其不可犯，每欲寻隙，又无隙可乘，只得曲意俯就。

宝钗面对嫂嫂，当然不能像对小丫头靛儿一样直接，所以她每每随机应变，暗中以言语弹压她的坏心，这是另一种划清“心理界限”的方法，把夏金桂的故意侵犯挡在外面，让对方知难而退。再加上宝钗人品高洁，让夏金桂找不到把柄，结果就大为反转，夏金桂反倒刻意讨好宝钗。这真是出乎所有人的意料，能够制服小人，这才是宝钗高情商的重大成就！

看到这里，你或许意犹未尽，很想知道宝钗到底用了什么言语来弹压，只可惜曹雪芹并没有细写，我们没办法学习。但我们可以自己想想看，一定有一些基本的原则，例如说，无论是软是硬，只要是逾越界限的做法，都要明确拒绝，并且坚持“账也清楚，理也公道”的原则，守住自己的界限，对方就会无话可说。当然，拒绝的方式要委婉、要温和，宝钗“暗以言语弹压”的“暗”字，就是说明这个道理。再比如，宝玉也是用生病为理由，委婉地拒绝参加薛蟠的生日宴。还有，第五十七回中，赵姨娘想要占便宜，黛玉的丫头雪雁也很巧妙地拒绝了。

第五十七回 → 扩展阅读 3

当时赵姨娘的亲兄弟赵国基要出殡，于是跟雪雁商量借她的月白缎子袄儿，给她的小丫头小吉祥在丧礼上穿。雪雁知道她们其实也有两件，可是往脏地方去恐怕弄脏了，自己的舍不得穿，才想要借别人的。这种心思当然很自私自利，所以雪雁就巧妙地拒绝了，说：“我的衣裳簪环都是姑娘叫紫鹃姐姐收着呢。如今先得去告诉他，还得回姑娘呢。姑娘身上又病着，更费了大事，误了你老出门，不如再转借罢。”就这样推托掉了。紫鹃听了，还笑说雪雁很灵巧呢。

情商点评

要经营好的人际关系，绝不是一味地配合别人，“适当说不”也是非常重要的一种能力，它非但不是人际关系的杀手，反而是让人际关系顺畅的助力剂。每个人都有自己的底线，如果一再地被冒犯，累积的情绪难免爆发，反倒伤害彼此的关系；当你适时表达自己的界限，让别人明白应该适可而止时，就不会让自己困在被动的互动关系中，既让自己不愉快，又为未来彼此关系的破坏埋下隐患。所以说，划清恰当的“心理界限”也是高情商的一种表现，这对每个人都有好处。

最后，我们总结一下本章所讲的情商特质。

真正的情商，是对别人的思想、感受、经验能够理解与尊重，但并非一味地顺应别人。

这么一来，我们就可以真正地帮助别人，缔结美好的人际关系，并且当我们被他人冒犯时，也懂得划清“心理界限”，不让自己受到伤害。

当彼此都能互相尊重的时候，就是人际关系最完美的境界。

以上就是薛宝钗高情商的几种表现。下一章里我们要谈贾宝玉，看起来天真无邪的贾宝玉，其实也是高情商的人呢！

扩展阅读 1

第三十回　宝钗借扇机带双敲　龄官划蔷痴及局外

话说林黛玉自与宝玉口角后，也自后悔，但又无去就他之理，因此日夜闷闷，如有所失。紫鹃度其意，乃劝道：“若论前日之事，竟是姑娘太浮躁了些。别人不知宝玉那脾气，难道咱们也不知道的。为那玉也不是闹了一遭两遭了。黛玉啐道：“你倒来替人派我的不是。我怎么浮躁了？”紫鹃笑道：“好好的，为什么又剪了那穗子？岂不是宝玉只有三分不是，姑娘倒有七分不是。我看他素日在姑娘身上就好，皆因姑娘小性儿，常要歪派他，才这么样。”

林黛玉正欲答话，只听院外叫门。紫鹃听了一听，笑道：“这是宝玉的声音，想必是来赔不是来了。”林黛玉听了道：“不许开门！”紫鹃道：“姑娘又不是了。这么热天毒日头地下，晒坏了他如何使得呢！”口里说着，便出去开门，果然是宝玉。一面让他进来，一面笑道：“我只当是宝二爷再不上我们这门了，谁知这会子又来了。”宝玉笑道：“你们把极小的事倒说大了。好好的，为什么不来？我便死了，魂也要一日来一百遭。妹妹可大好了？”紫鹃道：“身上病好了，只是心里还气不大好。”宝玉笑道：“我晓得有什么气。”一面说着，一面进来，只见林黛玉又在床上哭。

那林黛玉本不曾哭，听见宝玉来，由不得伤了心，止不住滚下泪来。宝玉笑着走近床来，道：“妹妹身上可大好了？”林黛玉只顾拭泪，并不答应。宝玉因便挨在床沿上坐了，一面笑道：“我知道妹妹不恼我。但只是我不来，叫旁人看着，倒像是咱们又拌了嘴的似的。若等他们来劝咱们，那时节岂不咱们倒觉生分了？不如这会子，你要打要骂，凭着你怎么样，千万别不理我。”说着，又把“好妹妹”叫了几万声。

林黛玉心里原是再不理宝玉的，这会子听见宝玉说别叫人知道他们拌了嘴就生分了似的这一句话，又可见得比别人原亲近，因又撑不住哭道：“你也不用哄我。从今以后，我也不敢亲近二爷，二爷也全当我去了。”宝玉听了笑道：“你往那去呢？”林黛玉道：“我回家去。”宝玉笑道：“我跟了你去。”林黛玉道：“我死了呢？”宝玉道：“你死了，我做和尚！”林黛玉一闻此言，登时将脸放下来，问道：“想是你要死了，胡说的是什么！你家倒有几个亲姐姐亲妹妹呢，明儿都死了，你有几个身子去作和尚？明儿我倒把这话告诉别人去评评。”

宝玉自知这话说的造次了，后悔不来，登时脸上红胀起来，低着头不敢则一声。幸而屋里没人。林黛玉直瞪瞪的瞅了他半天，气的一声儿也说不出话来。见宝玉憋的脸上紫胀，便咬着牙用指头狠命的在他额颅上戳了一下，哼了一声，咬牙说道：“你这——”刚说了两个字，便又叹了一口气，仍拿起手帕子来擦眼泪。

宝玉心里原有无限的心事，又兼说错了话，正自后悔；又见黛玉戳他一下，要说又说不出来，自叹自泣，因此自己也有所感，不觉滚下泪来。要用帕子揩拭，不想又忘了带来，便用衫袖去擦。林黛玉虽然哭着，却一眼看见了，见他穿着簇新藕合纱衫，竟去拭泪，便一面自己拭着泪，一面回身将枕边搭的一方绡帕子拿起来，向宝玉怀里一摔，一语不发，仍掩面自泣。宝玉见他摔了帕子来，忙接住拭了泪，又挨近前些，伸手拉了林黛玉一只手，笑道：“我的五脏都碎了，你还只是哭。走罢，我同你往老太太跟前去。”林黛玉将手一摔道：“谁同你拉拉扯扯的。一天大似一天的，还这么涎皮赖脸的，连个道理也不知道。”

一句没说完，只听喊道：“好了！”宝林二人不防，都唬了一跳，回头看时，只见凤姐儿跳了进来，笑道：“老太太在那里抱怨天抱怨地，只叫我来瞧瞧你们好了没有。我说不用瞧，过不了三天，他们自己就好了。老太太骂我，说我懒。我来了，果然应了我的话了。也没见你们两个人有些什么可拌的，三日好了，两日恼了，越大越成了孩子了！有这会子拉着手哭的，昨儿为什么又成了乌眼鸡呢！还不跟我走，到老太太跟前，叫老人家也放些心。”说着拉了林黛玉就走。林黛玉回头叫丫头们，一个也没有。凤姐道：“又叫他们作什么，有我服侍你呢。”一面说，一面拉了就走。宝玉在后面跟着出了园门。

到了贾母跟前，凤姐笑道：“我说他们不用人费心，自己就会好的。老祖宗不信，一定叫我去说合。我及至到那里要说合，谁知两个人倒在一处对赔不是了。对哭对诉，倒像‘黄鹰抓住了鹞子的脚’，两个都扣了环了，那里还要人去说合。”说的满屋里都笑起来。

此时宝钗正在这里。那林黛玉只一言不发，挨着贾母坐下。宝玉没甚说的，便向宝钗笑道：“大哥哥好日子，偏生我又不好了，没别的礼送，连个头也不得磕去。大哥哥不知我病，倒像我懒，推故不去的。倘或明儿恼了，姐姐替我分辨分辨。”宝钗笑道：“这也多事。你便要去也不敢惊动，何况身上不好。弟兄们日日一处，要存这个心倒生分了。”宝玉又笑道：“姐姐知道体谅我就好了。”又道：“姐姐怎么不看戏去？”宝钗道：“我怕热，看了两出，热的很。要走，客又不散。我少不得推身上不好，就来了。”宝玉听说，自己由不得脸上没意思，只得又搭讪笑道：“怪不得他们拿姐姐比杨妃，原来也体丰怯热。”

宝钗听说，不由的大怒，待要怎样，又不好怎样。回思了一回，脸红起来，便冷笑了两声，说道：“我倒像杨妃，只是没一个好哥哥好兄弟可以作得杨国忠的！”二人正说着，可巧小丫头靛儿因不见了扇子，和宝钗笑道：“必是宝姑娘藏了我的。好姑娘，赏我罢。”宝钗指他道：“你要仔细！我和你顽过，你再疑我。和你素日嘻皮笑脸的那些姑娘们跟前，你该问他们去。”说的个靛儿跑了。宝玉自知又把话说造次了，当着许多人，更比才在林黛玉跟前更不好意思，便急回身又同别人搭讪去了。

林黛玉听见宝玉奚落宝钗，心中着实得意，才要搭言也趁势儿取个笑，不想靛儿因找扇子，宝钗又发了两句话，他便改口笑道：“宝姐姐，你听了两出什么戏？”宝钗因见林黛玉面上有得意之态，一定是听了宝玉方才奚落之言，遂了他的心愿，忽又见问他这话，便笑道：“我看的是李逵骂了宋江，后来又赔不是。”宝玉便笑道：

“姐姐通今博古，色色都知道，怎么连这一出戏的名字也不知道，就说了这么一串子。这叫《负荆请罪》。”宝钗笑道：“原来这叫作《负荆请罪》！你们通今博古，才知道‘负荆请罪’，我不知道什么是‘负荆请罪’！”一句话还未说完，宝玉林黛玉二人心里有病，听了这话早把脸羞红了。

凤姐于这些上虽不通达，但只见他三人形景，便知其意，便也笑着问人道：“你们大暑天，谁还吃生姜呢？”众人不解其意，便说道：“没有吃生姜。”凤姐故意用手摸着腮，诧异道：“既没人吃生姜，怎么这么辣辣的？”宝玉黛玉二人听见这话，越发不好过了。宝钗再要说话，见宝玉十分讨愧，形景改变，也就不好再说，只得一笑收住。别人总未解得他四个人的言语，因此付之流水。

一时宝钗凤姐去了，林黛玉笑向宝玉道：“你也试着比我利害的人了。谁都像我心拙口笨的，由着人说呢。”宝玉正因宝钗多了心，自己没趣，又见林黛玉来问着他，越发没好气起来。待要说两句，又恐林黛玉多心，说不得忍着气，无精打采一直出来。

扩展阅读 2

第七十九回　薛文龙悔娶河东狮　贾迎春误嫁中山狼

原来这夏家小姐今年方十七岁，生得亦颇有姿色，亦颇识得几个字。若论心中的邱壑经纬，颇步熙凤之后尘。只吃亏了一件，从小时父亲去世的早，又无同胞弟兄，寡母独守此女，娇养溺爱，不啻珍宝，凡女儿一举一动，彼母皆百依百随，因此未免娇养太过，竟酿成个盗跖的性气。爱自己尊若菩萨，窥他人秽如粪土；外具花柳之姿，内秉风雷之性。在家中时常就和丫鬟们使性弄气，轻骂重打的。今日出了阁，自为要作当家的奶奶，比不得作女儿时腼腆温柔，须要拿出这威风来，才钤压得住人；况且见薛蟠气质刚硬，举止骄奢，若不趁热灶一气炮制熟烂，将来必不能自竖旗帜矣；又见有香菱这等一个才貌俱全的爱妾在室，越发添了“宋太祖灭南唐”之意，“卧榻之侧岂容他人酣睡”之心。

因他家多桂花，他小名就唤做金桂。他在家时不许人口中带出金桂二字来，凡有不留心误道一字者，他便定要苦打重罚才罢。他因想桂花二字是禁止不住的，须另换一名，因想桂花曾有广寒嫦娥之说，便将桂花改为嫦娥花，又寓自己身分如此。

薛蟠本是个怜新弃旧的人，且是有酒胆无饭力的，如今得了这样一个妻子，正在新鲜兴头上，凡事未免尽让他些。那夏金桂见了这般形景，便也试着一步紧似一步。一月之中，二人气概还都相平；至两月之后，便觉薛蟠的气概渐次低矮了下去。一日薛蟠酒后，不知要行何事，先与金桂商议，金桂执意不从。薛蟠忍不住便发了几句话，赌气自行了，这金桂便气的哭如醉人一般，茶汤不进，装起病来。请医疗治，医生又说：“气血相逆，当进宽胸顺气之剂。”

薛姨娘恨的骂了薛蟠一顿，说：“如今娶了亲，眼前抱儿子了，还是这样胡闹。人家凤凰蛋似的，好容易养了一个女儿，比花朵儿还轻巧，原看的你是个人物，才给你作老婆。你不说收了心安分守己，一心一计和和气气的过日子，还是这样胡闹，㕮嗓了黄汤，折磨人家。这会子花钱吃药白遭心。”一席话说的薛蟠后悔不迭，反来安慰金桂。金桂见婆婆如此说丈夫，越发得了意，便装出些张致来，总不理薛蟠。薛蟠没了主意，惟自怨而已，好容易十天半月之后，才渐渐的哄转过金桂的心来，自此便加一倍小心，不免气概又矮了半截下来。

那金桂见丈夫旗纛渐倒，婆婆良善，也就渐渐的持戈试马起来。先时不过挟制薛蟠，后来倚娇作媚，将及薛姨妈，后又将至薛宝钗。宝钗久察其不轨之心，每随机应变，暗以言语弹压其志。金桂知其不可犯，每欲寻隙，又无隙可乘，只得曲意俯就。一日金桂无事，因和香菱闲谈，问香菱家乡父母。香菱皆答忘记，金桂便不悦，说有意欺瞒了他。因问他“香菱”二字是谁起的名字，香菱便答：“姑娘起的。”金桂冷笑道：“人人都说姑娘通，只这一个名字就不通。”香菱忙笑道：“嗳哟，奶奶不知道，我们姑娘的学问连我们姨老爷时常还夸呢。”欲明后事，且见下回。

扩展阅读 3

第五十七回　慧紫娟情辞试忙玉　慈姨妈爱语慰痴颦

黛玉未醒，将人参交与紫鹃。紫鹃因问他：“太太做什么呢？”雪雁道：“也歇中觉，所以等了这半日。姐姐你听笑话儿：我因等太太的工夫，和玉钏儿姐姐坐在下房里说话儿，谁知赵姨奶奶招手儿叫我。我只当有什么话说，原来他和太太告了假，出去给他兄弟伴宿坐夜，明儿送殡去，跟他的小丫头子小吉祥儿没衣裳，要借我的月白缎子袄儿。我想他们一般也有两件子的，往脏地方儿去恐怕弄脏了，自己的舍不得穿，故此借别人的。借我的弄脏了也是小事，只是我想，他素日有些什么好处到咱们跟前，所以我说了：‘我的衣裳簪环都是姑娘叫紫鹃姐姐收着呢。如今先得去告诉他，还得回姑娘呢。姑娘身上又病着，更费了大事，误了你老出门，不如再转借罢。’”紫鹃笑道：“你这个小东西子倒也巧。你不借给他，你往我和姑娘身上推，叫人怨不着你。他这会子就下去了，还是等明日一早才去？”雪雁道：“这会子就去的，只怕此时已去了。”紫鹃点点头。雪雁道：“姑娘还没醒呢，是谁给了宝玉气受，坐在那里哭呢。”紫鹃听了，忙问在那里。雪雁道：“在沁芳亭后头桃花树底下呢。”

第五章
人际关系中的分寸感
——宝玉、宝钗心里的亲疏远近

故事提要

①宝玉用亲疏关系安慰感情中缺乏安全感的林黛玉。

②对探春与其生母赵姨娘之间的嫌隙，宝玉并不加以批评。

③对大观园的纷纷扰扰，宝钗适时迁出，避免贾府为难。

在上一章里，我们学习了高情商的一种特殊表现——要懂得说“不”，划出适当的“心理界限”，让彼此相处的时候互相尊重，这样一来，我们就不会太麻烦别人，别人也不会让我们感到受委屈。

这一章中，我们要谈一种比较容易被忽视的情商，那就是“疏不间亲”。

“疏不间亲”从字面上看的意思是，关系疏远的人，不要介入关系亲近的人之间，否则一定会造成不愉快。例如，高情商的王熙凤在第五十五回讨论理家人选的时候，对平儿一一评论了一番，提到家里这些主子辈的人物，只有探春还可以对家务有贡献，因为宝玉、李纨、迎春都没有这方面的能力，而惜春、贾兰这两个人年纪太小，至于贾环根本就是个不成材的家伙，一点用也没有。接着她就提到黛玉和宝钗，说：

再者林丫头和宝姑娘他两个倒好，偏又都是亲戚，又不好管咱家务事。

这段话其实是在肯定黛玉和宝钗都具有很好的理家能力，凤姐说她们两个都很好，可见黛玉其实拥有务实的一面。只可惜，宝钗、黛玉这两个人都是亲戚，所以并不适合介入贾府的家务事，凤姐很懂这个道理，才会一直没有找她们来帮忙。这就是“疏不间亲”的道理。

凤姐是人情世故的高手，懂得这个道理并不奇怪，令人意外的是，通常被人们认为天真纯洁、不谙世事的贾宝玉，竟然也很懂得这个道理，而且运用得很恰当，值得我们注意。

1. 吃一粒“疏不间亲”的定心丸

第二十回 → 扩展阅读 1

首先，小说中唯一一次用到“疏不间亲”这个词的人，就是贾宝玉。第二十回写黛玉又因为嫉妒宝钗，使小性子闹脾气，不但折磨宝玉，也折磨自己，于是抽抽泣泣地哭个不住，宝玉见了这样，连忙上来悄悄对她说道：

> 你这么个明白人，难道连“亲不间疏，先不僭后”也不知道？我虽糊涂，却明白这两句话。

虽然宝玉把“疏不间亲”颠倒成“亲不间疏”，但意思一样，意谓关系疏远的人不能介入关系亲近的人，同样地，“先不僭后”原作“后不僭先”，意思是晚来的人不能超越比较早结交的老朋友。这两句话最早出现在两千多年前先秦时代的《管子》这本书里，而且是属于八项“礼之经”中的两项，“礼之经”正是礼教的基本纲领，宝玉对黛玉的保证，就完全符合礼教的精神。我们来看宝玉怎么说：

> 头一件，咱们是姑舅姊妹，宝姐姐是两姨姊妹，论亲戚，他比你疏。第二件，你先来，咱们两个一桌吃，一床睡，长的这么大了，他是才来的，岂有个为他疏你的？

他用“疏不间亲，后不僭先”的道理，让黛玉占住了优先地位，不用担心被宝钗所威胁；而黛玉听了以后也果然很放心，低头一语不发，一场风波也就平息了下来。

实际上，黛玉的不放心本来是因为爱情上的不安全感，但是宝玉对她的保证，却不是我有多爱你，所以容不下别人，而是礼教原则，并没有牵涉到爱情的范畴，却又是这么有效果，完全安抚了黛玉，这对于现代人的思维来说，简直不可思议。从这段情节也可以看出，对这些贵族子弟来说，礼教精神是更崇高、更有效的力量。毕竟，爱情会消退、会动摇，可是只要把握住人与人之间应遵守的道义，懂得感恩，懂得珍惜，那就是最稳定的力量了，即使在恋人之间也是一样。

把握好人与人之间的亲疏远近，也是维护各种人际关系健康运转的关键之一。

2. 他可以抱怨的人，不代表你也可以抱怨

既然连爱情都如此，一般的人际关系中就更要守住礼教精神的原则了，对于“疏不间亲”，宝玉还有其他非常正确的表现，那就是在探春和赵姨娘这一对剪不断、理还乱的母女关系上。这两个人虽然是血缘上的母女，却是家族制度上的主仆，探春是主子，赵姨娘是仆人；探春从小被嫡母王夫人抚养长大，情感最深，探春认同王夫人，其实是合情、合理、合法的。可是赵姨娘却想要借这一层血缘关系，从贾家得到额外的好处，于是对探春纠缠不

清，让探春非常愤怒又痛苦。

然后故事就发生了，第二十七回描述道，宝玉和探春这一对同父异母的兄妹聚在一起，聊了起来，探春说，她这几个月又攒下了十来吊钱，拜托宝玉拿了去，出门逛去的时候，替她带一些好字画、好轻巧玩意儿回来，而她给宝玉的回报，就是一双精致的鞋子，比上回做的那一双还加工夫。这时，宝玉笑说，提起鞋来，就想起一个故事。那一回他穿上以后，可巧遇见了父亲贾政，贾政并不赞同一双鞋子要用上绫罗绸缎，太过浪费人力、物力，于是问是谁做的。宝玉当然不敢说是三妹妹，就回说是先前过生日的时候，舅母给的，贾政听了是长辈给的，才不好说什么。宝玉回来以后把这件事告诉了袭人，袭人说，这还不算什么，赵姨娘气得抱怨得了不得，说贾环才是探春血缘上的“正经兄弟”，干吗做鞋子给不同娘胎的宝玉！探春听了宝玉这么说，立刻沉下脸来，说：“这话糊涂到什么田地！”贾环的鞋子当然有丫头、婆子负责，怎么可以要探春帮贾环做鞋子呢？探春只不过是闲着没事儿，做一双半双当作礼物，爱给哪个哥哥兄弟，都随她的心意，谁管得着！赵姨娘这也是白气。宝玉听了，点头笑道：“你不知道，他心里自然又有个想头了。”

注意，宝玉虽然也了解赵姨娘，知道她抱怨的原因，但却只是蜻蜓点水，简单地提到“他心里自然又有个想头了”，却没有说是什么想头，也没有再多说一句话。为什么呢？原来，赵姨娘那个想头并不光明正大，甚至可以说是非常自私自利，唯利是图。赵姨娘总是认定探春应该把所有的好处都给赵家人，只要给了贾家的人，就是肥水落了外人田，就是他们的损失，所以才会不断地抱怨。

但是，宝玉并没有说出来，反倒是探春听了以后，更加动了气，将头一扭，说了一大篇的重话，道：

连你也糊涂了！他那想头自然是有的，不过是那阴微鄙贱的见识……论理我不该说他，但忒昏愦的不像了！还有笑话呢：就是上回我给你那钱，替我带那顽的东西。过了两天，他见了我，……他就抱怨起来，说我攒的钱为什么给你使，倒不给环儿使呢。我听见这话，又好笑又好气，我就出来往太太跟前去了。

细心的读者会发现，真正长篇大论批评赵姨娘的人，一直都是探春。从头到尾，宝玉提到赵姨娘的地方，都只有简简单单的一两句话，点到为止，而且完全没有批评。其中的奥妙，就是“疏不间亲”。毕竟，探春和赵姨娘是血缘上的母女关系，关系比较近，探春可以这样大爆发，把累积了很久、很多的不满，一股脑儿地发泄出来；而宝玉和探春同父异母，对于探春、赵姨娘母女俩来说算是外人，如果在探春面前批评赵姨娘，就很不恰当。因为，不管当事人愿不愿意，血缘都是摆脱不掉的事实，当宝玉批评赵姨娘的时候，即使赵姨娘是罪有应得，也一定会伤了探春的心，让探春更难堪。“疏不间亲”，这就是宝玉高情商的表现。

情商点评

当你听到朋友在抱怨自己的亲人，尤其是父母时，千万不要和他一起“同仇敌忾”，跟着他一起批评起来，还以为这是一种表示安慰或讲义气的表现，其实恰恰相反，这样的做法通常会引发反效果。因为当他人在抱怨亲友的时候，其实并不是真正的仇视，只是在某些事情上受到困扰，想要发泄一下而已，并没有完全否定亲友，更不曾想要断绝关系；甚至还有一种情况，这个人

过分介入到别人的亲密关系中，甚至品头论足，不知不觉就被疏远了。

是因为爱，所以才会对亲友失望，因为恨铁不成钢，所以抱怨起来。如果你只听出“恨”的一面，却没有想到他心里面还有“爱”的一面，这时候你去插一脚，大肆批评，那就等于批评了他所爱的人，也等于批评了他，他当然会对你生气，那不就弄巧成拙了吗？

3. 知道自己的角色，恰当回避

“疏不间亲”真是很重要的情商原则，不明白这一点，恐怕得罪了人，都想不出是什么原因。既然连宝玉都很懂这个道理，情商出众的宝钗，当然更是处处守住这个原则了。例如第二十七回说，许多小姐和丫鬟都在大观园里玩耍，独独没有看到黛玉，于是宝钗自告奋勇，要去把黛玉找来，才刚刚到了潇湘馆，宝钗一抬头看到宝玉刚好进去了，宝钗便站住，低头想了想：

> 宝玉和林黛玉是从小儿一处长大，他兄妹间多有不避嫌疑之处，嘲笑喜怒无常；况且林黛玉素习猜忌，好弄小性儿的。此刻自己也跟了进去，一则宝玉不便，二则黛玉嫌疑。罢了，倒是回来的妙。想毕抽身回来。

有时恰到好处的回避是最善意的体贴。

宝玉、黛玉因为十分亲近，有他们自己的互动方式，宝钗如果闯进去，就会造成这两个人的不自在，甚至引起一些误会，所以宝钗就决定抽身回来。这也算是“疏不间亲”的做法。

第七十八回 → 扩展阅读 3

再看第七十八回说，自从发生抄检大观园的事件后，宝钗就决定搬出去了，王夫人误以为是宝玉得罪了她，高情商的凤姐却一目了然，明白真正的原因：园子里有人出了问题，所以才要搜查丫头们的东西，宝钗也有丫头、婆子在内，却因为是亲戚，贾家不好去搜检；既然不好去搜检，她的人就没办法去掉嫌疑，也会造成贾家的困扰，宝钗不想带给贾家困扰，于是自己搬出大观园回避了。后来凤姐评价说："应该避嫌疑的。"可见宝钗的做法非常正确，凤姐也很赞同。这个做法又是体现了"疏不间亲"的原则，当一家人发生摩擦嫌隙的时候，外人就应该避开，以免情况更复杂。

由此可见，"疏不间亲"是多么重要的一种情商！

最后，我们总结一下本章所讲的情商特质：

第一，了解"疏不间亲"的道理，拿捏好亲疏远近的关系，才不会鲁莽地侵犯了别人，造成别人的困扰。

第二，在人际关系中应时刻知道自己的角色和位置，进退得当。

扩展阅读 1

第二十回　王熙凤正言弹妒意　林黛玉俏语谑娇音

且说宝玉正和宝钗顽笑，忽见人说："史大姑娘来了。"宝玉听了，抬身就走。宝钗笑道："等着，咱们两个一齐走，瞧瞧他去。"说着，下了炕，同宝玉一齐来至贾母这边。只见史湘云大笑大说的，见他两个来，忙问好厮见。正值林黛玉在旁，因问宝玉："在那里的？"宝玉便说："在宝姐姐家的。"黛玉冷笑道："我说呢，亏在那里绊住，不然早就飞了来了。"宝玉笑道："只许同你顽，替你解闷儿。不过偶然去他那里一趟，就说这话。"林黛玉道：“好没意思的话！去不去管我什么事，我又没叫你替我解闷儿。可许你从此不理我呢！”说着，便赌气回房去了。

宝玉忙跟了来，问道：“好好的又生气了？就是我说错了，你到底也还坐在那里，和别人说笑一会子。又来自己纳闷。”林黛玉道：“你管我呢！”宝玉笑道：“我自然不敢管你，只没有个看着你自己作践了身子呢。”林黛玉道：“我作践坏了身子，我死，与你何干！”宝玉道：“何苦来，大正月里，死了活了的。”林黛玉道：“偏说死！我这会子就死！你怕死，你长命百岁的，如何？”宝玉笑道：“要像只管这样闹，我还怕死呢？倒不如死了干净。”黛玉忙道：“正是了，要是这样闹，不如死了干净。”宝玉道：“我说我自己死了干净，别听错了话赖人。”

正说着，宝钗走来道：“史大妹妹等你呢。”说着，便推宝玉走了。这里黛玉越发气闷，只向窗前流泪。没两盏茶的工夫，宝玉仍来了。林黛玉见了，越发抽抽噎噎的哭个不住。宝玉见了这样，知难挽回，打叠起千百样的款语温言来劝慰。不料自己未张口，只见黛玉先说道：“你又来作什么？横竖如今有人和你顽，比我又会念，又会作，又会写，又会说笑，又怕你生气拉了你去，你又作什么来？死活凭我去罢了！”

宝玉听了，忙上来悄悄的说道：“你这么个明白人，难道连‘亲不间疏，先不僭后’也不知道？我虽糊涂，却明白这两句话。头一件，咱们是姑舅姊妹，宝姐姐是两姨姊妹，论亲戚，他比你疏。第二件，你先来，咱们两个一桌吃，一床睡，长的这么大了，他是才来的，岂有个为他疏你的？”林黛玉啐道：“我难道为叫你疏他？我成了个什么人了呢！我为的是我的心。”宝玉道：“我也为的是我的心。难道你就知你的心，不知我的心不成？”林黛玉听了，低头一语不发，半日说道：“你只怨人行动嗔怪了你，你不知道你自己怄人难受。就拿今日天气比，分明今儿冷的这样，你怎么倒反把个青肷披风脱了呢？”宝玉笑道：“何尝不穿着，见你一恼，我一暴躁就脱了。”林黛玉叹道：“回来伤了风，又该饿着吵吃的了。”

扩展阅读 2
第二十七回　滴翠亭杨妃戏彩蝶　埋香冢飞燕泣残红

只见宝钗探春正在那边看鹤舞，见黛玉去了，三个一同站着说话儿。又见宝玉来了，探春便笑道：“宝哥哥，身上好？我整整的三天没见你了。”宝玉笑道：“妹妹身上好？我前儿还在大嫂子跟前问你呢。”探春道：“宝哥哥，你往这里来，我和你说话。”宝玉听说，便跟了他，离了钗、玉两个，到了一棵石榴树下。

探春因说道：“这几天老爷可曾叫你？”宝玉笑道：“没有叫。”探春说：“昨儿我恍惚听见说老爷叫你出去的。”宝玉笑道：“那想是别人听错了，并没叫的。”探春又笑道：“这几个月，我又攒下有十来吊钱了。你还拿了去，明儿出门逛去的时候，或是好字画，好轻巧顽意儿，替我带些来。”宝玉道：“我这么城里城外、大廊小庙的逛，也没见个新奇精致东西，左不过是那些金、玉、铜、磁，没处撂的古董，再就是绸缎吃食衣服了。”探春道：“谁要这些。怎么像你上回买的那柳枝儿编的小篮子，整竹子根抠的香盒儿，胶泥垛的风炉儿，这就好了。我喜欢的什么似的，谁知他们都爱上了，都当宝贝似的抢了去了。”宝玉笑道：“原来要这个。这不值什么，拿五百钱出去给小子们，管拉一车来。”探春道：“小厮们知道什么。你拣那朴而不俗、直而不拙者，这些东西，你多多的替我带了来。我还像上回的鞋作一双你穿，比那一双还加工夫，如何呢？”

宝玉笑道："你提起鞋来，我想起个故事：那一回我穿着，可巧遇见了老爷，老爷就不受用，问是谁作的。我那里敢提'三妹妹'三个字，我就回说是前儿我生日，是舅母给的。老爷听了是舅母给的，才不好说什么，半日还说：'何苦来！虚耗人力，作践绫罗，作这样的东西。'我回来告诉了袭人，袭人说这还罢了，赵姨娘气的抱怨的了不得：正经兄弟，鞋搭拉袜搭拉的没人看的见，且作这些东西！"探春听说，登时沉下脸来，道："这话糊涂到什么田地！怎么我是该作鞋的人么？环儿难道没有分例的？一般的衣裳是衣裳，鞋袜是鞋袜，丫头老婆一屋子，怎么抱怨这些话！给谁听呢！我不过是闲着没事儿，作一双半双，爱给那个哥哥兄弟，随我的心。谁敢管我不成！这也是白气。"宝玉听了，点头笑道："你不知道，他心里自然又有个想头了。"探春听说，益发动了气，将头一扭，说道："连你也糊涂了！他那想头自然是有的，不过是那阴微鄙贱的见识。他只管这么想，我只管认得老爷、太太两个人，别人我一概不管。就是姊妹弟兄跟前，谁和我好，我就和谁好，什么偏的庶的，我也不知道。论理我不该说他，但忒昏愦的不像了！还有笑话呢：就是上回我给你那钱，替我带那顽的东西。过了两天，他见了我，也是说没钱使，怎么难，我也不理论。谁知后来丫头们出去了，他就抱怨起来，说我攒的钱为什么给你使，倒不给环儿使呢。我听见这话，又好笑又好气，我就出来往太太跟前去了。"正说着，只见宝钗那边笑道："说完了，来罢。显见的是哥哥妹妹了，丢下别人，且说梯己去。我们听一句儿就使不得了！"说着，探春宝玉二人方笑着来了。

扩展阅读 3

第七十八回　老学士闲征姽婳词　痴公子杜撰芙蓉诔

一时，只见迎春妆扮了前来告辞过去。凤姐也来省晨，伺候过早饭，又说笑了一回。贾母歇晌后，王夫人便唤了凤姐，问他丸药可曾配来。凤姐儿道："还不曾呢，如今还是吃汤药。太太只管放心，我已大好了。"王夫人见他精神复初，也就信了。因告诉撵逐晴雯等事，又说："怎么宝丫头私自回家睡了，你们都不知道？我前儿顺路都查了一查。谁知兰小子这一个新进来的奶子也十分的妖乔，我也不喜欢他。我也说与你嫂子了，好不好叫他各自去罢。况且兰小子也大了，用不着奶子了。我因问你大嫂子：'宝丫头出去难道你也不知道不成？'他说是告诉了他的，不过住两三日，等你姨妈好了就进来。姨妈究竟没甚大病，不过还是咳嗽腰疼，年年是如此的。他这去必有原故，敢是有人得罪了他不成？那孩子心重，亲戚们住一场，别得罪了人，反不好了。"

凤姐笑道："谁可好好的得罪着他？况且他天天在园里，左不过是他们姊妹那一群人。"王夫人道："别是宝玉有嘴无心，傻子似的从没个忌讳，高兴了信嘴胡说也是有的。"凤姐笑道："这可是太太过于操心了。若说他出去干正经事说正经话去，却像个傻子；若只叫进来在这些姊妹跟前以至于大小的丫头们跟前，他最有尽让，又恐怕得罪了人，那是再不得有人恼他的。我想薛妹妹出去，想必为着前时搜检众丫头的东西的原故。他自然为信不及园里的人才搜检，他又是亲戚，现也有丫头老婆在内，我们又不好去搜检，恐我们疑他，所以多了这个心，自己回避了。也是应该避嫌疑的。"

第六章
如何从情商不高变成受欢迎的人？
——林黛玉的情商“成年礼”

故事提要

①黛玉的前后差异对比极大，是朋友真诚的批评触动了她改变。

②黛玉最初的任性和敏感，阻碍了自己成长的机会。

上一章里我们看到，宝玉其实是很懂人情世故的，虽然他不喜欢“世事洞明皆学问，人情练达即文章”这两句对联，但是世家公子从一出生就在大家庭里成长，每天都要面对许多的人，有祖母、父母和其他很多长辈，还有更多的丫鬟、婆子、小厮之类的仆人，不可能完全是天真懵懂的小孩子，必然有世事洞明、人情练达的一面。难怪他很懂得“疏不间亲”的道理。

这一章里我们来了解一下，红楼梦里情商成长速度最快的人——林黛玉，以及让林黛玉情商快速增长的关键所在。

或许你会大吃一惊，情商成长速度最快的人，怎么可能是那个孤高自许、目无下尘、喜散不喜聚的林黛玉呢？她不是一直都心直口快，喜欢一个人感伤哭泣写诗吗？但事实上，林黛玉确实是人格变化最大的一个人，我们只是被她前期的鲜明形象限制住了，既定的刻板印象太深，没有留意她在后期的变化，这个变化就是情商快速增长。

1. 热情随和是好人缘的开始

第四十二回到第四十五回的这一段过程，正是黛玉成长的分水岭，客观地看后半部的情节，就可以发现后面的林黛玉，和前面已经非常不同。

早期的黛玉孤高自许、特立独行，又有洁癖，不喜欢和人相处，但是到了后面，她却很懂得和别人合作，甚至还当起了诗社的社长。当了社长就不能使小性子了。从一个小地方就可以看得出来，第五十回大家作完诗，宝玉又是最后一名，被罚去栊翠庵讨红梅花，临走前黛玉和湘云一起说："外头冷得很，你且吃杯热酒再去。"然后湘云拿起酒壶，黛玉立即递了一个大杯子，满满地斟给宝玉，让他喝了再走。可以看出，黛玉果然懂得配合别人了，所以才有这种默契，不但异口同声，而且动作上还分工合作，天衣无缝！

最让人意外的是，连赵姨娘这个很不可爱的人，黛玉也都能以礼相待，热情招呼，第五十二回说：

第五十二回 → 扩展阅读 1

> 只见赵姨娘走了进来瞧黛玉，问："姑娘这两天好？"黛玉便知他是从探春处来，从门前过，顺路的人情。黛玉忙陪笑让坐，说："难得姨娘想着，怪冷的，亲身走来。"又忙命倒茶。

真诚地愿意融入到集体中，是成为受欢迎的人的第一步。

黛玉明知赵姨娘只是顺路的人情，却还是连忙陪笑让坐，又连忙命人倒茶，还感谢赵姨娘的记挂，这种待客之道，正是一种高情商的表现。也因为这样，到了第七十回"海棠诗社"改为"桃花诗社"的时候，大家就商议决定"林黛玉就为社主。明日饭后，齐集潇湘馆"，大家一起谈天作诗，从此以后，潇湘馆果然也变成

第七十回 → 扩展阅读 2

了一个文艺沙龙，大家开始常常往那里去了。之前第四十回贾母带着刘姥姥逛大观园的时候，还曾经说：宝玉、黛玉这两个玉儿，“都不大喜欢人来坐着，怕脏了屋子”，可见黛玉的改变真的很大。

这些变化的情况还有很多，足以证明黛玉确实脱胎换骨，就不详细举例了。

2. 珍惜当面批评你的人

第四十五回
↓
扩展阅读 3

那么，让黛玉改变的关键究竟是什么？怎么忽然间就变了一个人呢？这就要从第四十二回的“蘅芜君兰言解疑癖，潇湘子雅谑补馀香”，以及延续到了第四十五回的“金兰契互剖金兰语，风雨夕闷制风雨词”中找答案了，也就是我们前面所说的黛玉成长的分水岭。这两回的情节都是在说黛玉和宝钗和解的故事，让黛玉改变的关键就是薛宝钗。注意回目上的“兰言”“金兰契”“金兰语”，其中都有个“兰”字，这三个词语暗示了林黛玉成长的秘密。

我们都知道，兰花一直被认为是优美高洁的花卉，因此，用“兰”这个字来形容的，一定是美好的事物，“蕙质兰心”就是大家最熟悉的一个成语。同样的，“蘅芜君兰言解疑癖”的“兰言”是指美好的、珍贵的言论，从第四十二回的内容来说，是指宝钗劝黛玉不要看《西厢记》《牡丹亭》之类的杂书，以及告诉黛玉“女子无才便是德”的道理。

第四十二回讲道，当时宝钗、黛玉回到大观园里，到了分手的路口，宝钗便叫黛玉道：“颦儿跟我来，有一句话问你。”黛玉便一同和宝钗来到蘅芜苑中。进了房，宝钗便坐下来，对黛玉笑道：“你跪下，我要审你。”黛玉不解何故，因笑道：“你瞧宝丫头疯了！审问我什么？”宝钗笑道：“好个千金小姐！好个不出闺门的女孩儿！满嘴里说的是什么？……昨儿行酒令你说的是什么？我竟不知那里来的。”黛玉一想，才想起来昨儿失于检点，说了两句《牡丹亭》《西厢记》的台词，不禁红了脸，便上来搂着宝钗，笑道：“好姐姐，原是我不知道随口说的。你教给我，再不说了。”又央求宝钗说：“好姐姐，你别说与别人，我以后再不说了。”

宝钗见她羞得满脸绯红，满口央求，就不再穷追猛打，拉着黛玉坐下吃茶，慢慢地告诉她说，宝钗自己小时候也是个淘气的孩子，祖父手里藏了很多书。姊妹弟兄就一起偷看了不正经的书，包括《西厢记》，后来大人知道了，打的打，骂的骂，烧的烧，才丢开了。就是因为宝钗是过来人，先有这样的成长经验，所以看到黛玉还在不懂事的阶段，才觉得应该教导她。接着宝钗就劝黛玉，读书是为了明理，为了对国家社会有贡献，否则读了书倒更坏了，等于是把书给糟蹋了，所以不如不读书的好，何况女孩子只该做些针线女红的事，既然认得了字，就该拣那正经的书来看，最怕见了些杂书，移了性情，就不可救了。

这段话听在现代人的耳朵里，大概很难接受，不过我们不能用现代人的价值观来看古人，那是很不公平的做法。我们应像宝钗一样，理解、尊重别人的思想、感受、经验。我们现在来看古人当然也应该这样，你会注意到，宝钗所说的都是当时最好的道理，因为《西厢记》在当时是禁书，当时的人认为女性读了《西厢记》，就不管父母的管教，由着性子想爱谁就爱谁，这在讲究父母之命、媒妁之言的年代是绝对不允许的，所以宝钗的一番教导才会打动黛玉。书中写道，宝钗的一席话，说得黛玉垂头吃茶，心下暗伏，只有答应“是”这一字。这就说明黛玉也是接受这样的价值观的，只是以前没这么认真对待而已。宝钗一说，她就像被启蒙了一样，心悦诚服，这就是“兰言”的意义，像兰花一样美好的话。

黛玉瞬间成长的两个关键：真诚的爱，以及真心的规劝。

再看“金兰”这个词，“黄金”的金，兰花的兰，是指朋友之间感情相合，后来常用来指代结拜为兄弟姐妹。曹雪芹将金兰写在回目上，用来定义黛玉、宝钗的关系，表达了他的观点。这两回中宝钗、黛玉的互动，隐含了让黛玉瞬间成长的两个关键：真诚的爱，以及真心的规劝。而这两个改变黛玉的力量，又有因果关系：有了真诚的爱，才会给出真心的规劝，“金兰契互剖金兰语”这个回目用了两个“金兰”，足以说明宝钗给予黛玉的爱是多么真诚。

3. 让人“害怕”的玻璃心

第二十二回 → 扩展阅读 4

前期的林黛玉非常率性，又多心多疑，常常猜忌别人，但因为是贾母的宠儿，大家都尽量配合她，顺她的心意，以致没有人敢指出她的缺点。最典型的情节是第二十二回宝钗过生日，请了戏班子热闹庆贺，其中，贾母深爱那作小旦的和一个作小丑的，就命人带进来，越看越觉得可怜，问她们年纪，小旦才十一岁，小丑才九岁，贾母心疼她们，让人另拿些肉果给她们两个，又另外赏了两串钱。这时凤姐笑道：“这个孩子扮上活像一个人，你们再看不出来。”宝钗心里也知道，但只一笑不肯说；宝玉也猜着了，也不敢说。偏偏心直口快的史湘云说了出来，结果就引起一阵风波。

把别人的指点和忠告推远的，正是我们的过度敏感和自我。

既然没人敢得罪林黛玉，为什么精于人情世故的王熙凤会主动提出来呢？其中有几个原因，一个原因是凤姐乃当家的琏二嫂子，也是贾母的宠儿，顾忌没那么多，第三回黛玉来到贾府的第一天，凤姐就迟到了，还先声夺人，笑说：“我来迟了，不曾迎接远客！”黛玉纳罕道：“这些人个个皆敛声屏气，恭肃严整如此，这来者系谁，这样放诞无礼？”所以她可以不用太过考虑。至于凤姐这么直说的另一个原因，也是因为长得像只是一个客观的事实，并没有什么褒贬的意味，何必那么多心？

但其他人就比较小心谨慎了，大家都避免说出来，就是怕黛玉多心生气，又要惹出风波。这些不说话的人里面，宝钗是一笑不“肯”说，不愿意惹是生非，宝玉则是不“敢”说，唯恐黛玉会生气。可见因为不同的理由，大家都不想祸从口出，制造不必要的麻烦。这么一来，连“长得像”这种小事都没有人愿意触怒黛玉，何况是有关行事作风之类的话题？就像第二十一回宝玉劝黛玉时所说的：“谁敢戏弄你！你不打趣他，他焉敢说你！”没有人敢说黛玉，连史湘云都不敢，那就更没有人肯当面对她说了。

这也难怪，当黛玉开始愿意反省自己的时候，回顾过去的成长过程，她就发现了没有人教导她的这个事实。第四十五回里，黛玉对宝钗说：

> 细细算来，我母亲去世的早，又无姊妹兄弟，我长了今年十五岁，竟没一个人像你前日的话教导我。

黛玉缺乏母亲的教导，又缺乏手足之间互相学习、分享、忍让的机会，到了贾府以后又备受宠爱，以致长到十五岁，竟然没有一个人教导她！这个情况到底是幸，还是不幸呢？应该是不幸吧，所以黛玉会对宝钗这么感激，因为她已经认识到一个道理：真正的爱，绝对不是溺爱、放纵，一定也包括教导在内，只有爱你的人才会希望你越来越好，不要走偏，也才会不惜得罪你、让你不开心，苦口婆心地指出你的缺点。朋友之间也是一样，孔子不就说了吗？“益者三友，……友直，友谅，友多闻。”意思是正直的朋友、诚信的朋友和知识广博的朋友（《论语·季氏篇》），真正对我们有益的朋友是这三种，放在最前面、最重要的第一种益友是

“友直”，即正直的朋友，这样的朋友必定也会直率地指出我们的缺点。

情商点评

当我们犯错的时候、做得不对的时候，其实是很少有人会告诉我们的，假如他们对你不满意，在心中批评你就好，以后也与你保持距离，何必费力去教导你呢？一般人哪里会管你这么多，你以后怎样，又和他们有什么关系？所谓忠言逆耳，教导一个人是很累、很辛苦的，而且还会得罪人，这种吃力不讨好的事，如果不是真正爱你的人，又哪里愿意做呢？只可惜，一般人大多只从当下的感觉出发，往往讨厌那些当面指正我们错误的人，所以就更没有人愿意教导别人了。像林黛玉，别人不就是不敢教导她吗？

但我们得知道一件事：人都有自己惯性的思考和做法，所以就形成了自我认知的盲点，通常很难能自己去领悟。所以成长的关键，就在于有人当面提点、教导，直接点破那些盲点，那一瞬间就带来了突破，这就是启蒙的力量。在林黛玉身上，我们看到了她虽然很聪明，可惜因为性格的关系，最缺乏的就是这样一个带她走出盲点的老师，所以一直率性到十五岁。但是黛玉又很幸运，遇到了真诚待人的宝钗，愿意不计前嫌，告诉她正规的道理，所以黛玉才会这么心悦诚服，从此有了很大改变，变成一个高情商的人。

从黛玉成长的故事，我们可以体会到一个道理：

不要对别人怀抱敌意，那只会把别人推得更远，没有合作的可能。认定别人对自己有敌意，等于设定了假想敌，又怎么能合作呢？放下成见，眼界就打开了，可以看到别人的真心善意，也有雅量承认自己的缺点，知道自己的不足。黛玉就是虚心认错，从此才开始越来越成熟。最重要的是，当我们不画地自限，过分看重自己的感受时，就会懂得一件事：肯教导我们的人，才是我们真正的贵人。只要肯学，就会有人肯教，自己就会越来越进步了。

只有不画地自限，肯接受别人教导，承认自己的不足，才能成长，变得受人欢迎。

最后，我们总结一下本章所讲的情商特质，主要是：

第一，培养宽广的心胸，承认自己的不足，才能有成长的空间。

第二，要了解到“肯当面教导你的人，才是你的贵人、恩人”，懂得感谢、珍惜，因为要遇到这样的人是很不容易的。

这么一来，一个人的情商指数就会增长很快，因为他已经开始拥有“值得别人喜欢”的性格了。

这就是林黛玉成为情商增长速度最快的人的秘密。

扩展阅读 1

第五十二回　俏平儿情掩虾须镯　勇晴雯病补雀金裘

宝玉因让诸姊妹先行，自己落后。黛玉便又叫住他问道“袭人到底多早晚回来？”宝玉道：“自然等送了殡才来呢。”黛玉还有话说，又不曾出口，出了一回神，便说道：“你去罢。”宝玉也觉心里有许多话，只是口里不知要说什么，想了一想，也笑道：

"明日再说罢。"一面下了阶矶，低头正欲迈步，复又忙回身问道："如今的夜越发长了，你一夜咳嗽几遍？醒几次？"黛玉道："昨儿夜里好了，只嗽了两遍，却只睡了四更一个更次，就再不能睡了。"宝玉又笑道："正是有句要紧的话，这会子才想起来。"一面说，一面便挨过身来，悄悄道："我想宝姐姐送你的燕窝——"一语未了，只见赵姨娘走了进来瞧黛玉，问："姑娘这两天好？"黛玉便知他是从探春处来，从门前过，顺路的人情。黛玉忙陪笑让坐，说："难得姨娘想着，怪冷的，亲身走来。"又忙命倒茶，一面又使眼色与宝玉。宝玉会意，便走了出来。

扩展阅读 2

第七十回　林黛玉重建桃花社　史湘云偶填柳絮词

正说着，只见湘云又打发了翠缕来说："请二爷快出去瞧好诗。"宝玉听了，忙问："那里的好诗？"翠缕笑道："姑娘们都在沁芳亭上，你去了便知。"宝玉听了，忙梳洗了出来，果见黛玉、宝钗、湘云、宝琴、探春都在那里，手里拿着一篇诗看。见他来时，都笑说："这会子还不起来，咱们的诗社散了一年，也没有人作兴。如今正是初春时节，万物更新，正该鼓舞另立起来才好。"湘云笑道："一起诗社时是秋天，就不应发达。如今恰好万物逢春，皆主生盛。况这首桃花诗又好，就把海棠社改作桃花社。"宝玉听着，点头说："很好。"且忙着要诗看。众人都又说："咱们此时就访稻香老农去，大家议定好起的。"说着，一齐起来，都往稻香村来。

宝玉一壁走，一壁看那纸上写着《桃花行》一篇，曰：

桃花帘外东风软，桃花帘内晨妆懒。

帘外桃花帘内人，人与桃花隔不远。

东风有意揭帘栊，花欲窥人帘不卷。

桃花帘外开仍旧，帘中人比桃花瘦。

花解怜人花也愁，隔帘消息风吹透。

风透湘帘花满庭，庭前春色倍伤情。

闲苔院落门空掩，斜日栏杆人自凭。

凭栏人向东风泣，茜裙偷傍桃花立。

桃花桃叶乱纷纷，花绽新红叶凝碧。

雾裹烟封一万株，烘楼照壁红模糊。

天机烧破鸳鸯锦，春酣欲醒移珊枕。

侍女金盆进水来，香泉影蘸胭脂冷。

胭脂鲜艳何相类，花之颜色人之泪；

若将人泪比桃花，泪自长流花自媚。

泪眼观花泪易干，泪干春尽花憔悴。

憔悴花遮憔悴人，花飞人倦易黄昏。

一声杜宇春归尽，寂寞帘栊空月痕！

宝玉看了并不称赞，却滚下泪来。便知出自黛玉，因此落下泪来，又怕众人看见，又忙自己擦了。因问："你们怎么得来？"宝琴笑道："你猜是谁作的？"宝玉笑道："自然是潇湘子稿。"宝琴笑道："现是我作的呢。"宝玉笑道："我不信。这声调口气，迥乎不像蘅芜之体，所以不信。"宝钗笑道："所以你不通。难道杜工部首首只作'丛菊两开他日泪'之句不成！一般的也有'红绽雨肥梅''水荇牵风翠带长'之媚语。"宝玉笑道："固然如此说。但我知道姐姐断不许妹妹有此伤悼语句，妹妹虽有此才，是断不肯作的。比不得林妹妹曾经离丧，作此哀音。"众人听说，都笑了。

已至稻香村中，将诗与李纨看了，自不必说称赏不已。说起诗社，大家议定：明日乃三月初二日，就起社，便改"海棠社"

为“桃花社”，林黛玉就为社主。明日饭后，齐集潇湘馆。因又大家拟题。黛玉便说：“大家就作桃花诗一百韵。”宝钗道：“使不得。从来桃花诗最多，纵作了必落套，比不得你这一首古风。须得再拟。”正说着，人回：“舅太太来了。姑娘出去请安。”因此大家都往前头来见王子腾的夫人，陪着说话。吃饭毕，又陪入园中来，各处游玩一遍。至饭后掌灯方去。

扩展阅读 3

第四十五回　金兰契互剖金兰语　风雨夕闷制风雨词

黛玉每岁至春分秋分之后，必犯嗽疾；今秋又遇贾母高兴，多游玩了两次，未免过劳了神，近日又复嗽起来，觉得比往常又重，所以总不出门，只在自己房中将养。有时闷了，又盼个姊妹来说些闲话排遣；及至宝钗等来望候他，说不得三五句话又厌烦了。众人都体谅他病中，且素日形体娇弱，禁不得一些委屈，所以他接待不周，礼数粗忽，也都不苛责。

这日宝钗来望他，因说起这病症来。宝钗道：“这里走的几个太医虽都还好，只是你吃他们的药总不见效，不如再请一个高明的人来瞧一瞧，治好了岂不好？每年间闹一春一夏，又不老又不小，成什么？不是个常法。”黛玉道：“不中用。我知道我这样病是不能好的了。且别说病，只论好的日子我是怎么形景，就可知了。”宝钗点头道：“可正是这话。古人说‘食谷者生’，你素日吃的竟不能添养精神气血，也不是好事。”黛玉叹道：“‘死生有命，富贵在天’，也不是人力可强的。今年比往年反觉又重了些似的。”说话之间，已咳嗽了两三次。宝钗道：“昨儿我看你那药方上，人参肉桂觉得太多了。虽说益气补神，也不宜太热。依我说，先以平肝健胃为要，肝火一平，不能克土，胃气无病，饮食就可以养人了。每日早起拿上等燕窝一两，冰糖五钱，用银铫子熬出粥来，若吃惯了，比药还强，最是滋阴补气的。”

黛玉叹道：“你素日待人，固然是极好的，然我最是个多心的人，只当你心里藏奸。从前日你说看杂书不好，又劝我那些好话，竟大感激你。往日竟是我错了，实在误到如今。细细算来，我母亲去世的早，又无姊妹兄弟，我长了今年十五岁，竟没一个人像你前日的话教导我。怨不得云丫头说你好，我往日见他赞你，我还不受用，昨儿我亲自经过，才知道了。比如若是你说了那个，我再不轻放过你的；你竟不介意，反劝我那些话，可知我竟自误了。若不是从前日看出来，今日这话，再不对你说。你方才说叫我吃燕窝粥的话，虽然燕窝易得，但只我因身上不好了，每年犯这个病，也没什么要紧的去处。请大夫，熬药，人参肉桂，已经闹了个天翻地覆，这会子我又兴出新文来熬什么燕窝粥，老太太、太太、凤姐姐这三个人便没话说，那些底下的婆子丫头们，未免不嫌我太多事了。你看这里这些人，因见老太太多疼了宝玉和凤丫头两个，他们尚虎视眈眈，背地里言三语四的，何况于我？况我又不是他们这里正经主子，原是无依无靠投奔了来的，他们已经多嫌着我了。如今我还不知进退，何苦叫他们咒我？”

宝钗道：“这样说，我也是和你一样。”黛玉道：“你如何比我？你又有母亲，又有哥哥，这里又有买卖地土，家里又仍旧有房有地。你不过是亲戚的情分，白住了这里，一应大小事情，又不沾他们一文半个，要走就走了。我是一无所有，吃穿用度，一草一纸，皆是和他们家的姑娘一样，那起小人岂有不多嫌的。”宝钗笑道：“将来也不过多费得一副嫁妆罢了，如今也愁不到这里。”黛玉听了，不觉红了脸，笑道：“人家才拿你当个正经人，把心里的烦难告诉你听，你反拿我取笑儿。”宝钗笑道：“虽是取笑儿，却也是真话。你放心，我在这里一日，我与你消遣一日。你有什么委屈烦难，只管告诉我，我能解的，自然替你解一日。我虽有个哥哥，你也是知道的，只有个母亲比你略强些。咱们也算同病相怜。你也是个明白人，何必作‘司马牛之叹’？你才说的也是，多一事不如省一事。我明日家去和妈妈说了，只怕我们家里还有，与你送几两，每日叫丫头们就熬了，又便宜，又不惊师动众的。”黛玉忙笑道：“东西事小，难得你多情如此。”宝钗道：“这有什么放在口里的！只愁我人人跟前失于应候罢了。只怕你烦了，我且去了。”黛玉道：“晚上再来和我说句话儿。”宝钗答应着便去了，不在话下。

扩展阅读 4

第二十二回　听曲文宝玉悟禅机　制灯谜贾政悲谶语

至晚散时，贾母深爱那作小旦的与一个作小丑的，因命人带进来，细看时益发可怜见。因问年纪，那小旦才十一岁，小丑才九岁，大家叹息一回。贾母令人另拿些肉果与他两个，又另外赏钱两串。凤姐笑道：“这个孩子扮上活像一个人，你们再看不出来。”宝钗心里也知道，便只一笑不肯说。宝玉也猜着了，亦不敢说。史湘云接着笑道：“倒像林妹妹的模样儿。”宝玉听了，忙把湘云瞅了一眼，使个眼色。众人却都听了这话，留神细看，都笑起来了，说果然不错。一时散了。

晚间，湘云更衣时，便命翠缕把衣包打开收拾，都包了起来。翠缕道：“忙什么，等去的日子再包不迟。”湘云道：“明儿一早就走。在这里作什么？——看人家的鼻子眼睛，什么意思！”宝玉听了这话，忙赶近前拉他说道：“好妹妹，你错怪了我。林妹妹是个多心的人。别人分明知道，不肯说出来，也皆因怕他恼。谁知你不防头就说了出来，他岂不恼你。我是怕你得罪了他，所以才使眼色。你这会子恼我，不但辜负了我，而且反倒委曲了我。若是别人，那怕他得罪了十个人，与我何干呢。”湘云摔手道：“你那花言巧语别哄我。我也原不如你林妹妹，别人说他，拿他取笑都使得，只我说了就有不是。我原不配说他。他是小姐主子，我是奴才丫头，得罪了他，使不得！”宝玉急的说道：“我倒是为你，反为出不是来了。我要有外心，立刻就化成灰，叫万人践踹！”湘云道：“大正月里，少信嘴胡说。这些没要紧的恶誓、散话、歪话，说给那些小性儿、行动爱恼的人、会辖治你的人听去！别叫我啐你。”说着，一径至贾母里间屋里，忿忿的躺着去了。

宝玉没趣，只得又来寻黛玉。刚到门槛前，黛玉便推出来，将门关上，宝玉又不解何意，在窗外只是吞声叫“好妹妹”。黛玉总不理他。宝玉闷闷的垂头自审。袭人早知端的，当此时断不能劝。那宝玉只是呆呆的站在那里。黛玉只当他回房去了，便起来开门，只见宝玉还站在那里。黛玉反不好意思，不好再关，只得抽身上床躺着。宝玉随进来问道：“凡事都有个原故，说出来，人也不委屈。好好的就恼了，终是什么原故起的？”林黛玉冷笑道：“问的我倒好，我也不知为什么原故。我原是给你们取笑的，——拿我比戏子取笑。”宝玉道：“我并没有比你，我并没笑，为什么恼我呢？”黛玉道：“你还要比？你还要笑？你不比不笑，比人家比了笑了的还利害呢！”宝玉听了，无可分辩，不则一声。

黛玉又道：“这一节还恕得。再者，你为什么又和云儿使眼色？这安的是什么心？莫不是他和我顽，他就自轻自贱了？他是公侯的小姐，我原是贫民的丫头，他和我顽，设若我回了口，岂不他自惹人轻贱呢。是这主意不是？这却也是你的好心，只是那一个偏又不领你这好情，一般也恼了。你又拿我作情，倒说我小性儿，行动肯恼。你又怕他得罪了我，我恼他。我恼他，与你何干？他得罪了我，又与你何干？”

宝玉见说，方才与湘云私谈，他也听见了。细想自己原为他二人，怕生隙恼，方在中间调和，不想并未调和成功，反已落了两处的贬谤。正合着前日所看《南华经》上，有‘巧者劳而智者忧，无能者无所求，饱食而遨游，泛若不系之舟’；又曰‘山木自寇，源泉自盗’等语。因此越想越无趣。再细想来，目下不过这两个人，尚未应酬妥协，将来犹欲为何？想到其间，也无庸分辩回答，自己转身回房来。林黛玉见他去了，便知他回思无趣，赌气去了，一言也不曾发，不禁自己越发添了气，便说道：“这一去，一辈子也别来，也别说话。”

第七章
身处逆境时，趁机让自己内在成长
——不抱怨的探春

故事提要

①探春空有一身才干，却受赵姨娘拖累。

②怀才不遇的探春并没有怨天尤人，反而活出了自己的精彩。

在上一章里，我们介绍了情商增长速度最快的人——林黛玉。她从高傲孤僻到懂得和别人合作，好像脱胎换骨一样，一夜之间就长大了。而带她走出自我认知盲区的启蒙老师，就是薛宝钗，宝钗当面教导黛玉，这种做法真是值得感恩，难怪黛玉会这么心悦诚服。现在，我们再来看《红楼梦》的另一个女主角——贾探春。

贾探春算不算女主角呢？《红楼梦》的女主角不应该是林黛玉、薛宝钗吗？或者最多再加上一个王熙凤，为什么这里却说探春是另一个女主角呢？

实际上，我们很容易把《红楼梦》当作一部爱情小说来读，于是就陷入到宝、黛、钗三角关系的情节中了；而王熙凤实在太抢眼，在爱情的课题之外带给读者十分深刻的印象。但是，清代评点家西园主人却别出心裁，给出了一个很特别的评语，他说：

探春者，《红楼》书中与黛玉并列者也。《红楼》一书，

> 分情事、合家国而作。以情言，此书黛玉为重；以事言，此书探春最要。以一家言，此书专为黛玉；以家喻国言，此书首在探春。（《红楼梦论辨·探春辨》）

也就是说，西园主人认为，如果要从家国之事的角度看，贾探春才是《红楼梦》最重要的一位人物。探春确实是非常重要的一位金钗，其重要地位也与她拥有高度情商有关。她是宝玉同父异母的妹妹，亲生母亲是赵姨娘，人称三姑娘，正是因为有高情商，所以才能在“家国之事”的意义上成为《红楼梦》最重要的人物之一。探春之所以在小说的前半部默默无闻，直到第五十五回以后才真正地大放异彩，接替王熙凤理家时隆重登场，正是曹雪芹的刻意安排，让我们看到探春的高情商。

1. 失意之时显本色

其实，探春是一个比王熙凤更厉害的人，第五回贾宝玉神游太虚幻境所看到的人物判词里，王熙凤的是“都知爱慕此生才”，重点在于一个“才”字；探春的判词则是“才自精明志自高”，曹雪芹很巧妙地暗示我们：探春有“才”又有“志”，才志兼备，比起王熙凤有“才”而无“志”，其实是略胜一筹。难怪第五十五回王熙凤自己都说：

> 他虽是姑娘家，心里却事事明白，不过是言语谨慎；他又比我知书识字，更利害一层了。

这样的杰出人物，怎么会一直默默无闻呢？可惜探春怀才不遇，没有机会表现出来，这就是小说前半部很少写到她的原因。探春的不公平遭遇，是为她的生母赵姨娘拖累。赵姨娘是个妾，以古代的礼法来说，她不算探春的母亲，她的娘家人也算不上贾家的亲戚，但是，赵姨娘却贪心又有野心，想要分得贾家的财产和名望，于是利用血缘关系，强迫探春徇私舞弊，常常纠缠探春去做一些破坏规矩、有失品德的事，简直是血缘勒索。可探春是一个高洁的君子，脂砚斋说她是“事无不可对人言”，这一句话可是司马光的境界，司马光是北宋有名的文学家、政治家，他小时候砸缸救友的故事妇孺皆知，后主持编写了巨著《资治通鉴》。司马光自己说：“平生所为，未尝有不可对人言者耳。”所以天下人才会都敬仰他、信赖他。探春也是这样的人，当然不愿做赵姨娘让她做的卑劣之事，于是两个人常常发生冲突，让探春非常难堪，也因此，王夫人虽然很疼爱、欣赏探春，但是碍于赵姨娘的胡作非为，也只好暂时不提拔探春了。对这种情况，王熙凤看得很清楚，她说：

> 太太又疼他，虽然面上淡淡的，皆因是赵姨娘那老东西闹的，心里却是和宝玉一样疼呢。

所以说，探春之所以怀才不遇，是受了赵姨娘的影响。

这样的遭遇和高情商有什么关系？其实大有关联，古人说“疾风知劲草”，风很大的时候，才会知道哪一棵草的根扎得比较深、比较稳，不会被风拔起来，到处乱飞。同样地，只有在不顺利的时候，才更能体现一个人情商的高低。想想看：事事顺利的时候，到处都开满了鲜花，谁会怨天尤人？这个眉开眼笑的人，他的好心情不是因为高情商，而是因为运气好。但是低谷的时候就不同了，怎样对待这个郁闷的困境，就考验出一个人的情商能力了。

小说前半部固然写到探春的地方并不多，但同时，曹雪芹也没有写到她怨天尤人。相反地，探春坦然接受事实，心平气和，总是能很好地安排自己的生活，过得优雅而充实，完全没有怀才不遇的穷酸气。譬如说，她所住的秋爽斋，特别把原来的三个隔间全部打通，看起来就开阔而疏朗，一点也不小家子气，就像“秋爽”这个名字一样，秋高气爽；而且曹雪芹写探春的时候，还在她身上融进了杰出古人的影子，打造她脱俗的文人雅士的形象，令人惊艳。

猜猜看，大观园里的陶渊明是谁？是贾探春。她的房间布置得就像一个淡泊的隐士，斗大的一个汝窑花囊里，插着满满的白菊花，这让我们想到陶渊明的“采菊东篱下，悠然见南山”，菊花后来就成为隐士的象征。再看探春的墙壁上还挂着一大幅烟雨图，两边的对联写的是“烟霞闲骨格，泉石野生涯”，有烟雨、有彩霞、有泉水、有山石，这更是逍遥在山林里的隐士气派了。

再猜一猜，大观园里的王羲之是谁呢？还是贾探春。秋爽斋里，有一张大理石的大桌子，桌上放着数十方砚台，笔筒内有许许多多毛笔，像树林一般，另外还堆着各种名人写的字帖，这岂不是像东晋的大书法家王羲之吗？所以当元妃回来省亲的时候，大家写了一些诗歌，后来就是让探春抄录下来，再编辑保存的。第五章里讲过，她曾经托宝玉出门去逛的时候，替她带一些好字画回来，可见探春的书画造诣都很高，是大观园里最有文人雅士气韵的金钗。

不仅如此，探春还可以说是大观园里的苏东坡呢！秋爽斋的院子里种着梧桐树，长得很美，再加上月光，是一幅美丽的图画。第三十七回写到“前夕新霁，月色如洗，因惜清景难逢，讵忍就卧。时漏已三转，犹徘徊于桐槛之下”，前天晚上天空晴朗，月色洁白如洗，探春竟然为了欣赏这美丽的夜景而不忍就寝，直到夜深还徘徊在梧桐树下、栏杆旁边，于是得了感冒。这不是很像苏东坡的夜游承天寺吗？苏东坡在《记承天寺夜游》这一篇文章中说：

> 十月十二日，夜，解衣欲睡，月色入户，欣然起行。……庭下如积水空明，水中藻荇交横，盖竹柏影也。

十月十二日那一天的晚上，东坡脱下衣服准备要睡了，这时月色照到房间里面来，于是东坡舍不得去睡了，起身走到庭院里，欣赏皎洁澄明的月色，那就像一汪洁净透明的湖水，而竹子、柏树投下来的影子，就像是水草一样交错着。人就像是沉浸在湖水里面，多清凉、多舒畅，难怪探春说“月色如洗”。而苏东坡半夜不睡，宁可熬夜也要去欣赏难得的景色，和探春一模一样。再比较一下其他的金钗，就可以清楚看到探春的与众不同，例如黛玉，她是常常流泪到半夜三更，至于宝钗，则是常常灯下做女红到三更半夜，与探春相比，大大不同。

2. 培养不抱怨的强大内心

到此为止，探春身上至少可以看到陶渊明、王羲之、苏东坡，以及司马光等古人的影子，这是非常了不得的成就。也难怪探春能在平凡的生活里，看到各式各样的美好，好比第二十七回她曾经拜托宝玉出门去逛的时候，替她带一些好字画、好轻巧的玩意儿回来，比如柳条编的小篮子，整个竹子根挖成的香盒，胶泥垛的风炉，她都喜欢得不得了。这些小东西并不是什么珍珠玛瑙、黄金钻石，根本是就地取材的廉价材料，重点在于精巧别致的创意，这就是探春眼光独到的地方。

又比如第三十七回提到，宝玉派人送鲜荔枝给探春，指定要用那个缠丝白玛瑙的碟子装去，说这样才好看，红白相间，润白加鲜红，视觉上十分亮眼，又一点也不俗气，果然探春见了也说好看，叫连碟子放着，暂时没送回来，可见探春欣赏了一段时间。当海棠诗社成立的时候，黛玉的外号是“潇湘妃子”，既优美又精当，也是探春给取的。

这些虽然都是细节，其中却有大学问，让我们想到法国的大雕塑家罗丹曾经说的：“世界并不缺少美，而是缺少发现。”探春就有这样一双发现美的眼睛。

探春这位小说前半部中的隐士，其实已经崭露出处理复杂事务的才干了。风雅的海棠诗社，是探春出主意号召大家成立的。假如没有海棠诗社，大观园的生活恐怕会逊色几分，至少林黛玉、薛宝钗的才华就没办法充分表现出来。探春有这样的高情商，当然一点也不孤僻，她从来没有因为觉得世界对不起她而愤世嫉俗，反倒仍然自在地与大家相处。例如，第四十回贾母带着刘姥姥逛大观园，一站一站地也来到了秋爽斋，才坐了一会儿，贾母就开玩笑地向薛姨妈说：“咱们走罢。他们姊妹们都不大喜欢人来坐着，怕脏了屋子。咱们别没眼色，正经坐一回子船喝酒去。”说着，大家起身便走。这时探春却说：“这是那里的话，求着老太太、姨妈、太太来坐坐还不能呢！”于是贾母下了一个评论，笑道：“我的这三丫头却好，只有两个玉儿可恶。回来吃醉了，咱们偏往他们屋里闹去。”众人听了都笑了。

情商点评

比起黛玉、妙玉的洁癖、孤僻，探春实在随和、潇洒得多，既能够享受孤独，也能参加人群的热闹，这种随遇而安的心胸，正是高情商的表现。成熟的人不会有过度的欲望，能够甘于恬淡，也有纯熟的情绪管理能力，懂得守住中道，维持自己内心的均衡，并且，这样的人还具备强韧的抗压性与耐挫力，不会怨天尤人，能自得其乐。

探春在小说前半部的默默无闻，并不代表她这个人物不重要，恰恰相反，那是一种必要的安排，以便表现出她的高情商：探春的杰出，不但是“才志兼备”，更体现在随遇而安的成熟人格上。她懂得安顿自己，达到了“行到水穷处，坐看云起时”的最高境界。

坦然接受自己的处境，同时保持对生活的热爱。

最后，我们总结一下本章所讲的情商特质：

第一，无论如何，都要培养“自我安排”的能力，能够一直维持内在的成长。因此，当处在谷底、遇到困难的时候，也能坦然接受现实。

第二，不把能量浪费在怨天尤人上。低谷时也能享受生活，这才是最积极的人生态度。

这就是探春高情商的真正原因。

第八章
做管理难能让人心服口服
——探春的管理秘籍

故事提要

①探春是如何一上任就施行大刀阔斧的改革的？

②面对赵姨娘大闹怡红院错综复杂的原因，探春并不急于听信他人的说辞。

③关键时刻探春挺身保护下属，但也不会在下属面前失去主子的威严。

上一章里，我们谈到了探春才志兼备，是一个比凤姐还要杰出的人物，在怀才不遇的时候甘于恬淡，总是能够很好地安排自己的生活，以一双处处发现美的眼睛，过得优雅而充实。还不止这样，当探春终于有机会发光发热的时候，凤姐一连用四个“好”字来赞叹她，那么，探春的“好”是好在哪些地方呢？当她接下了理家的任务后，她的管理智慧也很值得学习。

1. 守住“对事不对人”的原则

回想一下，连凤姐都是“账也清楚，理也公道”，探春是比王熙凤更厉害的人物，当家管理也是以理为先。果然，第五十五回新官上任的时候，她一开始就免除了小姐、少爷们的两笔预算，一笔是宝玉这些少爷“一年学里吃点心或者买纸笔，每位有八两银子的使用”，一笔是每一位小姐买头油脂粉的二两开销，这些支出重重叠叠，白白浪费，所以通通免除了。

被剥夺既得利益的人，都是主子，其中还有贾母宠爱的人，包括宝玉、黛玉，这就是凤姐所说的“擒贼必先擒王”，平儿也说探春“正要找几件利害事与有体面的人开例作法子，镇压与众人作榜样呢”，这种魄力，难怪可以真正地树立威信。尤其是，探春甚至连自己的二两开销也一起免除了，这种一视同仁的公平，不是很令人尊敬吗？

在探春一鸣惊人的时候，曹雪芹特别安排了一场无理的吵闹，让这个“账也清楚，理也公道”的“理”，被充分强调出来。

第五十五回
↓
扩展阅读 1

当时赵姨娘的兄弟赵国基刚好死了，赵国基虽然是探春血缘上的舅舅，但他的身份就像赵姨娘一样，都是奴才，这是当时传统宗法制度所决定的。不过，因为有血缘这一层关系，所以大家都想看探春会怎么处理，连管家大娘都故意不提供旧例让她参考，等着看她闹笑话。如果探春真的徇私，或不懂规矩，多给了丧葬费，那大家就会看轻她，在背后嘲笑她，探春以后的管理就寸步难行了。

探春处理问题的方式是，先请教一起理家的李纨，李纨建议给四十两，但探春很精明，命令管家大娘取了旧账来，仔细看过之后，决定应该给二十两。原本赵姨娘希望探春可以多给二三十两银子，结果大失所望，立刻跑来大闹一场。面对赵姨娘的血缘勒索，探春真是悲愤万分，你看她能用什么来抵挡呢？

她和赵姨娘之间的一大段对话很长，其中有一个非常重要的关键词，特别摘录出来，探春说：

> 我说我并不敢犯法违理。
>
> 我是按着旧规矩办。

我倒素习按理尊敬。

幸亏我还明白，但凡糊涂不知理的，早急了。

情商点评

在探春和赵姨娘的冲突中，一共出现了三次“理”字，再还有一个“法”字，这就非常清楚了，探春果然“账也清楚，理也公道”，比王熙凤更有过之。探春能够抵挡生母的血缘勒索，不屈服于人情的压力，坚持做合法合理的事，这是真正的高情商的表现。

2.“事事心里明白”，就不会毛手毛脚丢了主见

要拥有高情商，就一定要明理，明理的人看得更清楚，不会被蒙蔽。凤姐赞美探春的时候，就说她虽然是姑娘家，“心里却事事明白”，探春也说她自己是“幸亏我还明白”，那么，她明白哪些事呢？我们再举一个很有趣的例子。

第六十回 → 扩展阅读 2

第六十回写赵姨娘被坏心的婆子们利用，到怡红院大闹了一场，她竟然和芳官打成一团，再加上藕官、蕊官、葵官、豆官赶来助阵，场面完全失控，简直是斯文扫地，于是尤氏、李纨、探春三人带着平儿过来，把这场纷争给平息下来。等到把赵姨娘也送走以后，探春的怒气才渐渐平息下来。这时，同样是十二个女戏子中的艾官，就私底下悄悄地向探春告状，说：

都是夏妈和我们素日不对，每每的造言生事。前儿赖藕官烧钱，幸亏是宝玉叫他烧的，宝玉自己应了，他才没话说。

> 今儿我与姑娘送手帕去，看见他和姨奶奶在一处说了半天，嘁嘁喳喳的，见了我才走开了。

其实，艾官说的情况大致上没有错，这场事件确实是因为藕官烧纸钱，被夏妈发现，两人发生了争执，当时宝玉出面保护了藕官，却让夏妈愤愤不平，才会唆使赵姨娘去大闹一场。但是，艾官的这一篇告状里却有一个小小的谎言：事实上藕官烧纸钱并不是宝玉叫她烧的，这是宝玉为了保护藕官所说的谎话。可是，对这样一个是非的关键，艾官却并不诚实。

如果只凭艾官的一家之辞，就信以为真地放心去做判决，一定会造成冤屈。然而探春多么精明有智慧，且看她的反应：

> 探春听了，虽知情弊，亦料定他们皆是一党，本皆淘气异常，便只答应，也不肯据此为实。

艾官和藕官等“他们皆是一党”，偏私护短都是人情之常，既然她们会袒护自己人，说话当然不可能客观，会隐藏不利于自己的证据，只提供对别人不利的证据，不能用来判案。

情商点评

探春只是嘴巴上表示知道了，不肯把艾官的告密当作全部的事实，用来追究是非，也没有再扩大事端。这是多么了不起的智慧，洞察人性，有学问、有理智，不听一面之词，因此也不容易被蒙蔽，这是一个好主管所必须具备的能力。

3. 保护自己的下属

“心里事事明白”的领导者，对下属有充分的了解，懂得用人，不会放任不称职的人，也会保护得力的助手。用探春自己的话来说就是：“那一个主子不疼出力得用的人？那一个好人用人拉扯的？”既然是出力得用、认真负责的好人，就该用心保护她，否则谁还愿意为你卖命？

第七十四回
↓
扩展阅读3

这里，我们要用第七十四回的抄检大观园事件，来说明这些道理。这一段可以说是《红楼梦》最精彩的情节之一了，其中光芒最闪耀的就是探春。园子里的每一处都乖乖地被搜检，无辜的丫鬟们就像嫌疑犯一样，一个个都受到搜查，只有秋爽斋让搜检的大队人马碰了钉子。书中说，探春在搜检队伍到来前，就已经“命众丫鬟秉烛开门而待”，一副准备应战的气势，等众人来了，探春故意问是为了何事，凤姐解释一番，探春冷笑道：“我们的丫头，自然都是些贼，我就是头一个窝主。既如此，先来搜我的箱柜，他们所有偷了来的都交给我藏着呢。”说着，便命丫头们把箱柜一齐打开，把装梳妆用具的盒子、装化妆品的盒子还有叠放在一起的衣服，大大小小的物品一齐打开，请凤姐去检查。但是，探春是主子，当然不可以对她做这样无礼的事，于是凤姐赶紧陪笑道：“我不过是奉太太的命来，妹妹别错怪我。何必生气。”也命丫鬟们把探春的箱子、柜子快快关上。

探春为什么要这么做？明明要抄检的是丫鬟们，和探春一点关系也没有，她为什么要自己去承担这样的羞辱？原来，这就是一个卓越的领导者应有的表现，她必须保护平常替她认真工作的下属，所以探春接着宣布：

我的东西倒许你们搜阅；要想搜我的丫头，这却不能。

我原比众人歹毒，凡丫头所有的东西我都知道，都在我这里间收着，一针一线他们也没的收藏，要搜所以只来搜我。

探春这样身先士卒，就是要保护她的下属，自己站在第一线，如此一来，这些秋爽斋的丫鬟，必然深受感动。

勇于承担、保护下属，既是管理者的高情商，也是二者的黏合剂。

情商点评

探春这么做，还有一个深层的意义，那就是：她是一个管理严明的主子，不会受到蒙蔽，所以才能给丫鬟们打包票。探春说："他们所有偷了来的都交给我藏着呢。"又说："我原比众人歹毒，凡丫头所有的东西我都知道，都在我这里间收着，一针一线他们也没的收藏。"这表示她对属下了如指掌，可以负完全的责任。而"歹毒"这个词其实是反话，意思是她不像其他人那样容易被蒙蔽，好比李纨，下人们给她的诨号是"大菩萨"，"比凤姐儿好搪塞"，但探春可不是这样，也因此，她才有资格挡下这一场抄检的羞辱。

4.“强将手下无弱兵”，首先你得足够强

探春所保护的丫头们，又是怎样的人呢？所谓的“强将手下无弱兵”，一个好的主管，要能用对的人、好的人，探春的大丫鬟待书就是一个好例子。她在第七十四回抄检大观园的时候，代替探春反击王善保家的，就表现得可圈可点，还得到凤姐的赞美。书里面这么说：

那王善保家的本是个心内没成算的人，素日虽闻探春的

名，他自为众人没眼力没胆量罢了，那里一个姑娘家就这样起来；况且又是庶出，他敢怎么。他自恃是邢夫人陪房，连王夫人尚另眼相看，何况别个。今见探春如此，他只当是探春认真单恼凤姐，与他们无干。他便要趁势作脸献好，因越众向前拉起探春的衣襟，故意一掀，嘻嘻笑道："连姑娘身上我都翻了，果然没有什么。"

前面我们曾经讲到过似曾相识的一幕，小丫头靛儿也曾经没大没小，没有分寸地说宝钗藏了她的扇子，当时宝钗指着她严厉地说了几句，让我们知道这种行为不只是侵犯别人，更是以下犯上的无礼，绝不可以容忍，何况这个王善保家的竟然还直接动手，向探春身上翻起赃物来，实在过分到极点，任何人都不应该忍耐。凤姐很了解这一点，于是连忙说："妈妈走罢，别疯疯颠颠的。"可是探春早就大怒，"啪"的一声，给了王善保家的一巴掌，探春指着王善保家的大骂："你是什么东西，敢来拉扯我的衣裳！我不过看着太太的面上，你又有年纪，叫你一声妈妈，你就狗仗人势，天天作耗，专管生事。如今越性了不得了。你打谅我是同你们姑娘那样好性儿，由着你们欺负他，就错了主意！你搜检东西我不恼，你不该拿我取笑。"

探春不气恼王善保家的来搜检东西，因为那是王夫人的命令，名正言顺，但是王善保家的绝对没有权力去侵犯探春。在她身上翻贼赃，等于把探春当作了贼，这种天大的羞辱怎能吞忍。于是探春不惜放下小姐的教养，动手给了王善保家的一巴掌，对小人的迎头痛击，真是大快人心，难怪有清朝的评点家赞叹这一掌真是如雷贯耳，深表赞同。

只不过小人就是小人，不会自我反省，那王善保家的讨了个没意思，在窗外只说：

> 罢了，罢了，这也是头一遭挨打。我明儿回了太太，仍回老娘家去罢。这个老命还要他做什么！

听完了这段话，请你特别注意一下，这才四五句话而已，没有尖酸刻薄的言辞，还充满了委屈，可是再一细想：这几句话其实非常犀利，比唇枪舌剑还要有攻击性，所谓的“仍回老娘家去罢。这个老命还要他做什么！”其实是对探春的指控，等于是说探春欺负她，要赶她出去，无异于要她的命。探春也就成为一个刻薄的坏主子了。明明是她自己无礼至极，是欺负主子的刁奴，却颠倒是非黑白，表面上她是在自怨自艾，其实是反咬一口，句句都在砍杀别人，以退为进，这比起直接骂人，更是厉害得多。

这个时候，我们得好好学学探春是怎么做的，她绝不直接反击，那会自贬身价，一个主子和下人对骂，把自己降格到下人的层次，才真是有失尊严，一般人往往忘了这一点。探春喝命丫鬟出来：“你们没听他说的这话，还等我和他对嘴去不成。”待书等听说，便出去说道：

> 你果然回老娘家去，倒是我们的造化了。只怕舍不得去。

凤姐听了，笑道：“好丫头，真是有其主必有其仆。”赞美待书的表现。待书的回应，好就好在这三句话同样也没有刻薄的字眼，不留给人借题发挥的余地，却清楚指出这个小人言行不一，只会讲一些虚伪的反话，说是要回老家、不要老命，其实她根本不愿意回家，不愿放弃在贾家才能享受的荣华富贵，如果她真的回家了，那才是给大家天大的礼物了！

这是多么高明的反击，王善保家的真是无话可说，她既然并不想要回老家，也就只好默认自己口是心非，难怪凤姐会这么称赞待书了，而且称赞待书的同时还称赞了探春，所谓“有其主必有其仆”，意思是这么优秀的丫鬟是杰出的主子调教出来的，可想而知，探春是多么出色的领导者了。

现在，我们总结一下本章所讲的情商特质：

第一，处事一视同仁，公平、公道地做决策，要注意不可偏听，以免被蒙蔽。

第二，严明地管理，才不会出现徇私舞弊的情况。

第三，要保护下属，避免让他们承受不合理的伤害，上下才能真正同心协力。

这就是探春高情商的杰出表现。

当然，比王熙凤更厉害的探春，还有值得我们学习的地方，下一章里，我们再一探究竟。

扩展阅读 1

第五十五回　辱亲女愚妾争闲气　欺幼主刁奴蓄险心

这日王夫人正是往锦乡侯府去赴席，李纨与探春早已梳洗，伺候出门去后，回至厅上坐了。刚吃茶时，只见吴新登的媳妇进来回说：“赵姨娘的兄弟赵国基昨日死了。昨日回过太太，太太说知道了，叫回姑娘奶奶来。”说毕，便垂手旁侍，再不言语。彼时来回话者不少，都打听他二人办事如何：若办得妥当，大家则安个畏惧之心；若少有嫌隙不当之处，不但不畏伏，出二门还要编出许多笑话来取笑。吴新登的媳妇心中已有主意，若是凤姐前，他便早已献勤说出许多主意，又查出许多旧例来任凤姐儿拣择施行。如今他藐视李纨老实，探春是年轻的姑娘，所以只说出这一句话来，试他二人有何主见。

探春便问李纨。李纨想了一想，便道："前儿袭人的妈死了，听见说赏银四十两。这也赏他四十两罢了。"吴新登家的听了，忙答应了是，接了对牌就走。探春道："你且回来。"吴新登家的只得回来。探春道："你且别支银子。我且问你：那几年老太太屋里的几位老姨奶奶，也有家里的也有外头的这两个分别。家里的若死了人是赏多少，外头的死了人是赏多少，你且说两个我们听听。"

一问，吴新登家的便都忘了，忙陪笑回说："这也不是什么大事，赏多少谁还敢争不成？"探春笑道："这话胡闹。依我说，赏一百倒好。若不按例，别说你们笑话，明儿也难见你二奶奶。"吴新登家的笑道："既这么说，我查旧帐去，此时却记不得。"探春笑道："你办事办老了的，还记不得，倒来难我们。你素日回你二奶奶也现查去？若有这道理，凤姐姐还不算利害，也就算是宽厚了！还不快找了来我瞧。再迟一日，不说你们粗心，反像我们没主意了。"吴新登家的满面通红，忙转身出来。众媳妇们都伸舌头。这里又回别的事。

一时，吴家的取了旧帐来。探春看时，两个家里的赏过皆二十两，两个外头的皆赏过四十两。外还有两个外头的，一个赏过一百两，一个赏过六十两。这两笔底下皆注有原故：一个是隔省迁父母之柩，外赏六十两；一个是现买葬地，外赏二十两。探春便递与李纨看了。探春便说："给他二十两银子。把这帐留下，我们细看看。"吴新登家的去了。

忽见赵姨娘进来，李纨探春忙让坐。赵姨娘开口便说道："这屋里的人都踩下我的头去还罢了。姑娘你也想一想，该替我出气才是。”一面说，一面眼泪鼻涕哭起来。探春忙道：“姨娘这话说谁，我竟不解。谁踩姨娘的头？说出来我替姨娘出气。”赵姨娘道：“姑娘现踩我，我告诉谁！”探春听说，忙站起来，说道：“我并不敢。”李纨也站起来劝。

赵姨娘道：“你们请坐下，听我说。我这屋里熬油似的熬了这么大年纪，又有你和你兄弟，这会子连袭人都不如了，我还有什么脸？连你也没脸面，别说我了！”探春笑道：“原来为这个。我说我并不敢犯法违理。”一面便坐了，拿帐翻与赵姨娘看，又念与他听，又说道：“这是祖宗手里旧规矩，人人都依着，偏我改了不成？也不但袭人，将来环儿收了外头的，自然也是同袭人样。这原不是什么争大争小的事，讲不到有脸没脸的话上。他是太太的奴才，我是按着旧规矩办。说办的好，领祖宗的恩典、太太的恩典；若说办的不均，那是他糊涂不知福，也只好凭他抱怨去。太太连房子赏了人，我有什么有脸之处；一文不赏，我也没什么没脸之处。依我说，太太不在家，姨娘安静些养神罢了，何苦只要操心。太太满心疼我，因姨娘每每生事，几次寒心。我但凡是个男人，可以出得去，我必早走了，立一番事业，那时自有我一番道理。偏我是女孩儿家，一句多话也没有我乱说的。太太满心里都知道。如今因看重我，才叫我照管家务，还没有做一件好事，姨娘倒先来作践我。倘或太太知道了，怕我为难不叫我管，那才正经没脸，连姨娘也真没脸！”一面说，一面不禁滚下泪来。

赵姨娘没了别话答对，便说道：“太太疼你，你越发拉扯拉扯我们。你只顾讨太太的疼，就把我们忘了。”探春道：“我怎么忘了？叫我怎么拉扯？这也问你们各人，那一个主子不疼出力得用的人？那一个好人用人拉扯的？”李纨在旁只管劝说：“姨娘别生气。也怨不得姑娘，他满心里要拉扯，口里怎么说的出来。”探春忙道：“这大嫂子也糊涂了。我拉扯谁？谁家姑娘们拉扯奴才了？

他们的好歹，你们该知道，与我什么相干。”赵姨娘气的问道：“谁叫你拉扯别人去了？你不当家我也不来问你。你如今现说一是一，说二是二。如今你舅舅死了，你多给了二三十两银子，难道太太就不依你？分明太太是好太太，都是你们尖酸刻薄，可惜太太有恩无处使。姑娘放心，这也使不着你的银子。明儿等出了阁，我还想你额外照看赵家呢。如今没有长羽毛，就忘了根本，只拣高枝儿飞去了！”

探春没听完，已气的脸白气噎，抽抽咽咽的一面哭，一面问道：“谁是我舅舅？我舅舅年下才升了九省检点，那里又跑出一个舅舅来？我倒素习按理尊敬，越发敬出这些亲戚来了。既这么说，环儿出去为什么赵国基又站起来，又跟他上学？为什么不拿出舅舅的款来？何苦来，谁不知道我是姨娘养的，必要过两三个月寻出由头来，彻底来翻腾一阵，生怕人不知道，故意的表白表白。也不知谁给谁没脸？幸亏我还明白，但凡糊涂不知理的，早急了。”李纨急的只管劝，赵姨娘只管还唠叨。

扩展阅读2

第六十回　茉莉粉替去蔷薇硝　玫瑰露引来茯苓霜

忽见蕊官赶出叫：“妈妈姐姐，略站一站。”一面走上来，递了一个纸包与他们，说是蔷薇硝，带与芳官去擦脸。春燕笑道：“你们也太小气了，还怕那里没这个与他，巴巴的你又弄一包给他去。”蕊官道：“他是他的，我送的是我的。好姐姐，千万带回去罢。”春燕只得接了。娘儿两个回来，正值贾环贾琮二人来问候宝玉，也才进去。春燕便向他娘说：“只我进去罢，你老不用去。”他娘听了，自此便百依百随的，不敢倔强了。

春燕进来，宝玉知道回复，便先点头。春燕知意，便不再说一语，略站了一站，便转身出来，使眼色与芳官。芳官出来，春燕方悄悄的说与他蕊官之事，并与了他硝。宝玉并无与琮环可谈之语，因笑问芳官手里是什么。芳官便忙递与宝玉瞧，又说是擦春癣的蔷薇硝。宝玉笑道："亏他想得到。"贾环听了，便伸着头瞧了一瞧，又闻得一股清香，便弯腰向靴桶内掏出一张纸来托着，笑说："好哥哥，给我一半儿。"宝玉只得要与他。芳官心中因是蕊官之赠，不肯与别人，连忙拦住，笑说道："别动这个，我另拿些来。"宝玉会意，忙笑包上，说道："快取来。"

芳官接了这个，自去收好，便从奁中去寻自己常使的。启奁看时，盒内已空，心中疑惑，早间还剩了些，如何没了？因问人时，都说不知。麝月便说："这会子且忙着问这个，不过是这屋里人一时短了使了。你不管拿些什么给他们，他们那里看得出来？快打发他们去了，咱们好吃饭。"芳官听了，便将些茉莉粉包了一包拿来。贾环见了，喜的就伸手来接。芳官便忙向炕上一掷。贾环只得向炕上拾了，揣在怀内，方作辞而去。

原来贾政不在家，且王夫人等又不在家，贾环连日也便装病逃学。如今得了硝，兴兴头头来找彩云。正值彩云和赵姨娘闲谈，贾环嘻嘻向彩云道："我也得了一包好的，送你擦脸。你常说，蔷薇硝擦癣，比外头的银硝强。你且看看，可是这个？"彩云打开一看，嗤的一声笑了，说道："你是和谁要来的？"贾环便将方才之事说了。彩云笑道："这是他们哄你这乡老呢。这不是硝，这是茉莉粉。"贾环看了一看，果然比先的带些红色，闻闻也是喷香，因笑道："这也是好的，硝粉一样，留着擦罢，自是比外头买的高便好。"彩云只得收了。

赵姨娘便说："有好的给你！谁叫你要去了，怎怨他们耍你！依我，拿了去照脸摔给他去，趁着这回子撞尸的撞尸去了，挺床的便挺床，吵一出子，大家别心净，也算是报仇。莫不是两个月之后，还找出这个碴儿来问你不成？便问你，你也有话说。宝玉是哥哥，不敢冲撞他罢了。难道他屋里的猫儿狗儿，也不敢去问问不成！”贾环听说，便低了头。彩云忙说：“这又何苦生事，不管怎样，忍耐些罢了。”

赵姨娘道：“你快休管，横竖与你无干。乘着抓住了理，骂给那些浪淫妇们一顿也是好的。”又指贾环道：“呸！你这下流没刚性的，也只好受这些毛崽子的气！平白我说你一句儿，或无心中错拿了一件东西给你，你倒会扭头暴筋瞪着眼蹾摔娘。这会子被那起屄崽子耍弄也罢了。你明儿还想这些家里人怕你呢。你没有屄本事，我也替你羞。”贾环听了，不免又愧又急，又不敢去，只摔手说道：“你这么会说，你又不敢去，支使了我去闹。倘或往学里告去捱了打，你敢自不疼呢？遭遭儿调唆了我闹去，闹出了事来，我捱了打骂，你一般也低了头。这会子又调唆我和毛丫头们去闹。你不怕三姐姐，你敢去，我就服你。”只这一句话，便戳了他娘的肺，便喊说：“我肠子里爬出来的，我再怕不成！这屋里越发有得说了。”一面说，一面拿了那包子，便飞也似的往园中去了。彩云死劝不住，只得躲入别房。贾环便也躲出仪门，自去顽耍。

赵姨娘直进园子，正是一头火，顶头正遇见藕官的干娘夏婆子走来。见赵姨娘气恨恨的走来，因问：“姨奶奶那去？”赵姨娘又说：“你瞧瞧，这屋里连三日两日进来唱戏的小粉头们，都三般两样掂人分量放小菜碟儿了。若是别一个，我还不恼，若叫这些小娼妇捉弄了，还成个什么！”夏婆子听了，正中己怀，忙问因何。赵姨娘悉将芳官以粉作硝轻侮贾环之事说了。

夏婆子道：“我的奶奶，你今日才知道，这算什么事。连昨日这个地方他们私自烧纸钱，宝玉还拦到头里。人家还没拿进个什么儿来，就说使不得，不干不净的忌讳。这烧纸倒不忌讳？你老想一想，这屋里除了太太，谁还大似你？你老自己撑不起来；但凡撑起来的，谁还不怕你老人家？如今我想，乘着这几个小粉头儿恰不是正头货，得罪了他们也有限的，快把这两件事抓着理扎个筏子，我在旁作证据，你老把威风抖一抖，以后也好争别的礼。便是奶奶姑娘们，也不好为那起小粉头子说你老的。”赵姨娘听了这话，益发有理，便说：“烧纸的事不知道，你却细细的告诉我。”夏婆子便将前事一一的说了，又说：“你只管说去。倘或闹起，还有我们帮着你呢。”赵姨娘听了越发得了意，仗着胆子便一径到了怡红院中。

可巧宝玉听见黛玉在那里，便往那里去了。芳官正与袭人等吃饭，见赵姨娘来了，便都起身笑让：“姨奶奶吃饭，有什么事这么忙？”赵姨娘也不答话，走上来便将粉照着芳官脸上撒来，指着芳官骂道：“小淫妇！你是我银子钱买来学戏的，不过娼妇粉头之流！我家里下三等奴才也比你高贵些的，你都会看人下菜碟儿。宝玉要给东西，你拦在头里，莫不是要了你的了？拿这个哄他，你只当他不认得呢！好不好，他们是手足，都是一样的主子，那里有你小看他的！”

芳官那里禁得住这话，一行哭，一行说：“没了硝我才把这个给他的。若说没了，又恐他不信，难道这不是好的？我便学戏，也没往外头去唱。我一个女孩儿家，知道什么是粉头面头的！姨奶奶犯不着来骂我，我又不是姨奶奶家买的。‘梅香拜把子——都是奴几’呢！”袭人忙拉他说：“休胡说！”赵姨娘气的便上来打了两个耳刮子。袭人等忙上来拉劝，说：“姨奶奶别和他小孩子一般见识，等我们说他。”芳官捱了两下打，那里肯依，便拾头打滚，泼哭泼闹起来。口内便说：“你打得起我么？你照照那模样儿再动手！我叫你打了去，我还活着！”便撞在怀里叫他打。

众人一面劝，一面拉他。晴雯悄拉袭人说：“别管他们，让他们闹去，看怎么开交！如今乱为王了，什么你也来打，我也来打，都这样起来还了得呢！”

外面跟着赵姨娘来的一干的人听见如此，心中各各称愿，都念佛说：“也有今日！”又有那一干怀怨的老婆子见打了芳官，也都称愿。

当下藕官蕊官等正在一处作耍，湘云的大花面葵官，宝琴的豆官，两个闻了此信，慌忙找着他两个说：“芳官被人欺侮，咱们也没趣，须得大家破着大闹一场，方争过气来。”四人终是小孩子心性，只顾他们情分上义愤，便不顾别的，一齐跑入怡红院中。豆官先便一头，几乎不曾将赵姨娘撞了一跤。那三个也便拥上来，放声大哭，手撕头撞，把个赵姨娘裹住。晴雯等一面笑，一面假意去拉。急的袭人拉起这个，又跑了那个，口内只说：“你们要死！有委曲只好说，这没理的事如何使得！”赵姨娘反没了主意，只好乱骂。蕊官藕官两个一边一个，抱住左右手；葵官豆官前后头顶住。四人只说：“你只打死我们四个就罢！”芳官直挺挺躺在地下，哭得死过去。

正没开交，谁知晴雯早遣春燕回了探春。当下尤氏、李纨、探春三人带着平儿与众媳妇走来，将四个喝住。问起原故，赵姨娘便气的瞪着眼粗了筋，一五一十说个不清。尤李两个不答言，只喝禁他四人。探春便叹气说：“这是什么大事，姨娘也太肯动气了！我正有一句话要请姨娘商议，怪道丫头说不知在那里，原来在这里生气呢，快同我来。”尤氏、李纨都笑说：“姨娘请到厅上来，咱们商量。”

赵姨娘无法，只得同他三人出来，口内犹说长说短。探春便说：“那些小丫头子们原是些顽意儿，喜欢呢，和他说说笑笑；不喜欢便可以不理他。便他不好了，也如同猫儿狗儿抓咬了一下子，可恕就恕，不恕时也只该叫了管家媳妇们去说给他去责罚，何苦自己不尊重，大吆小喝失了体统。你瞧周姨娘，怎不见人欺他，他也不寻人去。我劝姨娘且回房去煞煞性儿，别听那些混帐人的调唆，没的惹人笑话，自己呆，白给人作粗活。心里有二十分的气，也忍耐这几天，等太太回来自然料理。”一席话说得赵姨娘闭口无言，只得回房去了。

这里探春气的和尤氏李纨说：“这么大年纪，行出来的事总不叫人敬服。这是什么意思，也值得吵一吵，并不留体统，耳朵又软，心里又没有计算。这又是那起没脸面的奴才们的调停，作弄出个呆人替他们出气。”越想越气，因命人查是谁调唆的。媳妇们只得答应着，出来相视而笑，都说是“大海里那里寻针去。”只得将赵姨娘的人并园中人唤来盘诘，都说不知道。众人没法，只得回探春：“一时难查，慢慢访查，凡有口舌不妥的，一总来回了责罚。”

探春气渐渐平服方罢。可巧艾官便悄悄的回探春说：“都是夏妈和我们素日不对，每每的造言生事。前儿赖藕官烧纸，幸亏是宝玉叫他烧的，宝玉自己应了，他才没话说。今儿我与姑娘送手帕去，看见他和姨奶奶在一处说了半天，嘁嘁喳喳的，见了我才走开了。”探春听了，虽知情弊，亦料定他们皆是一党，本皆淘气异常，便只答应，也不肯据此为实。

扩展阅读3

第七十四回　惑奸谗抄检大观园　矢孤介杜绝宁国府

至晚饭后，待贾母安寝了，宝钗等入园时，王善保家的便请了凤姐一并入园，喝命将角门皆上锁，便从上夜的婆子处抄检起，不过抄检出些多馀攒下蜡烛灯油等物。王善保家的道：“这也是赃，不许动，等明儿回过太太再动。”

于是先就到怡红院中，喝命关门。当下宝玉正因晴雯不自在，忽见这一干人来，不知为何直扑了丫头们的房内去，因迎出凤姐来，问是何故。凤姐道：“丢了一件要紧的东西，因大家混赖，恐怕有丫头们偷了，所以大家都查一查去疑。”一面说，一面坐下吃茶。

王善保家的等搜了一回，又细问这几个箱子是谁的，都叫本人来亲自打开。袭人因见晴雯这样，知道必有异事，又见这番抄检，只得自己先出来打开了箱子并匣子，任其搜检一番，不过是平常动用之物。随放下又搜别人的，挨次都一一搜过。

到了晴雯的箱子，因问：“是谁的，怎不开了让搜？”袭人等方欲代晴雯开时，只见晴雯挽着头发闯进来，豁啷一声将箱子掀开，两手捉着底子朝天，往地下尽情一倒，将所有之物尽都倒出。王善保家的也觉没趣，看了一看，也无甚私弊之物。回了凤姐，要往别处去。

凤姐儿道：“你们可细细的查，若这一番查不出来，难回话的。”众人都道：“都细翻看了，没什么差错东西。虽有几样男人物件，都是小孩子的东西，想是宝玉的旧物件，没甚关系的。”凤姐听了，笑道：“既如此咱们就走，再瞧别处去。”

说着，一径出来，因向王善保家的道：“我有一句话，不知是不是。要抄检只抄检咱们家的人，薛大姑娘屋里，断乎检抄不得的。”王善保家的笑道：“这个自然。岂有抄起亲戚家来的。”凤姐点头道：“我也这样说呢。”一头说，一头到了潇湘馆内。

黛玉已睡了，忽报这些人来，也不知为甚事。才要起来，只见凤姐已走进来，忙按住他不许起来，只说：“睡罢，我们就走。”这边且说些闲话。那个王善保家的带了众人到丫鬟房中，也一一开箱倒笼抄检了一番。因从紫鹃房中抄出两副宝玉常换下来的寄名符儿，一副束带上的披带，两个荷包并扇套，套内有扇子。打开看时皆是宝玉往年往日手内曾拿过的。王善保家的自为得了意，遂忙请凤姐过来验视，又说：“这些东西从那里来的？”凤姐笑道：“宝玉和他们从小儿在一处混了几年，这自然是宝玉的旧东西。这也不算什么罕事，撂下再往别处去是正经。”紫鹃笑道：“直到如今，我们两下里的东西也算不清。要问这一个，连我也忘了是那年月日有的了。”王善保家的听凤姐如此说，也只得罢了。

又到探春院内，谁知早有人报与探春了。探春也就猜着必有原故，所以引出这等丑态来，遂命众丫鬟秉烛开门而待。

一时众人来了。探春故问何事。凤姐笑道：“因丢了一件东西，连日访察不出人来，恐怕旁人赖这些女孩子们，所以越性大家搜一搜，使人去疑，倒是洗净他们的好法子。”探春冷笑道：“我们的丫头，自然都是些贼，我就是头一个窝主。既如此，先来搜我的箱柜，他们所有偷了来的都交给我藏着呢。”说着，便命丫头们把箱柜一齐打开，将镜奁、妆盒、衾袱、衣包若大若小之物一齐打开，请凤姐去抄阅。凤姐陪笑道：“我不过是奉太太的命来，妹妹别错怪我。何必生气。”因命丫鬟们快快关上。

平儿丰儿等忙着替待书等关的关，收的收。探春道：“我的东西倒许你们搜阅；要想搜我的丫头，这却不能。我原比众人歹毒，凡丫头所有的东西我都知道，都在我这里间收着，一针一线他们也没的收藏，要搜所以只来搜我。你们不依，只管去回太太，只说我违背了太太，该怎么处治，我去自领。你们别忙，自然连你们抄的日子有呢！你们今日早起不曾议论甄家，自己家里好好的抄家，果然今日真抄了。咱们也渐渐的来了。可知这样大族人家，若从外头杀来，一时是杀不死的，这是古人曾说的‘百足之虫，死而不僵’，必须先从家里自杀自灭起来，才能一败涂地！”说着，不觉流下泪来。凤姐只看着众媳妇们。

周瑞家的便道：“既是女孩子的东西全在这里，奶奶且请到别处去罢，也让姑娘好安寝。”凤姐便起身告辞。探春道：“可细细的搜明白了？若明日再来，我就不依了。”凤姐笑道：“既然丫头们的东西都在这里，就不必搜了。”探春冷笑道：“你果然倒乖。连我的包袱都打开了，还说没翻。明日敢说我护着丫头们，不许你们翻了。你趁早说明，若还要翻，不妨再翻一遍。”凤姐知道探春素日与众不同的，只得陪笑道：“我已经连你的东西都搜查明白了。”探春又问众人：“你们也都搜明白了不曾？”周瑞家的等都陪笑说：“都翻明白了。”

第九章
触角伸到他人的领地，就变成了触犯
——不越俎代庖的探春和王熙凤

故事提要

①探春参加怡红夜宴时特别知会李纨。

②凤姐咨询贾琏的意见、尊重王夫人抄检大观园的决策。

在上一章里，我们了解到探春卓越的管理智慧，她和王熙凤一样，“账也清楚，理也公道”，处事一视同仁，也从不听一面之词，以确保公正；她对下属管理严明，训练出好的人才，也会保护她们，不让她们受到不合理的伤害，因此获得了手下的效忠，上下一条心，这是管理者的最佳风范。现在我们从另一个角度，谈谈探春的情商带给我们的启示。

1. 有所为，有所不为

“管理”不只是去做事，“好的管理”也不只是去积极的作为，而是更要不做“不适当”的事。就像我们前面说过的一样，好的情商不只是能够和人合作，懂得配合别人，也要有划出适当的“心理界限”的能力，那是一种让别人也可以尊重我们、配合我们的智慧。同样，探春的管理智慧中也包含了清晰的界限，她在管理别人的时候不会滥用权力、作威作福，最重要的是，她能够管理自己，谨守分寸，不越俎代庖。“越俎代庖”原本的意思是说，祭祀的人放下自己的器具，跑去代替厨师下厨，形容一个人跨越自己的职务范围，管别人负责的事情。“不越俎代庖”就是要守住分寸，不要越权，侵犯到别人的权力。

第五十五回是探春隆重登场的重头戏，我们在上一章里欣赏了探春出色的领导力，但一般人只看到探春新官上任三把火，各种兴利除弊，大刀阔斧的改革，又好像都是针对凤姐而来。其实，探春绝不是一个不知轻重分寸的人，且看当时她对平儿怎么说。

> “虽如此说，也须得回你奶奶一声。我们这里搜剔小遗，已经不当，皆因你奶奶是个明白人，我才这样行，若是糊涂多蛊多妒的，我也不肯，倒像抓他乖一般。岂可不商议了行。”平儿笑道：“既这样，我去告诉一声。”说着去了，半日方回来，笑说：“我说是白走一趟，这样好事，奶奶岂有不依的。”

虽然凤姐已经暂时卸任，家务交给李纨、探春来负责，但毕竟是才刚刚退位的前任主管，人情、事情都还有着关联，而且凤姐并不是完全退休，只是暂时休养而已，以后康复了还会重返权位，甚至在休养的过程中，她也非常尽责地思考问题，提出建议，第五十五回一开始就说她“小月了，在家一月，不能理事，……虽不出门，然筹画计算，想起什么事来，便命平儿去回王夫人，任人谏劝，他只不听”。小月就是流产，凤姐因此在家休养。所以现任主管的所作所为，尤其是决策，都应该知会凤姐，这是一种尊重，将来凤姐回来重掌职权时，新推出的改革措施也就可以延续下去了。

如果我们再仔细看，还会发现，探春做任何决策以前，都是和李纨、宝钗等人再三讨论，并没有擅自决定，这是因为当初王夫人规划新任人选的时候，就是要这三个人一起合作，李纨挂帅，她是长嫂，名正言顺。正是因为这些伦理上、名分上的关系，探春虽然是真正做决策的人，但是事先都会知会李纨，听李纨的意见，以示尊重。我们再看一个例子，第六十三回说，宝玉生日到了，为了帮他庆生，怡红院破例熬夜，又因为人多才热闹，于是大家把园中的金钗们都请来，袭人、晴雯甚至亲自出马，再三央求宝钗、黛玉，这才请动了钗、黛两个人，至于探春呢，她的反应与众不同，书里写道：

第六十三回 → 扩展阅读 1

> 探春听了却也欢喜。因想："不请李纨，倘或被他知道了倒不好。"

于是派了两个小丫头再三地请了李纨和宝琴二人，会齐以后，先后都到了怡红院中。探春考虑的是什么呢？大家在怡红院里熬夜玩乐，其实是违反规矩的，他们平常都必须遵守早睡早起的家法，这时候主子们带头违纪，其实是不妥当的，难怪黛玉就向宝钗、李纨、探春等笑道："你们日日说人夜聚饮博，今儿我们自己也如此，以后怎么说人。"李纨就解释可以偶尔破例，笑说："这有何妨。一年之中不过生日节间如此，并无夜夜如此，这倒也不怕。"这不就很清楚了吗？偶一为之，不成问题，但请注意，比这个道理更重要的是，说这次可以破例是的人是谁？是李纨，她是当家的主管，由她说出这个道理最顺理成章，怡红院"欢乐庆生会"的实施就得到了保证。

当然，探春也是主管之一，她也可以直接宣布。这里就是关键了。探春想得周到，她考虑到"不请李纨，倘或被他知道了倒不好"。同样是主管，李纨还是挂帅的长嫂，结果其他人都自己玩乐去了，自己却被蒙在鼓里，一定会觉得不受尊重，何况自己还被撇下来，那种被冷落的滋味更加不好受。探春的高情商就在这里表现出来了。

还有，第六十二回写了一个类似的故事：管家只见林之孝家的和一群女人带了一个媳妇进来，那媳妇愁眉苦脸，也不敢进厅，只到了阶下，便朝上跪下了，磕头时还发出砰砰的声音。探春就问：

> “什么事？”林之孝家的便指那媳妇说：“这是四姑娘屋里的小丫头彩儿的娘，现是园内伺候的人。嘴很不好，才是我听见了问着他，他说的话也不敢回姑娘，竟要撵出去才是。”探春道：“怎么不回大奶奶？”林之孝家的道：“方才大奶奶都往厅上姨太太处去了，顶头看见，我已回明白了，叫回姑娘来。”探春道：“怎么不回二奶奶？”平儿道：“不回去也罢，我回去说一声就是了。”探春点点头，道：“既这么着，就撵出他去，等太太来了，再回定夺。”说毕仍又下棋。

我们注意到，林之孝家的虽然是大管家，但即使要撵出低阶的婆子，仍然要向主子禀报；同样地，探春听了林之孝家的报告之后，并没有直接表示许可，而是先问：“怎么不回大奶奶？”又问：“怎么不回二奶奶？”最后又指示道：“就撵出他去，等太太来了，再回定夺。”换句话说，真正拥有人事决定权的人，是王夫人，包括凤姐、李纨以及探春自己在内，都是受王夫人的委托，严格来说，只是代理人，不能自做主张，否则就会导致人际关系上的大忌——越俎代庖，所以探春才会一连请示职权比她高的三个人。

探春已经是掌握理家大权的人，一开始也新官上任三把火，大刀阔斧进行了许多改革，连比她有权有势的人都不怕得罪，免除了他们不合理的既得利益，这些她都勇往直前，毫不退缩；为什么这时又事事都要请示呢？原来，此一时彼一时也，探春一开始必须树立威信，所以包括凤姐在内，大家也都支持她、配合她，但一旦家务上了轨道，成为日常性的庶务运作，这时探春就谨守分寸，并不处处自作主张，而是事事尊重上级主管的意见，获得同意之后才能付诸实行，这是工作上的基本分寸。

难怪黛玉远远地看到这一幕，也称赞起探春来了，她对宝玉说道：

> 你家三丫头倒是个乖人。虽然叫他管些事，倒也一步儿不肯多走。差不多的人就早作起威福来了。

情商点评

会被黛玉称赞的人，那就真是难得的人。黛玉称赞探春的地方，就是“一步儿不肯多走”，这句话表现出探春高度的自律，能够自我节制，谨守分寸，并未因为有了管事的权力，就作威作福，这就是黛玉所说的“乖人”的意思。可见，探春不只是很懂得管理下属，更能管理自己，绝不会傲慢自大，当然也不会越俎代庖。

必须说，“越俎代庖”堪称职场等人际关系上的大忌，所以贾府中明理的主管，都懂得这个道理。从刚刚那段情节就可以发现，何止探春懂得把握分寸，其他人也严守这个分寸，例如管家大娘林之孝家的，她在禀报探春之前，就已经向大奶奶李纨回明白了，而李纨听过之后也叫她禀报探春，这是李纨对共同主事者的尊重，没有因为自己是长嫂就倚老卖老。

2. 关系再亲近，也别替他作主

既然大家都懂这个道理，高情商的凤姐更是不会犯错。第七十四回中，大观园中竟然出现了绣春囊这样的不雅物件，王夫人罕见地大发雷霆，在刁奴王善保家的唆使之下，采取了抄检大观园的下下策，这时凤姐“见王夫人盛怒之际，又因王善保家的是邢夫人的耳目，常调唆着邢夫人生事，纵有千百样言词，此刻也不敢说，只低头答应着”。她收起平日的伶牙俐齿，也不再坚持原来的建议，尊重王夫人的决策，应答说：“太太说的是，就行罢了。”这也是不越俎代庖的表现。

第七十四回 → 扩展阅读 2

同样地，第二十二回宝钗要过十五岁生日，凤姐就和贾琏商量要怎么办理，贾琏觉得很奇怪，凤姐料理过多少生日，怎么这次倒没了主意？就说比照往年林黛玉的生日就好了。王熙凤不甘示弱，说她当然知道这个道理，但是考虑到宝钗今年是十五岁，不大也不小，却是代表女孩子成年的年纪，再加上贾母要出钱帮她做生日，当然要不同于往年为林妹妹做的生日。贾琏听了就说：“既如此，就比林妹妹的多增些。”凤姐道：“我也这么想着，所以讨你的口气。我若私自添了东西，你又怪我不告诉明白你了。”原来，凤姐其实早就有了好主意，却还是和贾琏商量，得到他的同意才去做。原因就是他们夫妻都是受到贾政、王夫人的委托，暂时代理家务，但就像贾政是一家之主一样，地位高于王夫人，贾琏比起只负责内部家务的凤姐来说，决策权要高一些，只是凤姐太能干，贾琏通常就让她全权处理罢了。

第二十二回 → 扩展阅读 3

所以说，连过生日这种小事，凤姐都会征询贾琏的意见，其他事务就更必须报告王夫人了，毕竟王夫人才是真正当家的女家长，代理人又怎能替掌权人做决定呢？这也是一种不越俎代庖的道理。

即便关系亲近，也不能超过界限越殂代疱，因为没人喜欢被忽略、被“越过”的感觉。

情商点评

一个人再能干、设想得再周全、拟订的决策再完善，只要没有经过上级同意就发布方案甚至直接执行，都是越权的行为，被越权的上级一定是不能忍受的。即使你的出发点再好，例如想让主管不用操心、可以省事一点，或者是时间紧迫、不得已需要抢时间，等等，并没有越权的念头；但我们也可以想一想，连至亲的父母或权威的师长帮你做决定，你都会觉得不是滋味，何况帮你做决定的是别人，更何况那个别人是下属。即使上级再信任你，再倚重你，也不可能一直忍受下属的自作主张，没有人愿意当一个傀儡。

那么，后果就可想而知了吧。

因此，绝不可自认为关系亲近，受到信任，就有了疏忽随便的心态，这叫作“亲狎”，即因为亲近、信赖而产生的不尊重。很多人往往误以为彼此很亲近、互相很信赖，所以不在乎外在的形式，这是很严重的误解。正因为我们的关系亲近，所以更要懂得尊重对方，以免逾越界限。亲密关系里反倒更容易造成伤害，缺乏对对方的尊重，久而久之，就导致了两个人的敷衍或疏远，这当然不是当事人所乐见的。

最后，我们总结一下本章所讲的情商特质：

要培养高度的“自律”，自我节制，不可逾越界限、自作主张，侵犯别人的职权。越俎代庖的结果，一定会影响到人际关系。

本章我们看到了探春另一种高情商的表现，下一章我们要讲到凤姐的通房丫头平儿，这也是一个了不起的人物，她的高情商同样令人赞叹。

扩展阅读1

第六十三回　寿怡红群芳开夜宴　死金丹独艳理半丧

袭人等一一的斟了酒来，说："且等等再划拳，虽不安席，每人在手里吃我们一口罢了。"于是袭人为先，端在唇上吃了一口，馀依次下去，一一吃过，大家方团圆坐定。小燕四儿因炕沿坐不下，便端了两张椅子，近炕放下。那四十个碟子，皆是一色白粉定窑的，不过只有小茶碟大，里面不过是山南海北，中原外国，或干或鲜，或水或陆，天下所有的酒馔果菜。

宝玉因说："咱们也该行个令才好。"袭人道："斯文些的才好，别大呼小叫，惹人听见。二则我们不识字，可不要那些文的。"麝月笑道："拿骰子咱们抢红罢。"宝玉道："没趣，不好。咱们占花名儿好。"晴雯笑道："正是早已想弄这个顽意儿。"袭人道："这个顽意虽好，人少了没趣。"小燕笑道："依我说，咱们竟悄悄的把宝姑娘林姑娘请了来顽一回子，到二更天再睡不迟。"袭人道："又开门喝户的闹，倘或遇见巡夜的问呢？"宝玉道："怕什么，咱们三姑娘也吃酒，再请他一声才好。还有琴姑娘。"众人都道："琴姑娘罢了，他在大奶奶屋里，叨登的大发了。"宝玉道："怕什么，你们就快请去。"小燕四儿都得不了一声，二人忙命开了门，分头去请。

晴雯、麝月、袭人三人又说："他两个去请，只怕宝林两个不肯来，须得我们请去，死活拉他来。"于是袭人晴雯忙又命老婆子打个灯笼，二人又去。果然宝钗说夜深了，黛玉说身上不好，他二人再三央求说："好歹给我们一点体面，略坐坐再来。"探春听了却也欢喜。因想："不请李纨，倘或被他知道了倒不好。"便命翠墨同了小燕也再三的请了李纨和宝琴二人，会齐，先后都到了怡红院中。袭人又死活拉了香菱来。炕上又并了一张桌子，方坐开了。

宝玉忙说："林妹妹怕冷，过这边靠板壁坐。"又拿个靠背垫着些。袭人等都端了椅子在炕沿下一陪。黛玉却离桌远远的靠着靠背，因笑向宝钗、李纨、探春等道："你们日日说人夜聚饮博，今儿我们自己也如此，以后怎么说人。"李纨笑道："这有何妨。一年之中不过生日节间如此，并无夜夜如此，这倒也不怕。"

扩展阅读 2

第七十四回　惑奸谗抄检大观园　矢孤介杜绝宁国府

凤姐听了，即唤平儿进来吩咐出去。一时，周瑞家的与吴兴家的、郑华家的、来旺家的、来喜家的现在五家陪房进来，馀者皆在南方，各有执事。王夫人正嫌人少不能勘察，忽见邢夫人的陪房王善保家的走来，方才正是他送香囊来的。王夫人向来看视邢夫人之得力心腹人等原无二意，今见他来打听此事，十分关切，便向他说："你去回了太太，也进园内照管照管，不比别人又强些。"这王善保家的正因素日进园去那些丫鬟们不大趋奉他，他心里大不自在，要寻他们的故事又寻不着，恰好生出这事来，以为得了把柄。又听王夫人委托，正撞在心坎上，说："这个容易。不是奴才多话，论理这事该早严紧的。太太也不大往园里去，这些女孩子们一个个倒像受了封诰似的，他们就成了千金小姐了。闹下天来，谁敢哼一声儿。不然，就调唆姑娘的丫头们，说欺负了姑娘们了，谁还耽得起。”

王夫人道：“这也有的常情，跟姑娘的丫头原比别的娇贵些。你们该劝他们。连主子们的姑娘不教导尚且不堪，何况他们。”王善保家的道：“别的都还罢了。太太不知道，一个宝玉屋里的晴雯，那丫头仗着他生的模样儿比别人标致些，又生了一张巧嘴，天天打扮的像个西施的样子，在人跟前能说惯道，掐尖要强。一句话不投机，他就立起两个骚眼睛来骂人，妖妖趫趫，大不成个体统。”

王夫人听了这话，猛然触动往事，便问凤姐道：“上次我们跟了老太太进园逛去，有一个水蛇腰、削肩膀、眉眼又有些像你林妹妹的，正在那里骂小丫头。我的心里很看不上那个轻狂样子，因同老太太走，我不曾说得。后来要问是谁，又偏忘了。今日对了坎儿，这丫头想必就是他了。”凤姐道：“若论这些丫头们，共总比起来，都没晴雯生得好。论举止言语，他原有些轻薄。方才太太说的倒很像他，我也忘了那日的事，不敢乱说。”

王善保家的便道：“不用这样，此刻不难叫了他来太太瞧瞧。”王夫人道：“宝玉房里常见我的只有袭人麝月，这两个笨笨的倒好。若有这个，他自不敢来见我的。我一生最嫌这样的人，况且又出来这个事。好好的宝玉，倘或叫这蹄子勾引坏了，那还了得。”因叫自己的丫头来，吩咐他到园里去，“只说我说有话问他们，留下袭人麝月服侍宝玉不必来，有一个晴雯最伶俐，叫他即刻快来。你不许和他说什么”。

小丫头子答应了，走入怡红院，正值晴雯身上不自在，睡中觉才起来，正发闷，听如此说，只得随了他来。素日这些丫鬟皆知王夫人最嫌趫妆艳饰语薄言轻者，故晴雯不敢出头。今因连日不自在，并没十分妆饰，自为无碍。及到了凤姐房中，王夫人一见他钗亸鬓松，衫垂带褪，有春睡捧心之遗风，而且形容面貌恰是上月的那人，不觉勾起方才的火来。王夫人原是天真烂漫之人，喜怒出于心臆，不比那些饰词掩意之人，今既真怒攻心，又勾起往事，便冷笑道："好个美人！真像个病西施了。你天天作这轻狂样儿给谁看？你干的事，打量我不知道呢！我且放着你，自然明儿揭你的皮！宝玉今日可好些？"

晴雯一听如此说，心内大异，便知有人暗算了他。虽然着恼，只不敢作声。他本是个聪敏过顶的人，见问宝王可好些，他便不肯以实话对，只说："我不大到宝玉房里去，又不常和宝玉在一处，好歹我不能知道，只问袭人麝月两个。"王夫人道："这就该打嘴！你难道是死人，要你们作什么！"

晴雯道："我原是跟老太太的人。因老太太说园里空大人少，宝玉害怕，所以拨了我去外间屋里上夜，不过看屋子。我原回过我笨，不能服侍。老太太骂了我，说：'又不叫你管他的事，要伶俐的作什么。'我听了这话才去的。不过十天半个月之内，宝玉闷了大家顽一会子就散了。至于宝玉饮食起坐，上一层有老奶奶老妈妈们，下一层又有袭人麝月秋纹几个人。我闲着还要作老太太屋里的针线，所以宝玉的事竟不曾留心。太太既怪，从此后我留心就是了。"

王夫人信以为实了，忙说："阿弥陀佛！你不近宝玉是我的造化，竟不劳你费心。既是老太太给宝玉的，我明儿回了老太太，再撵你。"因向王善保家的道："你们进去，好生防他几日，不许他在宝玉房里睡觉。等我回过老太太，再处治他。"喝声："去！站在这里，我看不上这浪样儿！谁许你这样花红柳绿的妆扮！"晴雯只得出来，这气非同小可，一出门便拿手帕子握着脸，一头走，一头哭，直哭到园门内去。

这里王夫人向凤姐等自怨道："这几年我越发精神短了，照顾不到。这样妖精似的东西竟没看见。只怕这样的还有，明日倒得查查。”凤姐见王夫人盛怒之际，又因王善保家的是邢夫人的耳目，常调唆着邢夫人生事，纵有千百样言词，此刻也不敢说，只低头答应着。王善保家的道：“太太且请养息身体要紧，这些小事只交与奴才。如今要查这个主儿也极容易，等到晚上园门关了的时节，内外不通风，我们竟给他们个猛不防，带着人到各处丫头们房里搜寻。想来谁有这个，断不单只有这个，自然还有别的东西。那时翻出别的来，自然这个也是他的。”王夫人道：“这话倒是。若不如此，断不能清的清白的白。”因问凤姐如何。凤姐只得答应说：“太太说的是，就行罢了。”王夫人道：“这主意很是，不然一年也查不出来。”于是大家商议已定。

扩展阅读 3

第二十二回　听曲文宝玉悟禅机　制灯谜贾政悲谶语

话说贾琏听凤姐儿说有话商量，因止步问是何话。凤姐道：“二十一是薛妹妹的生日，你到底怎么样呢？”贾琏道：“我知道怎么样！你连多少大生日都料理过了，这会子倒没了主意？”凤姐道：“大生日料理，不过是有一定的则例在那里。如今他这生日，大又不是，小又不是，所以和你商量。”贾琏听了，低头想了半日道：“你今儿糊涂了。现有比例，那林妹妹就是例。往年怎么给林妹妹过的，如今也照依给薛妹妹过就是了。”凤姐听了，冷笑道：“我难道连这个也不知道？我原也这么想定了。但昨儿听见老太太说，问起大家的年纪生日来，听见薛大妹妹今年十五岁，虽不是整生日，也算得将笄之年。老太太说要替他作生日。想来若果真替他作，自然比往年与林妹妹的不同了。”贾琏道：“既如此，就比林妹妹的多增些。”凤姐道：“我也这么想着，所以讨你的口气。我若私自添了东西，你又怪我不告诉明白你了。”贾琏笑道：“罢，罢，这空头情我不领。你不盘察我就够了，我还怪你！”说着，一径去了，不在话下。

第十章
给他人温暖，也能收获温暖
——“仗势助人”的平儿

故事提要

①平儿利用王熙凤的威势，帮助其他弱势的人。

②宽厚温和的平儿，平衡了王熙凤的严厉精明，是王熙凤不可或缺的臂膀。

在上一章，我们看到了探春的自律，从不因为自己很能干、很厉害，就自作主张、越俎代庖，做超过自己职权的事，这样的人很值得信赖，把权力交给她，一点儿也不用担心她会越权。这一章，我们再看另一个同样值得信赖的人，她聪明干练，又非常善良可爱，那就是平儿。

平儿是跟着王熙凤陪嫁到贾家来的通房丫头。通房丫头的意思是，既是王熙凤在王家的贴身大丫鬟，陪嫁过来以后也做了贾琏的妾，但身份上仍只是仆人。试想，王熙凤这么挑剔的一个人，为什么会把平儿当心腹？为什么即使是高情商的王熙凤，也有人对她不满，但大家对平儿却都是正面评价？

原因就在于虽然平儿的身份只是丫头，但平儿的表现却非常杰出，比起大部分的主子小姐有过之而无不及。宝玉是最懂得少女的人，他心中也认定“平儿又是个极聪明极清俊的上等女孩儿”，再说，她的干练不亚于凤姐，第三回里，提到探春理家的时候，平儿就表现得和凤姐一样高明，甚至我们还可以大胆地说，平儿恐怕要略胜凤姐一筹。因为平儿身为下人，受到太多的限制，处境要不容易得多。试想一下，平儿上面有各式各样的主子要应付，自己太过突出很可能遭嫉，如果做得不妥当，又会被嫌弃怪罪，怎样拿捏分寸，不能太过也不能不及，真是高难度的挑战！

可是，平儿却犹如一个走钢丝的高手，令人赞叹。这一点，宝玉看得很清楚，第四十四回时，他心里默默感慨道：

> 平儿并无父母兄弟姊妹，独自一人，供应贾琏夫妇二人。贾琏之俗，凤姐之威，他竟能周全妥帖。

可见平儿多么了不起，无论是俗还是威，都是沉重的枷锁，她却能应付自如，如此比较，可以说平儿比凤姐更高明一些。凤姐即使是孤军奋战，却还有个平儿；平儿可没有别人了，她一个人做了这么多、做得这么好，简直是罕见的奇才。

1. 存好心，才能说好话、做好事

第四十九回 → 扩展阅读 1

第五十二回 → 扩展阅读 2

平儿做得有多好呢？从一个情节中能看出平儿的干练、有分寸和面面俱到。第四十九回，宝玉和湘云在大观园里烧烤鹿肉来吃，没想到大家都很喜欢，凤姐、平儿也来大快朵颐，但吃完以后，平儿要戴回镯子时，却发现少了一个。到了第五十二回才知道，竟然是怡红院的小丫头坠儿给偷走了。平儿并没有大肆声张，而是悄悄地去找怡红院的大丫头麝月，私底下告诉她这件事。为了顾全大局，平儿心里考虑的是：第一，宝玉是最爱惜这些丫头的，偏偏是他的人让他丢脸，宝玉一定会很难过；第二，老太太、太太听了也生气；第三，袭人这些大丫鬟面子上也不好看，这等于是在说她们没有把小丫头教导好。所以平儿不愿声张，只告诉

麝月，等袭人回来，找个理由把这个小偷打发出去就好了。

同样地，平儿之所以把麝月找出来讲这件事，就是不要让晴雯听见，因为书中原文说的“晴雯那蹄子是块爆炭，要告诉了他，他是忍不住的。一时气了，或打或骂，依旧嚷出来”，那就坏了大局，她的这番苦心不就白费了吗？平儿想得多么周到，真是滴水不漏。

平儿有一个最大的优点。平儿其实是凤姐的分身或代言人，只要她一来，就等于是凤姐驾到，大家都会听候她的处理。而且，平儿被尊称为“平姑娘”，也是分享了凤姐的威权，大家也都对她敬畏万分。但这样有权有势的平儿，却没有嚣张的气焰，正是她的高情商所致。这是平儿的另一大优点，她从不怨天尤人，不计算自己的得失，心里想的永远是把事情做好；她也从不仗势欺人，反倒是“仗势助人”，处处对人宽厚，因此广受上上下下的欣赏喜爱。

再举个例子，第六十五回贾琏偷娶了尤二姐，被派去侍候她的，是贾琏的心腹小厮兴儿，有一次聊起天来，兴儿大肆批评了凤姐一番之后，却立刻赞美平儿，说“那平姑娘又是个正经人”，又说：

第六十五回 → 扩展阅读 3

> 倒是跟前的平姑娘为人很好，虽然和奶奶一气，他倒背着奶奶常作些个好事。小的们凡有了不是，奶奶是容不过的，只求求他去就完了。

平儿的好在于，对任何人都抱有“真心为他好”的出发点。

可见平儿真是一个心地宽厚的人，对于犯错的下人们，她不像凤姐那么严苛，常常法外开恩，不严厉地追究，甚至于，对那些嚣张的管家大娘，平儿也是好言相劝。我们来看一个例子，第五十五回探春刚刚上任管理家务，却被刁奴藐视欺负，因此招惹

第五十五回 → 扩展阅读 4

了探春发威动怒。当这场事件告一段落时，平儿出来到了外面，那些媳妇赶紧招呼平儿，又捧上一碗精致的新茶给她，平儿连忙欠身接了，因指众媳妇悄悄说道：“你们太闹的不像了。他是个姑娘家，不肯发威动怒，这是他尊重，你们就藐视欺负他。果然招他动了大气，不过说他个粗糙就完了，你们就现吃不了的亏。他撒个娇，太太也得让他一二分，二奶奶也不敢怎样。你们就这么大胆子小看他，可是鸡蛋往石头上碰。”众人都连忙否认，但平儿还是挑明了说：“罢了，好奶奶们。……你们素日那眼里没人，心术利害，我这几年难道还不知道？……那三姑娘虽是个姑娘，你们都横看了他。二奶奶在这些大姑子小姑子里头，也就只单畏他五分。你们这会子倒不把他放在眼里了。”

这番话是好意提醒，而不是恶意批评，她的口气温和，提醒那些婆子，怎么做对她们比较好，所以才会得到婆子们的感激。

情商点评

平儿当面指出别人的缺点，却还能让人心悦诚服，维持了人际关系的和气，这不就是高情商的表现吗？那么，这样的高情商有什么秘诀呢？书里第五十九回平儿自己就说过：“‘得饶人处且饶人’，得省的将就省些事也罢了。”“得饶人处且饶人”就是一种宽厚，能让人感到温暖的好意。但不要误会，平儿并不是一个只图省事，不管是非的滥好人，相反，她是一个很有分寸的人，不会不知轻重，只有在“得饶人处”，也就是可以饶恕别人的时候才会“饶人”，尤其是对真正的可怜人，她永远是最慈悲的。

再举个例子，当尤二姐住进大观园，饱受欺凌的时候，“除了平儿，众丫头媳妇无不言三语四，指桑说槐，暗相讥刺”，而凤姐因为嫉妒，给二姐吃的东西都是难以下咽的，平儿看不过，自己拿了私房钱出来，弄菜给她吃，或是在园子的厨房里，另外做了汤汤水水给她吃。平儿更悄悄地安慰二姐，叫她放宽心，不要理会那些讨厌的人，自己保重要紧。可见，平儿是一个多么善良的人！宁可冒着得罪凤姐的风险，也要雪中送炭，尤二姐要是没有平儿，她的悲剧应该会更早发生吧。

2. 理解与支持：做个最佳队友

那么，为什么平儿这样正直、善良的女孩子，却愿意赤胆忠心地服侍凤姐？那当然不是愚忠，而是平儿比我们看到的更多、更深，比我们更了解王熙凤。先举一个例子，在前面第五十一回的时候，凤姐观察到邢岫烟的心性为人温厚可疼，又怜惜她家里穷、命很苦，于是比别的姊妹多疼她些，而且还雪中送炭，给她一个月二两的月钱，后来平儿奉命去拿衣服给袭人的时候，自作主张，顺手多拿了一件凤姐的大衣，叫人给邢大姑娘送去，免得她冬天受了凉，这时凤姐并没有生气，反而笑说：“所以知道我的心的，也就是他还知三分罢了。”

这里我们就明白了，平儿这个“极聪明极清俊的上等女孩儿”，之所以赤胆忠心地协助凤姐，就是因为她知道凤姐的心，其实是那么柔软、温暖，不是一个刚硬无情的人；而且她也看到凤姐为了持家，不知受了多少委屈和牺牲，例如受到婆婆邢夫人当众的羞辱，只能暗地哭泣，那种委屈平儿都看在眼里。还有，平儿更知道凤姐之所以非常严厉，都是因为不得已，毕竟有太多难缠的刁奴，常常在背后找凤姐的麻烦，一宽厚就管不住了，平儿不也对那些管家大娘说：

> 你们素日那眼里没人，心术利害，我这几年难道还不知道？二奶奶若是略差一点儿的，早被你们这些奶奶治倒了。饶这么着，得一点空儿，还要难他一难，好几次没落了你们的口声。……他利害，你们都怕他，惟我知道他心里也就不算不怕你们呢。

可见平儿就像凤姐所说的：她的心，也只有平儿才知道三分。这样的平儿，是凤姐的知己，她对凤姐真是又佩服、又心疼、又深情，难怪会对凤姐忠心耿耿，竭力帮助她了。

讲到这里，提醒大家一个很重要的地方，大概很少有人注意到。平儿“背着奶奶常作些个好事”，看起来好像和王熙凤唱反调，有人就误以为平儿对凤姐心存不满，但其实刚好相反。凤姐是何等的精明，怎么可能被蒙蔽呢？平儿也不会不知道，触怒凤姐会有什么后果，而平儿敢这么做，真正的原因，就是知道凤姐根本不会追究，而是睁一只眼闭一只眼，让平儿去做这些好事。其中的奥妙，你猜到了吗？是的，平儿和王熙凤是在分工合作，主子必须有威严，所以王熙凤扮黑脸，而她的分身平儿就扮白脸，缓和大家的情绪，也降低大家对凤姐的反抗心理，刚柔并济，这岂不是绝佳的搭配！

王熙凤能放手理家的背后，是平儿深深的理解、信任和支持。

平儿这种做法，很像“冯谖市义”的故事。冯谖，是战国四君子之一孟尝君的门客，“市义”的市，是“买东西”的意思；“市义”的义，是恩义、道义的义，讲的是冯谖帮孟尝君买到恩义的故事。恩义要怎么买呢？话说冯谖自告奋勇，帮孟尝君去属地“薛邑”收债，冯谖辞行的时候，问孟尝君说收完债以后，要不要买什么东西回来，孟尝君说：“你觉得这个房子里少了什么，就买什么回来吧！”然后冯谖带着债券到了薛地，核对完了以后，就

"假传圣旨"，把这些债券一把火全烧了，对百姓们说："这是孟尝君给你们的恩德。"居民们不用还债了，高兴得欢呼万岁。冯谖办完了这件事，就立刻回去了，这么快的速度让孟尝君觉得很奇怪，问他买了什么回来，冯谖只说买了"义"，孟尝君听不懂这是什么意思，就问他怎么个买法，冯谖说他烧掉了所有的债券，让百姓感恩戴德，就是帮孟尝君买了义。但恩义是看不到的东西，孟尝君当然很不高兴。

一年以后，孟尝君被齐国的国王赶走了，只好回到属于自己的薛地，没想到还隔着一百多里的路，就看到百姓们扶老携幼地迎接他，这时孟尝君终于明白，冯谖当年替他买的"义"是什么了！

再回来看平儿，她"背着奶奶常作些个好事"，这当然主要是她的善良，也符合凤姐心里柔软的那一面，但也确实替凤姐买到了恩义！这就是凤姐会对此睁一只眼、闭一只眼的原因。

至此我们可以推测出，平儿为什么叫作平儿了吧！曹雪芹给了平儿这个名字，是要赞美她公平、平和、平衡，是凤姐身边的一只天平，她让凤姐的精干更合于中道，也让凤姐的犀利中多了一些柔软，默默补充凤姐所需要的温暖。所以，没有平儿，就没有王熙凤；有了平儿，凤姐才举得起贾府这个重担。换句话说，当我们在赞叹王熙凤的辉煌的时候，不要忘记，那炫丽的光芒中有一半是平儿发出的灿烂。在冰山上的那只雌凤旁边，应该还要添上一只天平，因为这只天平让凤姐站得更高、更稳。

最后，我们总结一下本章所讲的情商特质：

第一，每一个人都应该多付出一点爱，发挥雪中送炭的正能量，而不是对人落井下石。

第二，培养宽厚的心胸，“得饶人处且饶人”，在人际关系里创造出善的循环。

这就是平儿高情商的真正原因。下一章我们要谈另一个大丫鬟——袭人，看看她能和平儿相提并论的原因。

扩展阅读 1

第四十九回　琉璃世界白雪红梅　脂粉香娃割腥啖膻

一时众姊妹来齐，宝玉只嚷饿了，连连催饭。好容易等摆上来，头一样菜便是牛乳蒸羊羔。贾母便说：“这是我们有年纪的人的菜，没见天日的东西，可惜你们小孩子们吃不得。今儿另外有新鲜鹿肉，你们等着吃。”众人答应了。宝玉却等不得，只拿茶泡了一碗饭，就着野鸡瓜齑忙忙的咽完了。贾母道：“我知道你们今儿又有事情，连饭也不顾吃了。”便叫“留着鹿肉与他晚上吃”，凤姐忙说“还有呢”，方才罢了。史湘云便悄和宝玉计较道：“有新鲜鹿肉，不如咱们要一块，自己拿了园里弄着，又顽又吃。”宝玉听了，巴不得一声儿，便真和凤姐要了一块，命婆子送入园去。

一时大家散后，进园齐往芦雪庵来，听李纨出题限韵，独不见湘云宝玉二人。黛玉道：“他两个再到不了一处，若到一处，生出多少故事来。这会子一定算计那块鹿肉去了。”正说着，只见李婶也走来看热闹，因问李纨道：“怎么一个带玉的哥儿和那一个挂金麒麟的姐儿，那样干净清秀，又不少吃的，他两个在那里商议着要吃生肉呢，说的有来有去的。我只不信肉也生吃得的。”众人听了，都笑道：“了不得，快拿了他两个来。”黛玉笑道：“这可是云丫头闹的，我的卦再不错。”

李纨等忙出来找着他两个说道：“你们两个要吃生的，我送你们到老太太那里吃去。那怕吃一只生鹿，撑病了不与我相干。这么大雪，怪冷的，替我作祸呢。”宝玉笑道：“没有的事，我们烧着吃呢。”李纨道：“这还罢了。”只见老婆们拿了铁炉、铁叉、铁丝蒙来，李纨道：“仔细割了手，不许哭！”说着，同探春进去了。

凤姐打发了平儿来回复不能来，为发放年例正忙。湘云见了平儿，那里肯放。平儿也是个好顽的，素日跟着凤姐儿无所不至，见如此有趣，乐得顽笑，因而褪去手上的镯子，三个围着火炉儿，便要先烧三块吃。那边宝钗黛玉平素看惯了，不以为异，宝琴等及李婶深为罕事。探春与李纨等已议定了题韵。探春笑道：“你闻闻，香气这里都闻见了，我也吃去。”说着，也找了他们来。李纨也随来说：“客已齐了，你们还吃不够？”湘云一面吃，一面说道：“我吃这个方爱吃酒，吃了酒才有诗。若不是这鹿肉，今儿断不能作诗。”说着，只见宝琴披着凫靥裘站在那里笑。湘云笑道：“傻子，过来尝尝。”宝琴笑说：“怪脏的。”宝钗笑道：“你尝尝去，好吃的。你林姐姐弱，吃了不消化，不然他也爱吃。”宝琴听了，便过去吃了一块，果然好吃，便也吃起来。

一时凤姐儿打发小丫头来叫平儿。平儿说：“史姑娘拉着我呢，你先走罢。”小丫头去了。一时只见凤姐也披了斗篷走来，笑道：“吃这样好东西，也不告诉我！”说着也凑着一处吃起来。黛玉笑道：“那里找这一群花子去！罢了，罢了，今日芦雪庵遭劫，生生被云丫头作践了。我为芦雪庵一大哭！”湘云冷笑道：“你知道什么！‘是真名士自风流’，你们都是假清高，最可厌的。我们这会子腥膻大吃大嚼，回来却是锦心绣口。”宝钗笑道：“你回来若作的不好了，把那肉掏了出来，就把这雪压的芦苇子揌上些，以完此劫。”

说着，吃毕，洗漱了一回。平儿带镯子时却少了一个，左右前后乱找了一番，踪迹全无。众人都诧异。凤姐儿笑道："我知道这镯子的去向。你们只管作诗去，我们也不用找，只管前头去，不出三日包管就有了。"说着又问："你们今儿作什么诗？老太太说了，离年又近了，正月里还该作些灯谜儿大家顽笑。"众人听了，都笑道："可是倒忘了。如今赶着作几个好的，预备正月里顽。"说着，一齐来至地炕屋内，只见杯盘果菜俱已摆齐，墙上已贴出诗题、韵脚、格式来了。宝玉湘云二人忙看时，只见题目是"即景联句，五言排律一首，限二萧韵"。后面尚未列次序。李纨道："我不大会作诗，我只起三句罢，然后谁先得了谁先联。"宝钗道："到底分个次序。"要知端的，且听下回分解。

扩展阅读 2

第五十二回　俏平儿情掩虾须镯　勇晴雯病补雀金裘

宝玉因记挂着晴雯袭人等事，便先回园里来。到房中，药香满屋，一人不见，只见晴雯独卧于炕上，脸面烧的飞红，又摸了一摸，只觉烫手。忙又向炉上将手烘暖，伸进被去摸了一摸身上，也是火烧。因说道："别人去了也罢，麝月秋纹也这样无情，各自去了？"晴雯道："秋纹是我撵了他去吃饭的，麝月是方才平儿来找他出去了。两人鬼鬼祟祟的，不知说什么。必是说我病了不出去。"宝玉道："平儿不是那样人。况且他并不知你病特来瞧你，想来一定是找麝月来说话，偶然见你病了，随口说特瞧你的病，这也是人情乖觉取和的常事。便不出去，有不是，与他何干？你们素日又好，断不肯为这无干的事伤和气。"晴雯道："这话也是，只是疑他为什么忽然又瞒起我来。"宝玉笑道："让我从后门出去，到那窗根下听听他们说些什么，来告诉你。”说着，果然从后门出去，至窗下潜听。

只闻麝月悄问道：“你怎么就得了的？”平儿道：“那日洗手时不见了，二奶奶就不许吵嚷，出了园子，即刻就传给园里各处的妈妈们小心查访。我们只疑惑邢姑娘的丫头，本来又穷，只怕小孩子家没见过，拿了起来也是有的。再不料定是你们这里的。幸而二奶奶没有在屋里，你们这里的宋妈妈去了，拿着这支镯子，说是小丫头子坠儿偷起来的，被他看见，来回二奶奶的。我赶忙接了镯子，想了一想：宝玉是偏在你们身上留心用意、争胜要强的，那一年有一个良儿偷玉，刚冷了一二年，间还有人提起来趁愿，这会子又跑出一个偷金子的来了。而且更偷到街坊家去了。偏是他这样，偏是他的人打嘴。所以我倒忙叮咛宋妈，千万别告诉宝玉，只当没有这事，别和一个人提起。第二件，老太太、太太听了也生气。三则袭人和你们也不好看。所以我回二奶奶，只说：‘我往大奶奶那里去的，谁知镯子褪了口，丢在草根底下，雪深了没看见。今儿雪化尽了，黄澄澄的映着日头，还在那里呢，我就拣了起来。’二奶奶也就信了，所以我来告诉你们。你们以后防着他些，别使唤他到别处去。等袭人回来，你们商议着，变个法子打发出去就完了。”麝月道：“这小娼妇也见过些东西，怎么这么眼皮子浅。”平儿道：“究竟这镯子能多少重，原是二奶奶的，说这叫做‘虾须镯’，倒是这颗珠子还罢了。晴雯那蹄子是块爆炭，要告诉了他，他是忍不住的。一时气了，或打或骂，依旧嚷出来不好，所以单告诉你，留心就是了。”说着便作辞而去。

宝玉听了，又喜又气又叹。喜的是平儿竟能体贴自己；气的是坠儿小窃；叹的是坠儿那样一个伶俐人，作出这丑事来。因而回至房中，把平儿之话一长一短告诉了晴雯。又说：“他说你是个要强的，如今病着，听了这话越发要添病，等好了再告诉你。”晴雯听了，果然气的蛾眉倒蹙，凤眼圆睁，即时就叫坠儿。宝玉忙劝道："你这一喊出来，岂不辜负了平儿待你我之心了。不如领他这个情，过后打发他就完了。"晴雯道："虽如此说，只是这口气如何忍得！"宝玉道："这有什么气的？你只养病就是了。"

扩展阅读3

第六十五回　贾二舍偷娶尤二姨　尤三姐思嫁柳二郎

正说着，忽见贾琏的心腹小厮兴儿走来请贾琏说："老爷那边紧等着叫爷呢。小的答应往舅老爷那边去了，小的连忙来请。"贾琏又忙问："昨日家里没人问？"兴儿道："小的回奶奶说，爷在家庙里同珍大爷商议作百日的事，只怕不能来家。"贾琏忙命拉马，隆儿跟随去了，留下兴儿答应人来事务。

尤二姐拿了两碟菜，命拿大杯斟了酒，就命兴儿在炕沿下蹲着吃，一长一短向他说话儿。问他家里奶奶多大年纪，怎个利害的样子，老太太多大年纪，太太多大年纪，姑娘几个，各样家常等语。兴儿笑嘻嘻的在炕沿下一头吃，一头将荣府之事备细告诉他母女。又说："我是二门上该班的人。我们共是两班，一班四个，共是八个。这八个人有几个是奶奶的心腹，有几个是爷的心腹。奶奶的心腹我们不敢惹，爷的心腹奶奶的就敢惹。提起我们奶奶来，心里歹毒，口里尖快。我们二爷也算是个好的，那里见得他。倒是跟前的平姑娘为人很好，虽然和奶奶一气，他倒背着奶奶常作些个好事。小的们凡有了不是，奶奶是容不过的，只求求他去就完了。如今合家大小除了老太太、太太两个人，没有不恨他的，只不过面子情儿怕他。皆因他一时看的人都不及他，只一味哄着老太太、太太两个人喜欢。他说一是一，说二是二，没人敢拦他。又恨不得把银子钱省下来堆成山，好叫老太太、太太说他会过日子，殊不知苦了下人，他讨好儿。估着有好事，他就不等别人去说，他先抓尖儿；或有了不好的事，或他自己错了，他便一缩头推到别人身上来，他还在旁边拨火儿。如今连他正经婆婆大太太都嫌了他，说他'雀儿拣着旺处飞，黑母鸡一窝儿，自家的事不管，倒替人家去瞎张罗'。若不是老太太在头里，早叫过他去了。"

尤二姐笑道："你背着他这等说他，将来你又不知怎么说我呢。我又差他一层儿，越发有的说了。"兴儿忙跪下说道："奶奶要这样说，小的不怕雷打！但凡小的们有造化起来，先娶奶奶时若得了奶奶这样的人，小的们也少挨些打骂，也少提心吊胆的。如今跟爷的这几个人，谁不背前背后称扬奶奶盛德怜下。我们商量着叫二爷要出来，情愿来答应奶奶呢。"尤二姐笑道："猴儿肏的，还不起来呢。说句顽话，就唬的那样起来。你们作什么来，我还要找了你奶奶去呢。"兴儿连忙摇手说："奶奶千万不要去。我告诉奶奶，一辈子别见他才好。嘴甜心苦，两面三刀；上头一脸笑，脚下使绊子；明是一盆火，暗是一把刀：都占全了。只怕二姨的这张嘴还说他不过。奶奶这样斯文良善人，那里是他的对手！"尤氏笑道："我只以礼待他，他敢怎么样！"

兴儿道："不是小的吃了酒放肆胡说，奶奶便有礼让，他看见奶奶比他标致，又比他得人心，他怎肯干休善罢？人家是醋罐子，他是醋缸醋瓮。凡丫头们二爷多看一眼，他有本事当着爷打个烂羊头。虽然平姑娘在屋里，大约一年二年之间两个有一次到一处，他还要口里掂十个过子呢，气的平姑娘性子发了，哭闹一阵，说：'又不是我自己寻来的，你又浪着劝我，我原不依，你反说我反了，这会子又这样。'他一般的也罢了，倒央告平姑娘。"尤二姐笑道："可是扯谎？这样一个夜叉，怎么反怕屋里的人呢？"兴儿道："这就是俗语说的'天下逃不过一个理字去'了。这平儿是他自幼的丫头，陪了过来一共四个，嫁人的嫁人，死的死了，只剩了这个心腹。他原为收了屋里，一则显他贤良名儿，二则又拴爷的心，好不外头走邪的。又还有一段因果：我们家的规矩，凡爷们大了，未娶亲之先都先放两个人服侍的。二爷原有两个，谁知他来了没半年，都寻出不是来，都打发出去了。别人虽不好说，自己脸上过不去，所以强逼着平姑娘作了房里人。那平姑娘又是个正经人，从不把这一件事放在心上，也不会挑妻窝夫的，倒一味忠心赤胆服侍他，才容下了。"

扩展阅读 4

第五十五回　辱亲女愚妾争闲气　欺幼主刁奴蓄险心

待书素云早已抬过一张小饭桌来，平儿也忙着上菜。探春笑道："你说完了话干你的去罢，在这里忙什么。"平儿笑道："我原没事的。二奶奶打发了我来，一则说话，二则恐这里人不方便，原是叫我帮着妹妹们服侍奶奶姑娘的。"探春因问："宝姑娘的饭怎么不端来一处吃？"丫鬟们听说，忙出至檐外命媳妇去说："宝姑娘如今在厅上一处吃，叫他们把饭送了这里来。"探春听说，便高声说道："你别混支使人！那都是办大事的管家娘子们，你们支使他要饭要茶的，连个高低都不知道！平儿这里站着，你叫叫去。"

平儿忙答应了一声出来。那些媳妇们都忙悄悄的拉住笑道："那里用姑娘去叫，我们已有人叫去了。"一面说，一面用手帕撢石矶上说："姑娘站了半天乏了，这太阳影里且歇歇。"平儿便坐下。又有茶房里的两个婆子拿了个坐褥铺下，说："石头冷，这是极干净的，姑娘将就坐一坐儿罢。”平儿忙陪笑道：“多谢。”一个又捧了一碗精致新茶出来，也悄悄笑说：“这不是我们的常用茶，原是伺候姑娘们的，姑娘且润一润罢。”

平儿忙欠身接了，因指众媳妇悄悄说道：“你们太闹的不像了。他是个姑娘家，不肯发威动怒，这是他尊重，你们就藐视欺负他。果然招他动了大气，不过说他个粗糙就完了，你们就现吃不了的亏。他撒个娇，太太也得让他一二分，二奶奶也不敢怎样。你们就这么大胆子小看他，可是鸡蛋往石头上碰。”众人都忙道：“我们何尝敢大胆了，都是赵姨奶奶闹的。”

平儿也悄悄的说：“罢了，好奶奶们。‘墙倒众人推’，那赵姨奶奶原有些倒三不着两，有了事都就赖他。你们素日那眼里没人，心术利害，我这几年难道还不知道？二奶奶若是略差一点儿的，早被你们这些奶奶治倒了。饶这么着，得一点空儿，还要难他一难，好几次没落了你们的口声。”众人都道：“如何敢！”平儿道：“他利害，你们都怕他，惟我知道他心里也就不算不怕你们呢。前儿我们还议论到这里，再不能依头顺尾，必有两场气生。那三姑娘虽是个姑娘，你们都横看了他。二奶奶在这些大姑子小姑子里头，也就只单畏他五分。你们这会子倒不把他放在眼里了。”

正说着，只见秋纹走来。众媳妇忙赶着问好，又说：“姑娘也且歇一歇，里头摆饭呢。等撤下饭桌子，再回话去。”秋纹笑道：“我比不得你们，我那里等得。”说着便直要上厅去。平儿忙叫“快回来”。秋纹回头见了平儿，笑道：“你又在这里充什么外围的防护？”一面回身便坐在平儿褥上。

平儿悄问：“回什么？”秋纹道：“问一问宝玉的月银我们的月钱多早晚才领。”平儿道：“这什么大事。你快回去告诉袭人，说我的话，凭有什么事今儿都别回。若回一件，管驳一件；回一百件，管驳一百件。”秋纹听了，忙问：“这是为什么了？”平儿与众娘妇等都忙告诉他原故，又说："正要找几件利害事与有体面的人开例作法子，镇压与众人作榜样呢。何苦你们先来碰在这钉子上。你这一去说了，他们若拿你们也作一二件榜样，又碍着老太太、太太；若不拿着你们作一二件，人家又说偏一个向一个，仗着老太太、太太威势的就怕，也不敢动，只拿着软的作鼻子头。你听听罢，二奶奶的事，他还要驳两件，才压的众人口声呢。"秋纹听了，伸舌笑道："幸而平姐姐在这里，没的臊一鼻子灰。我赶早知会他们去。"说着，便起身走了。

扩展阅读 5

第六十九回　弄小巧用借剑杀人　觉大限吞生金自逝

正值贾母和园中姊妹们说笑解闷，忽见凤姐带了一个标致小媳妇进来，忙觑着眼看，说："这是谁家的孩子！好可怜见的。"凤姐上来笑道："老祖宗倒细细的看看，好不好？"说着，忙拉二姐说："这是太婆婆，快磕头。"二姐忙行了大礼，展拜起来。又指着众姊妹说：这是某人某人，你先认了，太太瞧过了再见礼。二姐听了，一一又从新故意的问过，垂头站在旁边。贾母上下瞧了一遍，因又笑问："你姓什么？今年十几了？"凤姐忙又笑说："老祖宗且别问，只说比我俊不俊。"贾母又戴了眼镜，命鸳鸯琥珀："把那孩子拉过来，我瞧瞧肉皮儿。"众人都抿嘴儿笑着，只得推他上去。贾母细瞧了一遍，又命琥珀："拿出手来我瞧瞧。"鸳鸯又揭起裙子来。贾母瞧毕，摘下眼镜来，笑说道："竟是个齐全孩子，我看比你俊些。"

凤姐听说，笑着忙跪下，将尤氏那边所编之话，一五一十细细的说了一遍，"少不得老祖宗发慈心，先许他进来，住一年后再圆房”。贾母听了道：“这有什么不是。既你这样贤良，很好。只是一年后方可圆得房。”凤姐听了，叩头起来，又求贾母着两个女人一同带去见太太们，说是老祖宗的主意。贾母依允，遂使二人带去见了邢夫人等。王夫人正因他风声不雅，深为忧虑，见他今行此事，岂有不乐之理。于是尤二姐自此见了天日，挪到厢房居住。

凤姐一面使人暗暗调唆张华，只叫他要原妻，这里还有许多赔送外，还给他银子安家过活。张华原无胆无心告贾家的，后来又见贾蓉打发人来对词，那人原说的：“张华先退了亲。我们皆是亲戚。接到家里住着是真，并无娶嫁之说。皆因张华拖欠了我们的债务，追索不与，方诬赖小的主人那些个。”察院都和贾王两处有瓜葛，况又受了贿，只说张华无赖，以穷讹诈，状子也不收，打了一顿赶出来。庆儿在外替他打点，也没打重。又调唆张华：“亲原是你家定的，你只要亲事，官必还断给你。”于是又告。王信那边又透了消息与察院，察院便批：“张华所欠贾宅之银，令其限内按数交还；其所定之亲，仍令其有力时娶回。”又传了他父亲来当堂批准。他父亲亦系庆儿说明，乐得人财两进，便去贾家领人。

凤姐儿一面吓的来回贾母，说如此这般，都是珍大嫂子干事不明，并没和那家退准，惹人告了，如此官断。贾母听了，忙唤了尤氏过来，说他作事不妥，“既是你妹子从小曾与人指腹为婚，又没退断，使人混告了”。尤氏听了，只得说：“他连银子都收了，怎么没准。”凤姐在旁又说：“张华的口供上现说不曾见银子，也没见人去。他老子说：‘原是亲家母说过一次，并没应准。亲家母死了，你们就接进去作二房。’如此没有对证的话，只好由他去混说。幸而琏二爷不在家，没曾圆房，这还无妨。只是人已来了，怎好送回去，岂不伤脸。”贾母道：“又没圆房，没的强占人家有夫之人，名声也不好，不如送给他去。那里寻不出好人来。”尤二姐听了，又回贾母说：“我母亲实于某年月日给了他十两银子退准的。他因穷急了告，又翻了口。我姐姐原没错办。”贾母听了，便说：“可见刁民难惹。既这样，凤丫头去料理料理。”凤姐听了无法，只得应着。回来只命人去找贾蓉。

贾蓉深知凤姐之意，若要使张华领回，成何体统，便回了贾珍，暗暗遣人去说张华：“你如今既有许多银子，何必定要原人。若只管执定主意，岂不怕爷们一怒，寻出个由头，你死无葬身之地。你有了银子，回家去什么好人寻不出来。你若走时，还赏你些路费。”张华听了，心中想了一想，这倒是好主意，和父亲商议已定，约共也得了有百金，父子次日起个五更，便回原籍去了。

贾蓉打听得真了，来回了贾母凤姐，说：“张华父子妄告不实，惧罪逃走，官府亦知此情，也不追究，大事完毕。”凤姐听了，心中一想：若必定着张华带回二姐去，未免贾琏回来再花几个钱包占住，不怕张华不依。还是二姐不去，自己相伴着还妥当，且再作道理。只是张华此去不知何往，他倘或再将此事告诉了别人，或日后再寻出这由头来翻案，岂不是自己害了自己。原先不该如此将刀靶付与外人去的。因此悔之不迭，复又想了一条主意出来，悄命旺儿遣人寻着了他，或讹他作贼，和他打官司将他治死，或暗中使人算计，务将张华治死，方剪草除根，保住自己的名誉。

旺儿领命出来，回家细想：人已走了完事，何必如此大作，人命关天，非同儿戏，我且哄过他去，再作道理。因此在外躲了几日，回来告诉凤姐，只说张华是有了几两银子在身上，逃去第三日在京口地界，五更天已被截路人打闷棍打死了。他老子唬死在店房，在那里验尸掩埋。凤姐听了不信，说：“你要扯谎，我再使人打听出来敲你的牙！”自此方丢过不究。凤姐和尤二姐和美非常，更比亲姊亲妹还胜十倍。

那贾琏一日事毕回来，先到了新房中，已竟悄悄的封锁，只有一个看房子的老头儿。贾琏问他原故，老头子细说原委，贾琏只在镫中跌足。少不得来见贾赦与邢夫人，将所完之事回明。贾赦十分欢喜，说他中用，赏了他一百两银子，又将房中一个十七岁的丫鬟名唤秋桐者，赏他为妾。贾琏叩头领去，喜之不尽。见了贾母和家中人，回来见凤姐，未免脸上有些愧色。谁知凤姐儿他反不似往日容颜，同尤二姐一同出迎，叙了寒温。贾琏将秋桐之事说了，未免脸上有些得意之色，骄矜之容。凤姐听了，忙命两个媳妇坐车往那边接了来。心中一刺未除，又平空添了一刺，说不得且吞声忍气，将好颜面换出来遮掩。一面又命摆酒接风，一面带了秋桐来见贾母与王夫人等。贾琏心中也暗暗的纳罕。

那日已是腊月十二日，贾珍起身，先拜了宗祠，然后过来辞拜贾母等人。和族中人直送到洒泪亭方回，独贾琏贾蓉二人送出三日三夜方回。一路上贾珍命他好生收心治家等语，二人口内答应，也说些大礼套话，不必烦叙。

且说凤姐在家，外面待尤二姐自不必说得，只是心中又怀别意。无人处只和尤二姐说："妹妹的声名很不好听，连老太太、太太们都知道了，说妹妹在家做女孩儿就不干净，又和姐夫有些首尾，'没人要的了你拣了来，还不休了再寻好的'。我听见这话，气得倒仰，查是谁说的，又查不出来。这日久天长，这些个奴才们跟前，怎么说嘴。我反弄了个鱼头来拆。"说了两遍，自己又气病了，茶饭也不吃，除了平儿，众丫头媳妇无不言三语四，指桑说槐，暗相讥刺。

秋桐自为系贾赦之赐，无人僭他的，连凤姐、平儿皆不放在眼里，岂肯容他。张口是"先奸后娶没汉子要的娼妇，也来要我的强"。凤姐听了暗乐，尤二姐听了暗愧暗怒暗气。凤姐既装病，便不和尤二姐吃饭了。每日只命人端了菜饭到他房中去吃，那茶饭都系不堪之物。平儿看不过，自拿了钱出来弄菜与他吃，或是有时只说和他园中去顽，在园中厨内另做了汤水与他吃，也无人敢回凤姐。只有秋桐一时撞见了，便去说舌告诉凤姐说：“奶奶的名声，生是平儿弄坏了的。这样好菜好饭浪着不吃，却往园里去偷吃。”凤姐听了，骂平儿说：“人家养猫拿耗子，我的猫只倒咬鸡。”平儿不敢多说，自此也要远着了。又暗恨秋桐，难以出口。

园中姊妹如李纨、迎春、惜春等人，皆为凤姐是好意，然宝黛一干人暗为二姐担心。虽都不便多事，惟见二姐可怜，常来了，倒还都悯恤他。每日常无人处说起话来，尤二姐便淌眼抹泪，又不敢抱怨。凤姐儿又并无露出一点坏形来。

第十一章
“靠谱”是一种稀缺的品质
——给人以安全感的袭人

故事提要

①袭人总是稳重周全、最顾及大局的一个。

②需要袭人帮忙的事情，总能得到她的贴心帮助。

③袭人身为大丫鬟，却从不居功自傲，反倒认为自己做的只是分内应为，安分尽责而不自夸（与焦大形成鲜明对比）。

在上一章里，我们谈了平儿这个人物。平儿是一个公平、平和、平衡的人，对上忠诚尽责，对下体贴宽厚，所以叫作“平儿”。除了她以外，还有几个大丫鬟同样是值得信赖的人，既聪明干练，又非常善良可爱，其中一个就是袭人。袭人为什么叫作袭人？那也是有很深刻含义的，这一章开始，我们就来讲一讲袭人的高情商。

袭人，原本是贾母的丫头，叫作珍珠，一个月领一两银子的月钱，是地位最高的丫鬟，后来贾母把她拨给了宝玉使唤，大观园落成了以后，就来到了怡红院。可是，袭人不只是地位最高的丫鬟，也是最认真负责、最谦虚善良的一个，从来没有作威作福过。当第三十九回大家谈论起各房的大丫鬟时，李纨赞美了平儿、鸳鸯之后，又指着宝玉道：“这一个小爷屋里要不是袭人，你们度量到个什么田地！”而宝钗笑道：“这倒是真话。我们没事评论起

第三十九回 → 扩展阅读 1

人来，你们这几个都是百个里头挑不出一个来的，妙在各人有各人的好处。”那么，袭人的好处在哪里呢？她的好处也正是她高情商的表现。

1. 做个让人放心的人

首先，袭人是宝玉最可靠的大后方，也是稳定整个怡红院的核心力量。

例如，当大家都出去找乐子的时候，怡红院简直是放了空城，在没人照应的情况下，最大的问题不是发生偷窃，那毕竟只是财务的损失。联想一下，紫禁城里为什么到处都放着大型的铜缸？原来那是为了消防用的，毕竟木造的宫殿最怕火，所以一定要有万全的措施，这些铜水缸就是预备火灾发生时用的。也难怪，贾母最怕的就是火灾，他们还给火灾取了一个相反的名字，叫作“走水”，第三十九回就说，当刘姥姥正在讲雪夜里一个极标致的小姑娘在外面抽柴草的故事，忽听外面人吵嚷起来，他们又说：

第三十九回 → 扩展阅读 2

> “不相干的，别唬着老太太。”贾母等听了，忙问怎么了，丫鬟回说：“南院马棚里走了水，不相干，已经救下去了。”贾母最胆小的，听了这个话，忙起身扶了人出至廊上来瞧，只见东南上火光犹亮。贾母唬的口内念佛，忙命人去火神跟前烧香。王夫人等也忙都过来请安，又回说：“已经下去了，老太太请进房去罢。”贾母足的看着火光息了方领众人进来。

贾母可是见过大世面的，怎么突然变得这么胆小了呢？又是念佛，又是烧香，而且直等到火光熄灭了，才放下心来，后来也不要再听刘姥姥那个抽柴草的故事了，这都是因为火灾太可怕。我们再想一想，第一回就出家的甄士隐，不就是因为隔壁的葫芦庙一把火烧起来，整条街包括他的整个家全都没了吗？这是他受到的重大打击之一。所以说，贾府里的情况也一样，万一发生了火灾，后果不堪设想，难怪贾母最怕火灾。

而袭人的可靠，就包括她时时设想到这一点。我们先举一个例子来看。第五十四回贾府过元宵节的时候，大家都趁机热闹去了，只有袭人留守在怡红院里。凤姐如此安排，一方面是要让丧母的袭人可以守孝，尽到为人子女的责任；一方面还有其他更周到的考虑，那就是袭人是最细心、最可靠的一个。凤姐说：

第五十四回 → 扩展阅读 3

> 今儿晚上他便没孝，那园子里也须得他看着，灯烛花炮最是耽险的。这里一唱戏，园子里的人谁不偷来瞧瞧。他还细心，各处照看照看。

原来，其他的丫鬟很可能守不住这种冷清，当别人都去热闹过节的时候，自己却一个人留守在大后方，那种滋味应该是很少有人可以忍受的吧。但袭人却可以，她从来都是把自己的玩乐放在最后面，不但守住大家的安全，还可以温暖铺盖、茶水齐备，宝玉一回去睡觉，各色都是齐全的，所以可以把这么重要的大后方交给她。连她调教出来的麝月也可以，第二十回就说：

> 彼时晴雯、绮霰、秋纹、碧痕都寻热闹，找鸳鸯、琥珀等耍戏去了，独见麝月一个人在外间房里灯下抹骨牌。宝玉笑问道："你怎不同他们玩去？"麝月道："没有钱。"宝玉道："床底下堆着那么些，还不够你输的？"麝月道："都玩去了，这屋里交给谁呢？那一个又病了。满屋里上头是灯，地下是火。那些老妈妈子们，老天拔地，服侍一天，也该叫他们歇

歇；小丫头子们也是服侍了一天，这会子还不叫他们玩玩去。所以让他们都去罢，我在这里看着。”

宝玉听了这话，公然又是一个袭人。

当袭人生病了，麝月就自动补上她的职务，第一个考虑的就是灯火，可见这是最重要的；然后麝月又体贴其他的老妈妈、小丫头，让她们全部放个假，要休息、去玩乐都好，自己就留下来看管，一个人摸骨牌打发时间。

情商点评

所以说，我们现代人在一个办公室里，最后走的那个人如果可以多留意一点、多顺手做一点，检查一下可能会有危险的瓦斯、电源，把灯关掉，或者把别的同事忘了带走的东西收拾好，就可以避免很多不必要的损失，这就是一种高情商的表现。

2. 急他人所急，解他人所难

第四十一回
↓
扩展阅读 4

不只这样，即便大家都在的时候，袭人也是想得最细心周到的人。第四十一回刘姥姥逛大观园的这一段故事里，中途姥姥跑去茅厕方便，但很久都没有回来，大家都着急了，还是袭人最聪明细心，她想到如果刘姥姥迷了路，很可能会顺着路线走到怡红院，那就麻烦了。于是她赶回怡红院一看，果然如此。

袭人一直进了房门，转过集锦槅子，就听的鼾齁如雷。忙进来，只闻见酒屁臭气。满屋一瞧，只见刘姥姥扎手舞脚的仰卧在床上。袭人这一惊不小，慌忙赶上来将他没死活的推醒。那刘姥姥惊醒，睁眼见了袭人，连忙爬起来道："姑娘，我失错了！并没弄脏了床帐。"一面说，一面用手去掸。

袭人恐惊动了人被宝玉知道了，只向他摇手，不叫他说话。忙将鼎内贮了三四把百合香，仍用罩子罩上。些须收拾收拾，所喜不曾呕吐，忙悄悄的笑道："不相干，有我呢。你随我出来。"

你看，袭人不但细心周到，而且非常宽厚，她并没有嫌弃刘姥姥弄脏了怡红院，反倒赶紧收拾善后、消除痕迹，不让宝玉发现而生气，也让刘姥姥不担上罪过，一场可能的不愉快就化解掉了。这不正是助人为善的表现吗？

也确实，袭人最乐善好施、大方分享，书里有一个很好的例子。第六十二回写到，香菱在大观园里，和一群人玩"斗草"这个游戏，结果其中的豆官输不起，和香菱发生了推挤，两个人一起滚在草地上，没想到旁边有一汪积水，香菱的半扇裙子都给弄湿弄脏了，偏偏这条裙子是用石榴红的绫布制作的，这时来到现场的宝玉发现了，忍不住替香菱担心，怕薛姨妈知道了，会唠叨她不知惜福，糟蹋东西，于是帮香菱想到一个办法，说：

{第六十二回 ↓ 扩展阅读 5}

袭人上月做了一条和这个一模一样的，他因有孝，如今也不穿。竟送了你换下这个来，如何？

急他人所急，解他人所难，善良坦荡是高情商的底色。

宝玉之所以会这么提议，就是因为知道袭人的性格，不但不会计较，反而乐于帮忙，你看宝玉接着回到怡红院，

来至房中，拉了袭人，细细告诉了他原故。香菱之为人，

无人不怜爱的。袭人又本是个手中撒漫的，况与香菱素相交好，一闻此信，忙就开箱取了出来折好，随了宝玉来寻着香菱，他还站在那里等呢。

果不其然，袭人毫不犹豫地捐出裙子给香菱，这不只是因为彼此交情好，而是袭人“本是个手中撒漫的”，意思是说，她本来就是一个乐于随手把东西送给别人的人。也果然如此，第五十八回中，芳官和她的干娘为了洗头的事情发生了争吵，起因是那个干娘领了芳官的钱，却又克扣沐浴用品，甚至把亲女儿用剩的水给芳官，芳官当然不服。这件事大家都看不过去，而袭人又是那个接手善后的人了，她自掏腰包，取了一瓶花露油，以及一些鸡蛋、香皂、头绳之类，叫一个婆子来送给芳官去，叫她另要水自洗，不要吵闹了。

第五十八回 → 扩展阅读 6

3. 功劳和优秀不要自己说出来

最让人感动的是，袭人对他人大方，自己却很节俭。当她的母亲病重，需要她回去送终的时候，她一点儿也没有衣锦还乡的铺张炫耀，反而非常朴素，凤姐很了解她的性格，于是特别吩咐周瑞家的，说道：“那袭人是个省事的，你告诉他说我的话：叫他穿几件颜色好衣裳，大大的包一包袱衣裳拿着，包袱也要好好的，手炉也要拿好的。临走时，叫他先来我瞧瞧。”果然不出所料，袭人一来，凤姐就说：“这褂子太素了些，如今穿着也冷，你该穿一件大毛的。”又看包袱，也是太朴素，于是凤姐才会命平儿拿出她自己的皮褂子、雪褂子和一个新包袱，给袭人穿带回家。

你看，凤姐所说的“那袭人是个省事的”，就是指袭人对自己并不铺张打扮，一切以简单为主，所以才会这么朴素，而凤姐都看在眼里。袭人一个月领一两月钱，是最顶尖的大丫鬟，地位很高却又这么低调，朴素谦和，非常难能可贵。

我们前面提到麝月代替生病的袭人照管大后方的时候，有没有发现麝月很可爱？她照顾大家，做出了牺牲，却一点也不自夸，当宝玉问她怎么不去玩的时候，她竟然借口说没有钱，这当然不是事实。麝月这么说的原因，就是不居功，她只是把这样做当作自己的本分，不觉得有什么了不起，也不想争这个功劳，所以就让人打从心里喜欢她了。既然麝月是袭人调教出来的，袭人更是这样的人了，书里有一段情节，大家往往忽略了，我们现在就来看一看。

那是第十九回“情切切良宵花解语，意绵绵静日玉生香”中的一段，当时袭人为了规劝宝玉，谎称自己要被赎回家去，希望借此可以激发宝玉走回正路。她讲了好几个合情合理的理由，让宝玉认真了起来，也着急了起来，这时袭人就说：

第十九回 → 扩展阅读 7

> 其实我也不过是个平常的人，比我强的多而且多。……若说为服侍的你好，不叫我去，断然没有的事。那服侍的好，是分内应当的，不是什么奇功。我去了，仍旧有好的来，不是没了我就不成事。

真是令人佩服啊，一个人把事情做得这么好，几乎不可或缺的重要角色，却说是应该的，是分内的事，完全不想要居功邀宠，甚至觉得自己很平常，没什么了不起，还说比她强的多得多，自己并不是不可取代的。这不就是一种功成身退的胸襟吗？世界上又有几个这样谦虚的人呢？

第七回 → 扩展阅读 8

而焦大就不一样了，第七回说焦大小时候跟着荣国公、宁国公出过几回兵，冒死把宁国公、荣国公救出来，贾家才有了富贵荣华的基础，因此祖宗在的时候，对他也是另眼相看。但是，焦大仗着这些功劳情分，开始作威作福了，他喝醉的时候尤其嚣张起来，大骂说：

> 不是焦大一个人，你们就做官儿享荣华受富贵？你祖宗九死一生挣下这家业，到如今了，不报我的恩，反和我充起主子来了。不和我说别的还可，若再说别的，咱们红刀子进去白刀子出来！

让我们从几个角度想一想，焦大固然对贾家有恩，可是贾家的荣华富贵还是宁国公、荣国公挣来的，不是焦大救了他们的命，就独占了全部的功劳。何况以当时的伦理道德来说，忠心的仆人奋勇救主，也是分内应该的，贾家会感恩戴德，是贾家的宽厚品德，焦大自己以此天天居功邀宠就不应该了。因此，焦大这个人虽然有功劳，却无法令人欣赏、令人尊敬，原因就在这里。

第十九回 → 扩展阅读 9

再回来看袭人，她的优点连宝玉都很喜爱、很依赖，因此在第十九回“情切切良宵花解语，意绵绵静日玉生香”里，宝玉就对袭人笑道：“你在这里长远了，不怕没八人轿你坐。”这段话的意思，就是要把袭人明媒正娶过来。八人大轿是古代婚礼上的迎娶工具，它的重大意义在于保证婚姻的合法性，所以说，“用轿子抬来的”便表明她是明媒正娶的妻子，得到社会的认可和保护。但是，袭人是丫鬟，最多只能做妾，而纳妾的规矩完全不能和正式娶妻相比，实际上是不可能用到八人大轿的，可见宝玉对袭人的认真郑重，这才用了娶妻的礼数来形容。

一般丫鬟听到宝玉这么说，应该是喜出望外，欢喜不迭吧？谁不想做宝玉的妾室呢？但是，袭人一点也没有觉得高兴，反而冷笑道：

这我可不希罕的。有那个福气，没有那个道理。纵坐了，也没甚趣。

注意，袭人说“没那个道理”，就是因为宝玉说的逾越了规矩，即使真的有那个福气，有八人轿子来迎娶，坐上去也名不正言不顺，所以并不稀罕。从这里可以看出，袭人真是一个懂得分寸、知理守礼的人。她从不贪心，也不妄想，难怪王夫人很欣赏她，后来提拔她做宝玉的妾。当王夫人向贾母禀报这个决定的时候，说的就是：

第七十八回
扩展阅读 10

若说沉重知大礼，莫若袭人第一。虽说贤妻美妾，然也要性情和顺举止沉重的更好些。

袭人的性情和顺，举止稳重识大体，就是她最大的优点。

难怪“袭人”这个名字的来历，总共被重复了三次。前面说过，曹雪芹是一个多么高超的小说家，几乎不会用重复的笔法，但他偏偏重复了几个谚语或诗句，想必是他心里最重视的内容，而前面章节中提到的“千里搭长棚，天下无不散的筵席”或“胳膊折了往袖子里藏”，也只重复了两次而已。袭人名字的来历被重复了三次，可以说是绝无仅有，可见这是曹雪芹特别重视的人物。原来，“袭人”是宝玉给改的，典故来自宋朝诗人陆游《村居书喜》的诗句：“花气袭人知骤暖。”“花气”就是“花香”，“骤暖”的“骤”是突然的意思，诗的意思是：当你闻到浓郁的花香扑面而来，就知道天气突然暖和了起来。曹雪芹引用的时候改了一个字，他把表示突然的“骤”字改为表示白天的“昼”字，有一点不同，但意思差不多，都是在说浓郁的花香扑面而来，温暖芬芳，令人想要深深吸一口气。

曹雪芹在第十九回的回目上称袭人是“解语花”，一朵善体人意的花，这可是唐玄宗用来赞美杨贵妃的呢！宝玉也认为袭人是这样一朵解语花，她所散发出来的香气，让每一个路过身边的人都感到心旷神怡。宝玉想要用八人大轿把袭人娶进来，就是这个原因。

最后，我们总结一下本章所讲的情商特质：

第一，能超越个人的得失，替别人、替大局设想，才能成为可靠的伙伴。

第二，乐于助人，愿意多付出一点爱，发挥雪中送炭的能量，在人际关系里创造出善的氛围。

第三，知理守礼，不贪心奢求，也不邀功讨赏，自然能获得别人的尊敬。

这就是袭人高情商的地方。

下一章要讲到《红楼梦》里最高傲的人——妙玉。我们来看看像冰山一样的妙玉心底隐藏的那一口温泉，那就是她的高情商之处。

扩展阅读 1

第三十九回　村姥姥是信口开河　情哥哥偏寻根究底

话说众人见平儿来了，都说：“你们奶奶作什么呢，怎么不来了？”平儿笑道：“他那里得空儿来。因为说没有好生吃得，又不得来，所以叫我来问还有没有，叫我要几个拿了家去吃罢。”湘云道：“有，多着呢。”忙令人拿了十个极大的。平儿道：“多拿几个团脐的。”众人又拉平儿坐，平儿不肯。

李纨拉着他笑道：“偏要你坐。”拉着他身旁坐下，端了一杯酒送到他嘴边。平儿忙喝了一口就要走。李纨道：“偏不许你去。显见得只有凤丫头，就不听我的话了。”说着又命：“嬷嬷们先送了盒子去，就说我留下平儿了。”

那婆子一时拿了盒子回来说：“二奶奶说，叫奶奶和姑娘们别笑话要嘴吃。这个盒子里是方才舅太太那里送来的菱粉糕和鸡油卷儿，给奶奶姑娘们吃的。”又向平儿道：“说使你来你就贪住顽不去了。劝你少喝一杯儿罢。”平儿笑道：“多喝了又把我怎么样？”一面说，一面只管喝，又吃螃蟹。

李纨揽着他笑道：“可惜这么个好体面模样儿，命却平常，只落得屋里使唤。不知道的人，谁不拿你当作奶奶太太看。”平儿一面和宝钗湘云等吃喝，一面回头笑道：“奶奶，别只摸的我怪痒的。”李氏道：“嗳哟！这硬的是什么？”平儿道：“钥匙。”李氏道：“什么钥匙？要紧梯己东西怕人偷了去，却带在身上。我成日家和人说笑，有个唐僧取经，就有个白马来驮他；有个刘智远打天下，就有个瓜精来送盔甲；有个凤丫头，就有个你。你就是你奶奶的一把总钥匙，还要这钥匙作什么。”平儿笑道：“奶奶吃了酒，又拿了我来打趣着取笑儿了。”

宝钗笑道：“这倒是真话。我们没事评论起人来，你们这几个都是百个里头挑不出一个来的，妙在各人有各人的好处。”李纨道：“大小都有个天理。比如老太太屋里，要没那个鸳鸯如何使得。从太太起，那一个敢驳老太太的回，现在他敢驳回。偏老太太只听他一个人的话。老太太那些穿戴的，别人不记得，他都记得，要不是他经管着，不知叫人诓骗了多少去呢。那孩子心也公道，虽然这样，倒常替人说好话儿，还倒不依势欺人的。”惜春笑道：“老太太昨儿还说呢，他比我们还强呢。”平儿道：“那原是个好的，我们那里比的上他。”宝玉道：“太太屋里的彩霞，是个老实人。”探春道：“可不是，外头老实，心里有数儿。太太是那么佛爷似的，事情上不留心，他都知道。凡百一应事都是他提着太太行。连老爷在家出外去的一应大小事，他都知道。太太忘了，他背地里告诉太太。”李纨道：“那也罢了。”指着宝玉道：“这一个小爷屋里要不是袭人，你们度量到个什么田地！凤丫头就是楚霸王，也得这两只膀子好举千斤鼎。他不是这丫头，就得这么周到了！”

扩展阅读2

第三十九回　村姥姥是信口开河　情哥哥偏寻根究底

那刘姥姥虽是个村野人，却生来的有些见识，况且年纪老了，世情上经历过的，见头一个贾母高兴，第二见这些哥儿姐儿们都爱听，便没了说的也编出些话来讲。因说道：“我们村庄上种地种菜，每年每日，春夏秋冬，风里雨里，那有个坐着的空儿，天天都是在那地头子上作歇马凉亭，什么奇奇怪怪的事不见呢。就像去年冬天，接连下了几天雪，地下压了三四尺深。我那日起的早，还没出房门，只听外头柴草响。我想着必定是有人偷柴草来了。我爬着窗户眼儿一瞧，却不是我们村庄上的人。”贾母道：“必定是过路的客人们冷了，见现成的柴，抽些烤火去也是有的。”刘姥姥笑道：“也并不是客人，所以说来奇怪。老寿星当个什么人？原来是一个十七八岁的极标致的一个小姑娘，梳着溜油光的头，穿着大红袄儿，白绫裙子——”

刚说到这里，忽听外面人吵嚷起来，又说：“不相干的，别唬着老太太。”贾母等听了，忙问怎么了，丫鬟回说：“南院马棚里走了水，不相干，已经救下去了。”贾母最胆小的，听了这个话，忙起身扶了人出至廊上来瞧，只见东南上火光犹亮。贾母唬的口内念佛，忙命人去火神跟前烧香。王夫人等也忙都过来请安，又回说：“已经下去了，老太太请进房去罢。”贾母足的看着火光息了方领众人进来。宝玉且忙着问刘姥姥：“那女孩儿大雪地作什么抽柴草？倘或冻出病来呢？”贾母道：“都是才说抽柴草惹出火来了，你还问呢。别说这个了，再说别的罢。”宝玉听说，心内虽不乐，也只得罢了。

扩展阅读3

第五十四回　史太君破陈腐旧套　王熙凤效戏彩斑衣

当下天未二鼓，戏演的是《八义》中《观灯》八出。正在热闹之际，宝玉因下席往外走。贾母因说：“你往那里去！外头爆竹利害，仔细天上掉下火纸来烧了。”宝玉回说：“不往远去，只出去就来。”贾母命婆子们好生跟着。于是宝玉出来，只有麝月秋纹并几个小丫头随着。

贾母因说：“袭人怎么不见？他如今也有些拿大了，单支使小女孩子出来。”王夫人忙起身笑回道：“他妈前日没了，因有热孝，不便前头来。”贾母听了点头，又笑道：“跟主子却讲不起这孝与不孝。若是他还跟我，难道这会子也不在这里不成？皆因我们太宽了，有人使，不查这些，竟成了例了。”凤姐儿忙过来笑回道：“今儿晚上他便没孝，那园子里也须得他看着，灯烛花炮最是耽险的。这里一唱戏，园子里的人谁不偷来瞧瞧。他还细心，各处照看照看。况且这一散后宝兄弟回去睡觉，各色都是齐全的。若他再来了，众人又不经心，散了回去，铺盖也是冷的，茶水也不齐备，各色都不便宜，所以我叫他不用来，只看屋子。散了又齐备，我们这里也不耽心，又可以全他的礼，岂不三处有益。老祖宗要叫他，我叫他来就是了。”

贾母听了这话，忙说：“你这话很是，比我想的周到，快别叫他了。但只他妈几时没了，我怎么不知道。”凤姐笑道：“前儿袭人去亲自回老太太的，怎么倒忘了。”贾母想了一想笑说：“想起来了。我的记性竟平常了。”众人都笑说：“老太太那里记得这些事。”贾母因又叹道：“我想着，他从小儿服侍了我一场，又服侍了云儿一场，末后给了一个魔王宝玉，亏他魔了这几年。他又不是咱们家的根生土长的奴才，没受过咱们什么大恩典。他妈没了，我想着要给他几两银子发送，也就忘了。”凤姐儿道：“前儿太太赏了他四十两银子，也就是了。”

贾母听说，点头道：“这还罢了。正好鸳鸯的娘前儿也死了，我想他老子娘都在南边，我也没叫他家去守孝，如今叫他两个一处作伴儿去。”又命婆子将些果子菜馔点心之类与他两个吃去。琥珀笑说：“还等这会子呢，他早就去了。”说着，大家又吃酒看戏。

扩展阅读 4

第四十一回　栊翠庵茶品梅花雪　怡红院劫遇母蝗虫

那刘姥姥因喝了些酒，他脾气不与黄酒相宜，且吃了许多油腻饮食，发渴多喝了几碗茶，不免通泻起来，蹲了半日方完。及出厕来，酒被风禁，且年迈之人，蹲了半天，忽一起身，只觉得眼花头眩，辨不出路径。四顾一望，皆是树木山石楼台房舍，却不知那一处是往那里去的了，只得认着一条石子路慢慢的走来。

及至到了房舍跟前，又找不着门，再找了半日，忽见一带竹篱，刘姥姥心中自忖道："这里也有扁豆架子。"

一面想，一面顺着花障走了来，得了一个月洞门进去。只见迎面忽有一带水池，只有七八尺宽，石头砌岸，里面碧浏清水流往那边去了，上面有一块白石横架在上面。刘姥姥便度石过去，顺着石子甬路走去，转了两个弯子，只见有一房门。于是进了房门，只见迎面一个女孩儿，满面含笑迎了出来。刘姥姥忙笑道："姑娘们把我丢下来了，要我碰头碰到这里来。"说了，只觉那女孩儿不答。刘姥姥便赶来拉他的手，"咕咚"一声，便撞到板壁上，把头碰的生疼。细瞧了一瞧，原来是一幅画儿。刘姥姥自忖道："原来画儿有这样活凸出来的。"一面想，一面看，一面又用手摸去，却是一色平的，点头叹了两声。一转身方得了一个小门，门上挂着葱绿撒花软帘。

刘姥姥掀帘进去，抬头一看，只见四面墙壁玲珑剔透，琴剑瓶炉皆贴在墙上，锦笼纱罩，金彩珠光，连地下踩的砖，皆是碧绿凿花，竟越发把眼花了，找门出去，那里有门？左一架书，右一架屏。刚从屏后得了一门转去，只见他亲家母也从外面迎了进来。刘姥姥诧异，忙问道："你想是见我这几日没家去，亏你找我来。那一位姑娘带你进来的？"他亲家只是笑，不还言。刘姥姥笑道："你好没见世面，见这园里的花好，你就没死活戴了一头。"他亲家也不答。便心下忽然想起："常听大富贵人家有一种穿衣镜，这别是我在镜子里头呢罢？"说毕伸手一摸，再细一看，可不是，四面雕空紫檀板壁将镜子嵌在中间。因说："这已经拦住，如何走出去呢？"一面说，一面只管用手摸。

这镜子原是西洋机括，可以开合。不意刘姥姥乱摸之间，其力巧合，便撞开消息，掩过镜子，露出门来。刘姥姥又惊又喜，迈步出来，忽见有一副最精致的床帐。他此时又带了七八分醉，又走乏了，使一屁股坐在床上，只说歇歇，不承望身不由己，前仰后合的，朦胧着两眼，一歪身就睡熟在床上。

且说众人等他不见，板儿见没了他姥姥，急的哭了。众人都笑道："别是掉在茅厕里了？快叫人去瞧瞧。"因命两个婆子去找，回来说没有。众人各处搜寻不见。袭人敠其道路："是他醉了迷了路，顺着这一条路往我们后院子里去了。若进了花障子到后房门进去，虽然碰头，还有小丫头们知道；若不进花障子再往西南上去，若绕出去还好，若绕不出去，可够他绕回子好的。我且瞧瞧去。"一面想，一面回来，进了怡红院便叫人，谁知那几个房子里小丫头已偷空顽去了。

袭人一直进了房门，转过集锦槅子，就听的鼾齁如雷。忙进来，只闻见酒屁臭气。满屋一瞧，只见刘姥姥扎手舞脚的仰卧在床上。袭人这一惊不小，慌忙赶上来将他没死活的推醒。那刘姥姥惊醒，睁眼见了袭人，连忙爬起来道："姑娘，我失错了！并没弄脏了床帐。"一面说，一面用手去掸。

袭人恐惊动了人被宝玉知道了，只向他摇手，不叫他说话。忙将鼎内贮了三四把百合香，仍用罩子罩上。些须收拾收拾，所喜不曾呕吐，忙悄悄的笑道："不相干，有我呢。你随我出来。"刘姥姥满口答应跟了袭人出至小丫头们房中。命他坐了，向他说道："你就说醉倒在山子石上打了个盹儿。"刘姥姥答应知道。又与他两碗茶吃，方觉酒醒了，因问道："这是那个小姐的绣房，这样精致？我就像到了天宫里的一样。"袭人微微笑道："这个么，是宝二爷的卧室。"那刘姥姥吓的不敢作声。袭人带他从前面出去，见了众人，只说他在草地下睡着了，带了他来的。众人都不理会，也就罢了。

扩展阅读5

第六十二回　憨湘云醉眠芍药裀　呆香菱情解石榴裙

外面小螺和香菱、芳官、蕊官、藕官、豆官等四五个人，都满园中顽了一回，大家采了些花草来兜着，坐在花草堆中斗草。这一个说："我有观音柳。"那一个说："我有罗汉松。"那一个又说："我有君子竹。"这一个又说："我有美人蕉。"这个又说："我有星星翠。"那个又说："我有月月红。"这个又说："我有《牡丹亭》上的牡丹花。"那个又说："我有《琵琶记》里的枇杷果。"豆官便说："我有姐妹花。"众人没了，香菱便说："我有夫妻蕙。"豆官说："从没听见有个夫妻蕙。"香菱道："一箭一花为兰，一箭数花为蕙。凡蕙有两枝，上下结花者为兄弟蕙，有并头结花者为夫妻蕙。我这枝并头的，怎么不是夫妻蕙。"豆官没的说了，便起身笑道："依你说，若是这两枝一大一小，就是老子儿子蕙了。若两枝背面开的，就是仇人蕙了。你汉子去了大半年，你想夫妻了？便扯上蕙也有夫妻，好不害羞！"香菱听了，红了脸，忙要起身拧他，笑骂道："我把你这个烂了嘴的小蹄子！满嘴里汗𣵀的胡说了。等我起来打不死你这小蹄子！"

豆官见他要勾来，怎容他起来，便忙连身将他压倒。回头笑着央告蕊官等："你们来，帮着我拧他这谄嘴。"两个人滚在草地下。众人拍手笑说："了不得了，那是一洼子水，可惜污了他的新裙子了。"豆官回头看了一看，果见旁边有一汪积雨，香菱的半扇裙子都污湿了，自己不好意思，忙夺了手跑了。众人笑个不住，怕香菱拿他们出气，笑着一哄而散。

香菱起身低头一瞧，那裙上犹滴滴点点流下绿水来。正恨骂不绝，可巧宝玉见他们斗草，也寻了些花草来凑戏，忽见众人跑了，只剩了香菱一个低头弄裙，因问："怎么散了？"香菱便说：

"我有一枝夫妻蕙，他们不知道，反说我诌，因此闹起来，把我的新裙子也脏了。"宝玉笑道："你有夫妻蕙，我这里倒有一枝并蒂菱。"口内说，手内却真个拈着一枝并蒂菱花，又拈了那枝夫妻蕙在手内。香菱道："什么夫妻不夫妻，并蒂不并蒂，你瞧瞧这裙子。"

宝玉方低头一瞧，便嗳呀了一声，说："怎么就拖在泥里了？可惜这石榴红绫最不经染。"香菱道："这是前儿琴姑娘带了来的。姑娘做了一条，我做了一条，今儿才上身。"宝玉跌脚叹道："若你们家，一日遭踏这一百件也不值什么。只是头一件既系琴姑娘带来的，你和宝姐姐每人才一件，他的尚好，你的先脏了，岂不辜负他的心。二则姨妈老人家嘴碎，饶这么样，我还听见常说你们不知过日子，只会遭踏东西，不知惜福呢。这叫姨妈看见了，又说一个不清。"

香菱听了这话，却碰在心坎儿上，反倒喜欢起来了，因笑道："就是这话了。我虽有几条新裙子，都不和这一样，若有一样的，赶着换了，也就好了。过后再说。"宝玉道："你快休动，只站着方好，不然连小衣儿膝裤鞋面都要拖脏。我有个主意：袭人上月做了一条和这个一模一样的，他因有孝，如今也不穿。竟送了你换下这个来，如何？"香菱笑着摇头说："不好，他们倘或听见了倒不好。"宝玉道："这怕什么。等他们孝满了，他爱什么难道不许你送他别的不成。你若这样，还是你素日为人了！况且不是瞒人的事，只管告诉宝姐姐也可，只不过怕姨妈老人家生气罢了。"香菱想了一想有理，便点头笑道："就是这样罢了，别辜负了你的心。我等着，你千万叫他亲自送来才好。"

宝玉听了，喜欢非常，答应了忙忙的回来。一壁里低头心下暗算："可惜这么一个人，没父母，连自己本姓都忘了，被人拐出来，偏又卖与了这个霸王。"因又想起上日平儿也是意外想不到的，今日更是意外之意外的事了。一壁胡思乱想，来至房中，拉了袭人，细细告诉了他原故。

香菱之为人，无人不怜爱的。袭人又本是个手中撒漫的，况与香菱素相交好，一闻此信，忙就开箱取了出来折好，随了宝玉来寻着香菱，他还站在那里等呢。袭人笑道：“我说你太淘气了，足的淘出个故事来才罢。”香菱红了脸，笑说：“多谢姐姐了，谁知那起促狭鬼使黑心。”说着，接了裙子，展开一看，果然同自己的一样。又命宝玉背过脸去，自己叉手向内解下来，将这条系上。袭人道：“把这脏了的交与我拿回去，收拾了再给你送来。你若拿回去，看见了也是要问的。”香菱道：“好姐姐，你拿去不拘给那个妹妹罢。我有了这个，不要他了。”袭人道：“你倒大方的好。”香菱忙又万福道谢，袭人拿了脏裙便走。

香菱见宝玉蹲在地下，将方才的夫妻蕙与并蒂菱用树枝儿抠了一个坑，先抓些落花来铺垫了，将这菱蕙安放好，又将些落花来掩了，方撮土掩埋平服。香菱拉他的手，笑道：“这又叫做什么？怪道人人说你惯会鬼鬼祟祟使人肉麻的事。你瞧瞧，你这手弄的泥乌苔滑的，还不快洗去。”宝玉笑着，方起身走了去洗手，香菱也自走开。二人已走远了数步，香菱复转身回来叫住宝玉。宝玉不知有何话，扎着两只泥手，笑嘻嘻的转来问：“什么？”香菱只顾笑。因那边他的小丫头臻儿走来说：“二姑娘等你说话呢。”香菱方向宝玉道：“裙子的事可别向你哥哥说才好。”说毕，即转身走了。宝玉笑道：“可不我疯了，往虎口里探头儿去呢。”说着，也回去洗手去了。不知端详，且听下回分解。

扩展阅读 6

第五十八回　杏子阴假凤泣虚凰　茜纱窗真情揆痴理

一时芳官又跟了他干娘去洗头。他干娘偏又先叫了他亲女儿洗过了后，才叫芳官洗。芳官见了这般，便说他偏心，“把你女儿的剩水给我洗。我一个月的月钱都是你拿着，沾我的光不算，反倒给我剩东剩西的”。他干娘羞愧变成恼，便骂他：“不识抬举的东西！怪不得人人说戏子没一个好缠的。凭你甚么好人，入了这一行，都弄坏了。这一点子屄崽子，也挑幺挑六，咸嘴淡舌，咬群的骡子似的！”娘儿两个吵起来。

袭人忙打发人去说：“少乱嚷，瞅着老太太不在家，一个个连句安静话也不说了。”晴雯因说：“都是芳官不省事，不知狂的什么，也不过是会两出戏，倒像杀了贼王、擒了反叛来的。”袭人道：“一个巴掌拍不响，老的也太不公些，小的也太可恶些。”宝玉道：“怨不得芳官。自古说：‘物不平则鸣。’他少亲失眷的，在这里没人照看，赚了他的钱，又作贱他，如何怪得。”因又向袭人道：“他一月多少钱？以后不如你收了过来照管他，岂不省事？”袭人道：“我要照看他那里不照看了，又要他那几个钱才照看他？没的讨人骂去了。”说着，便起身至那屋里取了一瓶花露油并些鸡卵、香皂、头绳之类，叫一个婆子来送给芳官去，叫他另要水自洗，不要吵闹了。

扩展阅读 7

第十九回　情切切良宵花解语　意绵绵静日玉生香

却说宝玉自出了门，他房中这些丫鬟们都越性恣意的顽笑，也有赶围棋的，也有掷骰抹牌的，磕了一地瓜子皮。偏奶母李嬷嬷拄拐进来请安，瞧瞧宝玉，见宝玉不在家，丫头们只顾顽闹，十分看不过。因叹道："只从我出去了，不大进来，你们越发没个样儿了，别的妈妈们越不敢说你们了。那宝玉是个丈八的灯台——照见人家，照不见自家的。只知嫌人家脏，这是他的屋子，由着你们遭塌，越不成体统了。"这些丫头们明知宝玉不讲究这些，二则李嬷嬷已是告老解事出去的了，如今管他们不着，因此只顾顽，并不理他。那李嬷嬷还只管问"宝玉如今一顿吃多少饭""什么时辰睡觉"等语。丫头们总胡乱答应。有的说："好一个讨厌的老货！"

李嬷嬷又问道："这盖碗里是酥酪，怎不送与我去？我就吃了罢。"说毕，拿匙就吃。一个丫头道："快别动！那是说了给袭人留着的，回来又惹气了。你老人家自己承认，别带累我们受气。"李嬷嬷听了，又气又愧，便说道："我不信他这样坏了。别说我吃了一碗牛奶，就是再比这个值钱的，也是应该的。难道待袭人比我还重？难道他不想想怎么长大了？我的血变的奶，吃的长这么大，如今我吃他一碗牛奶，他就生气了？我偏吃了，看怎么样！你们看袭人不知怎样，那是我手里调理出来的毛丫头，什么阿物儿！"一面说，一面赌气将酥酪吃尽。又一丫头笑道："他们不会说话，怨不得你老人家生气。宝玉还时常送东西孝敬你老去，岂有为这个不自在的。"李嬷嬷道："你们也不必妆狐媚子哄我，打量上次为茶撵茜雪的事我不知道呢。明儿有了不是，我再来领！"说着，赌气去了。

少时，宝玉回来，命人去接袭人。只见晴雯躺在床上不动，宝玉因问："敢是病了？再不然输了？"秋纹道："他倒是赢的。谁知李老太太来了，混输了，他气的睡去了。"宝玉笑道："你别和他一般见识，由他去就是了。"说着，袭人已来，彼此相见。袭人又问宝玉何处吃饭，多早晚回来，又代母妹问诸同伴姊妹好。一时换衣卸妆。宝玉命取酥酪来，丫鬟们回说："李奶奶吃了。"宝玉才要说话，袭人便忙笑道："原来是留的这个，多谢费心。前儿我吃的时候好吃，吃过了好肚子疼，足的吐了才好。他吃了倒好，搁在这里倒白遭塌了。我只想风干栗子吃，你替我剥栗子，我去铺床。"

宝玉听了信以为真，方把酥酪丢开，取栗子来，自向灯前检剥。一面见众人不在房中，乃笑问袭人道："今儿那个穿红的是你什么人？"袭人道："那是我两姨妹子。"宝玉听了，赞叹了两声。袭人道："叹什么？我知道你心里的缘故，想是说他那里配红的。"宝玉笑道："不是，不是。那样的人不配穿红的，谁还敢穿。我因为见他实在好的很，怎么也得他在咱们家就好了。"袭人冷笑道："我一个人是奴才命罢了，难道连我的亲戚都是奴才命不成？定还要拣实在好的丫头才往你家来。"宝玉听了，忙笑道："你又多心了。我说往咱们家来，必定是奴才不成？说亲戚就使不得？"袭人道："那也搬配不上。"

宝玉便不肯再说，只是剥栗子。袭人笑道："怎么不言语了？想是我才冒撞冲犯了你，明儿赌气花几两银子买他们进来就是了。"宝玉笑道："你说的话，怎么叫我答言呢。我不过是赞他好，正配生在这深堂大院里，没的我们这种浊物倒生在这里。"袭人道："他虽没这造化，倒也是娇生惯养的呢，我姨爹姨娘的宝贝。如今十七岁，各样的嫁妆都齐备了，明年就出嫁。"宝玉听了"出嫁"二字，不禁又嗐了两声，正是不自在，又听袭人叹道："只从我来这几年，姊妹们都不得在一处。如今我要回去了，他们又都去了。”

宝玉听这话内有文章，不觉吃一惊，忙丢下栗子，问道：“怎么，你如今要回去了？”袭人道：“我今儿听见我妈和哥哥商议，教我再耐烦一年，明年他们上来，就赎我出去的呢。”宝玉听了这话，越发怔了，因问：“为什么要赎你？”袭人道：“这话奇了！我又比不得是你这里的家生子儿，一家子都在别处，独我一个人在这里，怎么是个了局？”宝玉道：“我不叫你去也难。”袭人道：“从来没这道理。便是朝廷宫里，也有个定例，或几年一选，几年一入，也没有个长远留下人的理，别说你了！”

宝玉想一想，果然有理。又道：“老太太不放你也难。”袭人道：“为什么不放？我果然是个最难得的，或者感动了老太太，老太太必不放我出去的，设或多给我们家几两银子，留下我，然或有之；其实我也不过是个平常的人，比我强的多而且多。自我从小儿来了，跟着老太太，先服侍了史大姑娘几年，如今又服侍了你几年。如今我们家来赎，正是该叫去的，只怕连身价也不要，就开恩叫我去呢。若说为服侍的你好，不叫我去，断然没有的事。那服侍的好，是分内应当的，不是什么奇功。我去了，仍旧有好的来，不是没了我就不成事。”

扩展阅读 8

第七回　送宫花贾琏戏熙凤　宴宁府宝玉会秦钟

吃毕晚饭，因天黑了，尤氏说：“先派两个小子送了这秦相公家去。”媳妇们传出去半日，秦钟告辞起身。尤氏问：“派了谁送去？”媳妇们回说：“外头派了焦大，谁知焦大醉了，又骂呢。”

尤氏秦氏都说道："偏又派他作什么！放着这些小子们，那一个派不得？偏要惹他去。"凤姐道："我成日家说你太软弱了，纵的家里人这样还了得了。"尤氏叹道："你难道不知这焦大的？连老爷都不理他的，你珍大哥哥也不理他。只因他从小儿跟着太爷们出过三四回兵，从死人堆里把太爷背了出来，得了命；自己挨着饿，却偷了东西来给主子吃；两日没得水，得了半碗水给主子喝，他自己喝马溺。不过仗着这些功劳情分，有祖宗时都另眼相待，如今谁肯难为他去。他自己又老了，又不顾体面，一味吃酒，吃醉了，无人不骂。我常说给管事的，不要派他差事，全当一个死的就完了。今儿又派了他。"凤姐道："我何曾不知这焦大。倒是你们没主意，有这样的，何不打发他远远的庄子上去就完了。"说着，因问："我们的车可齐备了？"地下众人都应道："伺候齐了。"

凤姐起身告辞，和宝玉携手同行。尤氏等送至大厅，只见灯烛辉煌，众小厮都在丹墀侍立。那焦大又恃贾珍不在家，即在家亦不好怎样他，更可以任意洒落洒落。因趁着酒兴，先骂大总管赖二，说他不公道，欺软怕硬，"有了好差事就派别人，像这等黑更半夜送人的事，就派我。没良心的王八羔子！瞎充管家！你也不想想，焦大太爷跷跷脚，比你的头还高呢。二十年头里的焦大太爷眼里有谁？别说你们这一起杂种王八羔子们！"

正骂的兴头上，贾蓉送凤姐的车出去，众人喝他不听，贾蓉忍不得，便骂了他两句，使人捆起来，"等明日酒醒了，问他还寻死不寻死了！"那焦大那里把贾蓉放在眼里，反大叫起来，赶着贾蓉叫："蓉哥儿，你别在焦大跟前使主子性儿。别说你这样儿的，就是你爹、你爷爷，也不敢和焦大挺腰子！不是焦大一个人，你们就做官儿享荣华受富贵？你祖宗九死一生挣下这家业，到如今了，不报我的恩，反和我充起主子来了。不和我说别的还可，若再说别的，咱们红刀子进去白刀子出来！”凤姐在车上说与贾蓉道：“以后还不早打发了这个没王法的东西！留在这里岂不是祸害？倘或亲友知道了，岂不笑话咱们，这样的人家连个王法规矩都没有。”贾蓉答应“是”。

众小厮见他太撒野了，只得上来几个，揪翻捆倒，拖往马圈里去。焦大越发连贾珍都说出来，乱嚷乱叫说：“我要往祠堂里哭太爷去。那里承望到如今生下这些畜牲来！每日家偷狗戏鸡，爬灰的爬灰，养小叔子的养小叔子，我什么不知道？咱们‘胳膊折了往袖子里藏’！”众小厮听他说出这些没天日的话来，唬的魂飞魄散，也不顾别的了，便把他捆起来，用土和马粪满满的填了他一嘴。

扩展阅读9

第十九回　情切切良宵花解语　意绵绵静日玉生香

如今且说袭人自幼见宝玉性格异常，其淘气憨顽自是出于众小儿之外，更有几件千奇百怪口不能言的毛病儿。近来仗着祖母溺爱，父母亦不能十分严紧拘管，更觉放荡弛纵，任性恣情，最不喜务正。每欲劝时，料不能听，今日可巧有赎身之论，故先用骗词，以探其情，以压其气，然后好下箴规。今见他默默睡去了，知其情有不忍，气已馁堕。自己原不想栗子吃的，只因怕为酥酪又生事故，亦如茜雪之茶等事，是以假以栗子为由，混过宝玉不提就完了。于是命小丫头们将栗子拿去吃了，自己来推宝玉。只见宝玉泪痕满面，袭人便笑道：“这有什么伤心的，你果然留我，我自然不出去了。”宝玉见这话有文章，便说道：“你倒说说，我还要怎么留你，我自己也难说了。”袭人笑道：“咱们素日好处，再不用说。但今日你安心留我，不在这上头。我另说出两三件事来，你果然依了我，就是你真心留我了，刀搁在脖子上，我也是不出去的了。”

宝玉忙笑道：“你说，那几件？我都依你。好姐姐，好亲姐姐，别说两三件，就是两三百件，我也依。只求你们同看着我，守着我，等我有一日化成了飞灰，——飞灰还不好，灰还有形有迹，还有知识。——等我化成一股轻烟，风一吹便散了的时候，你们也管不得我，我也顾不得你们了。那时凭我去，我也凭你们爱那里去就去了。”话未说完，急的袭人忙握他的嘴，说：“好好的，正为劝你这些，倒更说的狠了。”宝玉忙说道：“再不说这话了。”袭人道：“这是头一件要改的。”宝玉道：“改了，再要说，你就拧嘴。还有什么？”

袭人道：“第二件，你真喜读书也罢，假喜也罢，只是在老爷跟前或在别人跟前，你别只管批驳诮谤，只作出个喜读书的样子来，也教老爷少生些气，在人前也好说嘴。他心里想着，我家代代读书，只从有了你，不承望你不喜读书，已经他心里又气又愧了。而且背前背后乱说那些混话，凡读书上进的人，你就起个名字叫作‘禄蠹’；又说只除‘明明德’外无书，都是前人自己不能解圣人之书，便另出己意，混编纂出来的。这些话，怎么怨得老爷不气，不时时打你。叫别人怎么想你？”宝玉笑道：“再不说了。那原是那小时不知天高地厚，信口胡说，如今再不敢说了。还有什么？”

袭人道：“再不可毁僧谤道，调脂弄粉。还有更要紧的一件，再不许吃人嘴上擦的胭脂了，与那爱红的毛病儿。”宝玉道：“都改，都改。再有什么，快说。”袭人笑道：“再也没有了。只是百事检点些，不任意任情的就是了。你若果都依了，便拿八人轿也抬不出我去了。”宝玉笑道：“你在这里长远了，不怕没八人轿你坐。”袭人冷笑道：“这我可不希罕的。有那个福气，没有那个道理。纵坐了，也没甚趣。”

扩展阅读 10

第七十八回　老学士闲征姽婳词　痴公子杜撰芙蓉诔

话说两个尼姑领了芳官等去后，王夫人便往贾母处来省晨，见贾母喜欢，便趁便回道：“宝玉屋里有个晴雯，那个丫头也大了，而且一年之间，病不离身；我常见他比别人分外淘气，也懒；前日又病倒了十几天，叫大夫瞧，说是女儿痨，所以我就赶着叫他下去了。若养好了也不用叫他进来，就赏他家配人去也罢了。再那几个学戏的女孩子，我也作主放出去了。一则他们都会戏，口里没轻没重，只会混说，女孩儿们听了如何使得？二则他们既唱了会子戏，白放了他们，也是应该的。况丫头们也太多，若说不够使，再挑上几个来也是一样。”贾母听了，点头道：“这倒是正理，我也正想着如此呢。但晴雯那丫头我看他甚好，怎么就这样起来。我的意思，这些丫头的模样爽利言谈针线多不及他，将来只他还可以给宝玉使唤得。谁知变了。”

王夫人笑道：“老太太挑中的人原不错。只怕他命里没造化，所以得了这个病。俗语又说‘女大十八变’。况且有本事的人，未免就有些调歪。老太太还有什么不曾经验过的。三年前我也就留心这件事。先只取中了他，我便留心。冷眼看去，他色色虽比人强，只是不大沉重。若说沉重知大礼，莫若袭人第一。虽说贤妻美妾，然也要性情和顺举止沉重的更好些。就是袭人模样虽比晴雯略次一等，然放在房里，也算得一二等的了。况且行事大方，心地老实，这几年来，从未逢迎着宝玉淘气。凡宝玉十分胡闹的事，他只有死劝的。因此品择了二年，一点不错了，我就悄悄的把他丫头的月分钱止住，我的月分银子里批出二两银子来给他。不过使他自己知道越发小心效好之意。且不明说者，一则宝玉年纪尚小，老爷知道了又恐说耽误了书；二则宝玉再自为已是跟前的人不敢劝他说他，反倒纵性起来。所以直到今日才回明老太太。”

贾母听了，笑道：“原来这样，如此更好了。袭人本来从小儿不言不语，我只说他是没嘴的葫芦。既是你深知，岂有大错误的。而且你这不明说与宝玉的主意更好。且大家别提这事，只是心里知道罢了。我深知宝玉将来也是个不听妻妾劝的。我也解不过来，也从未见过这样的孩子。别的淘气都是应该的，只他这种和丫头们好却是难懂。我为此也耽心，每每的冷眼查看他。只和丫头们闹，必是人大心大，知道男女的事了，所以爱亲近他们。既细细查试，究竟不是为此。岂不奇怪。想必原是个丫头错投了胎不成。”说着，大家笑了。王夫人又回今日贾政如何夸奖，又如何带他们逛去，贾母听了，更加喜悦。

第十二章
“喜欢独处”不是拒绝提高情商的原因
——妙玉：冰美人的温暖

故事提要

①妙玉虽然高傲，却并非不通人情世故，她对贾母热诚周到，还对岫烟无私教导。

②对人一向清冷的妙玉，实际上却关心湘云、黛玉的未来命运。

上一章，我们了解了袭人之所以叫作袭人的原因，这与她的高情商息息相关。她是一个可靠的大后方，面面俱到，又热心助人；自己非常简朴，对别人却慷慨大方，让所有的人没有后顾之忧，比起平儿来毫不逊色。最难得的是，她一点也不骄傲，展现出一种淡泊宁静的气度，难怪宝玉和曹雪芹要给她“花气袭人”的好名字了。现在，我们再来看看贾府中一位特殊的客人——妙玉的高情商。

关于妙玉，《红楼梦》中的相关材料不多，大部分的读者也都只注意到她高傲、洁癖的一面，因此也就忽视了妙玉不亚于王熙凤、薛宝钗的高情商。这个问题，就是我们今天要解开的谜底。

1. 清高不等于不通人情

妙玉的出身是官宦家的小姐，属于文化精英阶层，所以必然受过良好的教育，只不过从小到大都十分受宠的原因，性格比较骄傲。但是，单单是“高傲”并不能形成一种人格价值，曹雪芹也不是因为这一点而赞美她的，重点还是在于她的内在人格。

宝玉在神游太虚幻境的时候，看到了金陵的十二金钗正册，其中，只有妙玉和贾府是没有亲戚关系的，其他的包括贾家四春、王熙凤、李纨、秦可卿、巧姐儿，这八个人都是贾府的自家人，黛玉、宝钗、湘云三个人则是贾家的亲戚，这已经是十一个金钗了，第十二位妙玉，就是唯一和贾府完全没有血缘关系的少女。妙玉能上金陵十二钗正册，是因为她来到了贾家长住，和贾家有了密切的关系，因此，在贾府这样人际关系复杂的地方，她怎么可能只用唯我独尊的高傲，解决人与人之间的问题呢？既然连宝玉、黛玉都有高情商的表现，那身为客人的妙玉也一定有高情商的地方。

其实，妙玉有一次展现出绝高情商的机会。在贾府中，对于贾母这位最高权威的大家长，所有子孙一定是拿出十分的心意来孝顺她的，王熙凤的孝顺体贴，那是不用多说，薛宝钗也不逊色，比如第二十二回，贾母出钱帮宝钗过十五岁生日，“贾母因问宝钗爱听何戏，爱吃何物等语。宝钗深知贾母年老人，喜热闹戏文，爱吃甜烂之食，便总依贾母往日素喜者说了出来。贾母更加欢悦”。到了生日当天，吃了饭点戏的时候，贾母一定先叫宝钗点，宝钗推让不过，只得点了一折《西游记》，贾母自是欢喜，然后便命凤姐点。凤姐也知道贾母喜热闹，更喜谑笑科诨，于是点了《刘二当衣》这样风格的戏，贾母果真更喜欢了。

这种顺应长辈心意的做法，我们已经司空见惯，但是大部分的人恐怕都没有注意到，妙玉其实也完全懂得这一点，例如第四十一回的描写：

当下贾母等吃过茶，又带了刘姥姥至栊翠庵来。妙玉忙接了进去。……一面说，一面便往东禅堂来。妙玉笑往里让，贾母道：“我们才都吃了酒肉，你这里头有菩萨，冲了罪过。我们这里坐坐，把你的好茶拿来，我们吃一杯就去了。”妙玉听了，忙去烹了茶来。

宝玉留神看他是怎么行事，只见妙玉亲自捧了一个海棠花式雕漆填金云龙献寿的小茶盘，里面放一个成窑五彩小盖钟，捧与贾母。贾母道：“我不吃六安茶。”妙玉笑说：“知道。这是老君眉。”贾母接了，又问是什么水。妙玉笑回“是旧年蠲的雨水。”贾母便吃了半盏。

不得不承认：妙玉对待贾母可以说是礼数周到，毫不怠慢，从头到尾都非常殷勤，你看，贾母一来，她是“忙接了进去”“忙去烹了茶来”，动作上非常快速，不敢怠慢；而且在整个过程里，你看她笑了几次：“笑往里让”“妙玉笑说”“妙玉笑回”。一共笑了三次，可见妙玉始终都是笑容满面。那么，这是妙玉平常时的反应吗？不是的，整部小说里，可曾看到妙玉笑过？她总是冷冰冰的，对别人不苟言笑，甚至疾言厉色，连对同样高傲孤僻的黛玉也一样，就在招待完贾母后，妙玉请宝钗、黛玉一起到耳房去喝体己茶，黛玉只不过问了一句：“这也是旧年的雨水？”妙玉竟然冷笑道：“你这么个人，竟是大俗人，连水也尝不出来。这是五年前我在玄墓蟠香寺住着，收的梅花上的雪，……你怎么尝不出来？隔年蠲的雨水那有这样轻浮，如何吃得。”连黛玉都当面讨了没趣，那刘姥姥会被妙玉嫌脏，也就顺理成章了。

这种冷冰冰的高傲，是大家对妙玉最主要的印象，所以我们几乎没有看到她对别人笑过，也从来没看到她热心招待别人。可是她对贾母多么地不同，姿态是那么殷勤热诚，脸上总是带着笑容，当妙玉泡好了茶以后，还亲自捧了小茶盘，捧与贾母，以免有失敬意。妙玉这时一点也不高傲了吧？

我们再细细品味这段描写：当妙玉奉茶给贾母的时候，贾母并没有立刻接过茶杯，而是先说："我不吃六安茶。"而妙玉则是笑说："知道。这是老君眉。"显然这合乎贾母的口味，所以贾母才接过来，但贾母还是没有立刻喝上一口，而是又问是什么水冲泡的，这时妙玉笑回"是旧年蠲的雨水"，这时贾母才吃了半盏。

原来，妙玉对贾母的口味了如指掌。她既知道贾母愿意喝哪一种茶，又知道哪一种水泡出来的茶才合乎贾母的标准，所以才能够投其所好，让贾母"宾至如归"。可是，妙玉不是一直很高傲孤癖吗？她何曾这样地配合别人？何况她独自住在大观园的栊翠庵里，连同住在园子里的其他姑娘都很少接触，那她又是怎样知道贾母口味的呢？她是向谁探听的呢？这些情况曹雪芹并没有写出来，但这段情节已经透露得很清楚了，妙玉一定是留心了贾母的喜好，深深记在脑海里，否则不可能在贾母临时到访时有这样适宜的表现。

每个人都不是宇宙的中心，都要与人配合，互相成就。

情商点评

这就告诉我们一个道理：连妙玉这样比黛玉还高傲、还直率的人，都明白如何应对进退，可见一个人再怎样高傲，都不可能是宇宙的中心。事实上，每一个人都只是宇宙中的一颗行星，和其他的许多行星一起运行，所以你也必须配合、照顾别人的轨道，自己才能顺利运转下去。

让我们再认真思考人与人互动的基本道理：妙玉既然受到贾家的礼遇，住在贾家的大观园里，过着无忧无虑的生活，等于获得了贾家的恩情，因此，尊重贾家的长辈也是最基本的礼貌，妙玉这么做才是对的，这也可以证明她是一个正派的人。如果我们认为一个人本性高傲就可以到处当女王，那就太以自我为中心了，这样的人也就谈不上具备情商了。

从这个故事我们可以清楚地看到，一般人只看到妙玉表面的清高，而没有看到她全面、深层次的性格，曹雪芹苦心塑造的人物被我们简单化了，很是可惜。接下来我们再看其他几个易被忽略的细节，就会明白，妙玉高情商的力量来自哪里。

2. 冰山下要保留一股温泉

其实，高情商的源泉就是优良的人格。我们必须承认，妙玉除了妥善招待贾母之外，本质上也是一个正派善良的人，只是被掩盖在高傲的性格下，展现其善良的机会不多罢了。

在这不多的表现善良的机会里，有一次就展示出她对黛玉、湘云的真心关怀。第七十六回里，大家过中秋节的时候，黛玉、湘云两个人脱队去联句作诗，一路比赛，到了最高潮的一幕，当时湘云就地取材，写出了“寒塘渡鹤影”这句诗，黛玉听了简直赞叹不已，说这句诗是“何等自然，何等现成，何等有景且又新鲜，我竟要搁笔了”，黛玉被难住了，接不出下一句，于是抬头看天苦思，过了半日，猛然笑说她也有了一句：“冷月葬诗魂。”湘云听了，忍不住拍手赞美道：“果然好极！非此不能对。好个‘葬诗魂’！”可是又感叹道：“诗固新奇，只是太颓丧了些。你现病着，不该作此过于清奇诡谲之语。”

第七十六回 ↓ 扩展阅读1

就在两人对话的时候，只见栏杆外面的山石后转出一个人来，笑道“好诗，好诗！果然太悲凉了”，两个人冷不防，吓了一跳，定睛细看，发现不是别人，却是妙玉。原来妙玉听见大家赏月，“又吹的好笛，我也出来玩赏这清池皓月。顺脚走到这里，忽听见你两个联诗，更觉清雅异常，故此听住了”。

这段话很有意思，妙玉不但有玩赏大自然清池皓月之美的雅兴，也有欣赏诗词的造诣，这和探春不是异曲同工吗？从这一点来说，妙玉之所以能够安然在栊翠庵修行，也应该是拥有享受孤独的能力，所以才能一点也不觉得寂寞，反倒非常自在。不只如此，最可贵的是，妙玉欣赏了湘云、黛玉的联句之后，表现出非常慈悲的心肠，她说：

> 只是方才我听见这一首中，有几句虽好，只是过于颓败凄楚。此亦关人之气数而有，所以我出来止住。

高傲孤僻的妙玉，竟然关心起这两位姑娘未来的命运了，这是因为古人相信，诗歌风格是人格的反映，而既然人格会决定命运，所以诗歌风格也会影响人的气数，但湘云、黛玉的联句里却出现了“太悲凉”“过于颓败凄楚”的诗句，尤其是黛玉的“冷月葬诗魂”，连湘云一听都觉得不祥，认为“太颓丧了些”，对于生病的人，这样“过于清奇诡谲之语”并不是好兆头，难怪妙玉要出来阻止，然后三个人一同来到栊翠庵，继续把诗完成。这时妙玉自告奋勇，担任续诗的任务，提起笔一挥而就，并且说明一定要这样续诗的原因，就是：“依我必须如此，方翻转过来。虽前头有凄楚之句，亦无甚碍了。”看来，她不只是想止住黛玉的厄运，还想帮她扭转厄运，所以用她的续诗把前面的阴影给翻转过来，希望给湘云、黛玉一个比较平安顺利的人生。

情商点评

这样的好心，在人世间并不常见，何况，妙玉和大观园里的人平常很少往来，彼此并没有什么交情，通常不必对别人关心到这种程度。但这时她竟然担心两位金钗的气数，可见在她高傲冷漠的外表之下，实际上有一份温暖柔软的心肠，妙玉这个人也就有了温度。

有了温度，才会有高情商，妙玉高情商的表现，比起王熙凤、薛宝钗，也是毫不逊色。前面我们看到妙玉对贾母的细心招待，就证明了这一点。而妙玉内心中的温度，总是隐藏在冰山下面，所以非常耐人寻味。我们再举两个例子。第五十回的芦雪庵联句后，宝玉又是最后一名，被社长李纨处罚，去向栊翠庵取一枝红梅花回来，宝玉完成了任务，笑嘻嘻地背了一枝红梅进来，让大家欣赏。再后来宝玉又去了栊翠庵一趟，收获更大，他笑着向宝钗、黛玉人说道：“我才又到了栊翠庵。妙玉每人送你们一枝梅花，我已经打发人送去了。”众人都笑说：“多谢你费心。”可见妙玉也是乐于分享的人，并非真的孤僻。

但是，比起送梅花来，妙玉心底的那一道温泉，主要是流淌到了邢岫烟那里。邢岫烟的故事前面已经介绍过了，连凤姐都看出她是个温厚可疼的人，但家贫命苦，所以特别照顾她。不过最早给邢岫烟温暖的人，却是妙玉。

第六十三回交代了这段温馨的友谊，岫烟笑道：她和妙玉在苏州做过十年的邻居，只一墙之隔。妙玉在蟠香寺修行，而邢岫烟家则是贫寒穷困，租的是她庙里的房子，住了十年，没事就到她庙里去做伴。岫烟所认的字，都是妙玉所教授的。两人之间建立起患难之交，又有半师徒的情分。后来因为邢岫烟家投靠亲戚

第六十三回
↓
扩展阅读 2

去了，离开了苏州。后听说妙玉因为不合时宜，权势不容，竟投到贾府这里来了，如今又天缘凑合，两人就在贾府再次相遇，过去的旧情竟然没有改变，甚至承蒙妙玉的青睐重视，更胜以往。

所以，妙玉从来没有轻视贫穷的岫烟，不但让她一起做伴，像平等的姐妹一样，还教她读书识字，一点儿也不势利，这种贫贱之交最是难能可贵。等到两人在贾府又遇见了，妙玉也没有忘了旧情，对岫烟更加看重，所以岫烟才会到栊翠庵去找妙玉谈天说话。

情商点评

这种念旧的心肠，不就是最美的人心吗？而妙玉给邢岫烟的尊重，尤其是教她读书识字，都让岫烟有了更大的提升，岫烟会长成这么一个温厚可疼的好女儿，妙玉也是有功劳的。

所以说，妙玉的高情商就好比冰山下的一道温泉，表面上看不出来，其实可以抚慰、治愈人心，这正是情商的最高境界。所以我们说妙玉也拥有高情商，一点儿也没有高估、过誉啊。

最后，我们总结一下这一章所讲的情商特质：

第一，培养感恩图报的良心，懂得配合别人。

第二，能够享受孤独，也能够乐于分享。

第三，也是最重要的，心存慈善，关心别人，并且无私地付出。

这就是妙玉的高情商。下一章我们要谈贾府的大家长贾母，她不只是被奉承讨好的老祖宗而已，作为贾家最德高望重的人，我们来了解她到底拥有怎样的高情商。

扩展阅读 1

第七十六回　凸碧堂品笛感凄情　凹晶馆联诗悲寂寞

湘云方欲联时，黛玉指池中黑影与湘云看道："你看那河里怎么像个人在黑影里去了，敢是个鬼罢？"湘云笑道："可是又见鬼了。我是不怕鬼的，等我打他一下。"因弯腰拾了一块小石片向那池中打去，只听打得水响，一个大圆圈将月影荡散复聚者几次。只听那黑影里嘎然一声，却飞起一个大白鹤来，直往藕香榭去了。黛玉笑道："原来是他，猛然想不到，反吓了一跳。"湘云笑道："这个鹤有趣，倒助了我了。"因联道：

窗灯焰已昏。

寒塘渡鹤影，

林黛玉听了，又叫好，又跺足，说："了不得，这鹤真是助他的了！这一句更比'秋湍'不同，叫我对什么才好？'影'字只有一个'魂'字可对，况且'寒塘渡鹤'何等自然，何等现成，何等有景且又新鲜，我竟要搁笔了。"湘云笑道："大家细想就有了，不然就放着明日再联也可。"黛玉只看天，不理他，半日，猛然笑道："你不必捞嘴，我也有了，你听听。"因对道：

冷月葬诗魂。

湘云拍手赞道："果然好极！非此不能对。好个'葬诗魂'！"因又叹道："诗固新奇，只是太颓丧了些。你现病着，不该作此过于清奇诡谲之语。"黛玉笑道："不如此如何压倒你。下句竟还未得，只为用工在这一句了。"

一语未了，只见栏外山石后转出一个人来，笑道：“好诗，好诗，果然太悲凉了。不必再往下联，若底下只这样去，反不显这两句了，倒觉得堆砌牵强。”二人不防，倒唬了一跳。细看时，不是别人，却是妙玉。

二人皆诧异，因问：“你如何到了这里？”妙玉笑道：“我听见你们大家赏月，又吹的好笛，我也出来玩赏这清池皓月。顺脚走到这里，忽听见你两个联诗，更觉清雅异常，故此听住了。只是方才我听见这一首中，有几句虽好，只是过于颓败凄楚。此亦关人之气数而有，所以我出来止住。如今老太太都已早散了，满园的人想俱已睡熟了，你两个的丫头还不知在那里找你们呢。你们也不怕冷了？快同我来，到我那里去吃杯茶，只怕就天亮了。”黛玉笑道：“谁知道就这个时侯了。”

三人遂一同来至栊翠庵中。只见龛焰犹青，炉香未烬。几个老嬷嬷也都睡了，只有小丫鬟在蒲团上垂头打盹。妙玉唤他起来，现去烹茶。忽听叩门之声，小丫鬟忙去开门看时，却是紫鹃翠缕与几个老嬷嬷来找他姊妹两个。进来见他们正吃茶，因都笑道：“要我们好找，一个园里走遍了，连姨太太那里都找到了。才到了那山坡底下小亭里找时，可巧那里上夜的正睡醒了。我们问他们，他们说，方才亭外头棚下两个人说话，后来又添了一个，听见说大家往庵里去。我们就知是这里了。”妙玉忙命小丫鬟引他们到那边去坐着歇息吃茶。自取了笔砚纸墨出来，将方才的诗命他二人念着，遂从头写出来。

黛玉见他今日十分高兴，便笑道：“从来没见你这样高兴。我也不敢唐突请教，这还可以见教否？若不堪时，便就烧了；若或可政，即请改正改正。”妙玉笑道：“也不敢妄加评赞。只是这才有了二十二韵。我意思想着你二位警句已出，再若续时，恐后力不加。我竟要续貂，又恐有玷。”黛玉从没见妙玉作过诗，今见他高兴如此，忙说："果然如此，我们的虽不好，亦可以带好了。"妙玉道："如今收结，到底还该归到本来面目上去。若只管丢了真情真事且去搜奇捡怪，一则失了咱们的闺阁面目，二则也与题目无涉了。"二人皆道极是。

妙玉遂提笔一挥而就，递与他二人道："休要见笑。依我必须如此，方翻转过来。虽前头有凄楚之句，亦无甚碍了。"二人接了看时，只见他续道：

香篆销金鼎，脂冰腻玉盆。

箫增嫠妇泣，衾倩侍儿温。

空帐悬文凤，闲屏掩彩鸳。

露浓苔更滑，霜重竹难扪。

犹步萦纡沼，还登寂历原。

石奇神鬼搏，木怪虎狼蹲。

赑屃朝光透，罘罳晓露屯。

振林千树鸟，啼谷一声猿。

歧熟焉忘径，泉知不问源。

钟鸣栊翠寺，鸡唱稻香村。

有兴悲何继，无愁意岂烦。

芳情只自遣，雅趣向谁言。

彻旦休云倦，烹茶更细论。

后书：《右中秋夜大观园即景联句三十五韵》。

黛玉湘云二人皆赞赏不已，说："可见我们天天是舍近而求远。现有这样诗仙在此，却天天去纸上谈兵。"妙玉笑道："明日再润色。此时想也快天亮了，到底要歇息歇息才是。"林史二人听说，便起身告辞，带领丫鬟出来。妙玉送至门外，看他们去远，方掩门进来。不在话下。

扩展阅读 2

第六十三回　寿怡红群芳开夜宴　死金丹独艳理亲丧

这里宝玉梳洗了正吃茶，忽然一眼看见砚台底下压着一张纸，因说道："你们这随便混压东西也不好。"袭人晴雯等忙问："又怎么了，谁又有了不是了？"宝玉指道："砚台下是什么？一定又是那位的样子忘记了收的。"晴雯忙启砚拿了出来，却是一张字帖儿，递与宝玉看时，原来是一张粉红笺子，上面写着"槛外人妙玉恭肃遥叩芳辰"。

宝玉看毕，直跳了起来，忙问："这是谁接了来的？也不告诉。"袭人晴雯等见了这般，不知当是那个要紧的人来的帖子，忙一齐问："昨儿谁接下了一个帖子？"四儿忙飞跑进来，笑说："昨儿妙玉并没亲来，只打发个妈妈送来。我就搁在那里，谁知一顿酒就忘了。"众人听了，道："我当谁的，这样大惊小怪，这也不值的。"宝玉忙命："快拿纸来。"当时拿了纸，研了墨，看他下着"槛外人"三字，自己竟不知回帖上回个什么字样才相敌。只管提笔出神，半天仍没主意。因又想："若问宝钗去，他必又批评怪诞，不如问黛玉去。"

想罢，袖了帖儿，径来寻黛玉。刚过了沁芳亭，忽见岫烟颤颤巍巍的迎面走来。宝玉忙问："姐姐那里去？"岫烟笑道："我找妙玉说话。"宝玉听了诧异，说道："他为人孤癖，不合时宜，万人不入他目。原来他推重姐姐，竟知姐姐不是我们一流的俗人。"岫烟笑道："他也未必真心重我，但我和他做过十年的邻居，只一墙之隔。他在蟠香寺修炼，我家原寒素，赁房居住，就赁的是他庙里的房子，住了十年，无事到他庙里去作伴。我所认的字都是承他所授。我和他又是贫贱之交，又有半师之分。因我们投亲去了，闻得他因不合时宜，权势不容，竟投到这里来。如今又天缘凑合，我们得遇，旧情竟未易。承他青目，更胜当日。”

第十三章
收敛自我表达的欲望
——贾母的沉稳气度

故事提要

①贾母不曾见过世间疾苦，却能温柔体恤小道士、女伶们。

②对复杂的家庭关系，位高权重的贾母有适当抽身的智慧。

在上一章里，我们看到了妙玉含而不露的高情商，由于她的家世背景，所以妙玉在孝敬贾母的礼数上，并不亚于王熙凤、薛宝钗；更重要的是她有善良、念旧的品格，对贫穷孤苦的邢岫烟，一点儿也没有势利心，更是关心史湘云、林黛玉的命运，主动热心地帮她们续写诗歌，以翻转命运的阴影。但是，所谓的一山还有一山高，这一章里，我们就要来谈谈《红楼梦》里情商更高的人物，那就是贾母。

1. 同理心："把脚放进别人的鞋里"

在贾府上千双犀利的眼睛里，王熙凤还不是最干练、最有才智的人，比王熙凤更厉害的，那就是贾府最伟大的家长——贾母。

第七十一回 → 扩展阅读 1

我们先来看一段故事。第七十一回贾母过八十大寿的生日，整个家族的人都来祝寿，场面非常盛大热闹，其中，玉字辈的贾瑞之母带了女儿喜鸾，贾琼之母也带了女儿四姐儿来了，贾母特别喜欢喜鸾和四姐儿这两个，于是留下她们住两天再回去。当时，贾母忽想起一事来，忙唤一个老婆子来，吩咐他：“到园里各处女人们跟前嘱咐嘱咐，留下的喜姐儿和四姐儿，虽然穷，也和家里的姑娘们是一样，大家照看经心些。我知道咱们家的男男女女都是‘一个富贵心，两只体面眼’，未必把他两个放在眼里。有人小看了他们，我听见可不依。”

我们可以清楚看到，贾母一辈子活在富贵场里，过惯了高高在上的生活，却一点儿也不傲慢，对于比较穷困的族人，完全没有轻视、看不起的态度，反倒一视同仁，当作自家千金小姐一样地爱惜。这已经是非常难能可贵了，但她又想到其他人未必如此，所以动用了老祖宗的权威，命令家里的仆人也不可以亏待她们，要像对自家姑娘一样尊重，这就更是设想周到了。你看大家是怎么赞叹贾母的聪慧的：当时鸳鸯听了贾母的交代，就说她要亲自出马传话，大家才会听进去，于是直接到了大观园，找到探春那里，见到了众人，把方才贾母的话说了一遍。

李纨忙起身听了，就叫人把各处的头儿唤了一个来。令他们传与诸人知道。不在话下。

这里尤氏笑道：“老太太也太想的到，实在我们年轻力壮的人捆上十个也赶不上。”李纨道：“凤丫头仗着鬼聪明儿，还离脚踪儿不远。咱们是不能的了。”

尤氏、李纨都是管家的人了，一个在宁国府，一个在荣国府，她们深深知道人情世故的复杂，却还是没有想到这一层，因此这段对话说明了贾母思考缜密，简直是十个年轻人才比得上。

情商点评

贾母能成为贾家的精神领袖，并不只是贾家注重伦理孝道的缘故，而是贾母本身就是一个值得敬佩的人，足以成为全家人的道德表率。

贾母为什么能有这样值得尊敬的精神品格呢？因为她拥有设身处地的同理心，也就是将心比心，把自己换成别人，代入别人的处境，能够了解别人的感受。如同英文谚语里所说的："把脚放进别人的鞋子里。"这么一来，你才能知道连一粒沙都会让人痛到走不下去。同理心是指能够正确感受他人的想法和情绪，进而做到相互理解、彼此关怀和情感上的融洽，误会也就减少了。

贾府的大家长贾母可是最富有同理心的呢！我们再举几个例子来看。

第二十九回 → 扩展阅读 2

第二十九回，初一日贾府在清虚观打醮，打醮就是去道观里祈福做法事，一路上人马浩浩荡荡，到了清虚观，贾母准备要下轿子，凤姐正要来搀扶，

可巧有个十二三岁的小道士儿，拿着剪筒，照管剪各处蜡花，正欲得便且藏出去，不想一头撞在凤姐儿怀里。凤姐便一扬手，照脸一下，把那小孩子打了一个筋斗，骂道："野牛肏的，胡朝那里跑！"那小道士也不顾拾烛剪，爬起来往外还要跑。正值宝钗等下车，众婆娘媳妇正围随的风雨不透，但见一个小道士滚了出来，都喝声叫"拿，拿，拿！打，打，打！"

同理心是正确感受他人的想法和情绪。

贾母听了忙问："是怎么了？"贾珍忙出来问。凤姐上去搀住贾母，就回说："一个小道士儿，剪灯花的，没躲出去，

这会子混钻呢。”贾母听说，忙道：“快带了那孩子来，别唬着他。小门小户的孩子，都是娇生惯养的，那里见的这个势派。倘或唬着他，倒怪可怜见的，他老子娘岂不疼的慌？”说着，便叫贾珍去好生带了来。贾珍只得去拉了那孩子来。

那孩子还一手拿着蜡剪，跪在地下乱战。贾母命贾珍拉起来，叫他别怕。问他几岁了。那孩子通说不出话来。贾母还说“可怜见的”，又向贾珍道：“珍哥儿，带他去罢。给他些钱买果子吃，别叫人难为了他。”

一个陌生的小道士，被吓得浑身发抖、说不出话来，贾母竟然心疼成这样，一再说“可怜见的”，贾母是想到什么呢？让我们先想一想，一般来说，一个小孩会出家当道士，不是家里太穷，就是父母双亡，这个小道士小小年纪就要负责剪各处的蜡烛灯花，可见也是苦命的人家出身，因此，贾母会心疼他，这不就是一种慈悲的同情吗？更令人感动的是，贾母又想到这个小道士的妈妈如果知道了，不知该有多么心疼。天下有哪一个做母亲的，会忍心自己的孩子被吓成这样呢？即使这个小道士的母亲已经不在人世，她在九泉之下，应该也会很感激贾母这样疼惜她的孩子吧！所以说，贾母的心，博大到像是天下母亲的心，所以才会感受到小道士母亲的心情，替她疼惜这个苦命的孩子。贾母果真像一个伟大的保护神。

同样地，对于家里的十二个女伶——贾府的女乐官——琪官、芳官等人，贾母也不是只把她们当作娱乐工具，而是体贴她们也都还只是年纪轻轻的少女。所以，第四十回刘姥姥逛大观园的时候，大家正说着话，忽然一阵风吹过，隐隐听到了音乐的声音，贾母就问：

第四十回 → 扩展阅读 3

“是谁家娶亲呢？这里临街倒近。”王夫人等笑回道：“街上的那里听得见，这是咱们的那十几个女孩子们演习吹打呢。”贾母便笑道：“既是他们演，何不叫他们进来演习。他们也逛一逛，咱们可又乐了。”

贾母在自己娱乐的时候，也没有忘记给别人好处，所以特别叫那些女孩子进大观园来演习，也是让她们可以趁机逛一逛、玩一玩的好意。这不就叫作两全其美吗？而这种你对我好、我也对你好的两全其美，正是人与人之间最美的境界。

2. 位高权重者的沉默

这样的贾母，既然很能够替别人设想，就绝对不会因为自己是呼风唤雨的老祖宗，就为所欲为、作威作福，她甚至体恤到当家者的辛苦，所以常常忍下自己的想法，不强加在王熙凤身上，等到凤姐自己想到了，她才顺水推舟。例如第五十一回，冬天来了，金钗们三餐时都得在园子里、贾母房中来回往返，于是王熙凤便和贾母、王夫人商议说：“天又短又冷，不如以后大嫂子带着姑娘们在园子里吃饭一样。等天长暖和了，再来回的跑也不妨。”王夫人一听，就笑道：“这也是好主意，刮风下雪倒便宜。吃些东西受了冷气也不好；空心走来，一肚子冷风，压上些东西也不好。不如后园门里头的五间大房子，横竖有女人们上夜的，挑两个厨子女人在那里，单给他姊妹们弄饭。”贾母道：“我也正想着呢，就怕又添一个厨房多事些。”凤姐道：“并不多事。一样的分例，这里添了，那里减了。就便多费些事，小姑娘们冷风朔气的，别人还可，第一林妹妹如何禁得住？就连宝兄弟也禁不住，何况众位姑娘。”贾母道：“正是这话了。上次我要说这话，我见你们的

贾母明白，只要她一张口，周围人即便为难，也必会照办，所以选择适当沉默也是一种体恤他人的高情商。

大事太多了，如今又添出这些事来，你们固然不敢抱怨，未免想着我只顾疼这些小孙子孙女儿们，就不体贴你们这当家人了。你既这么说出来，更好了。”

由此可见，贾母的爱真是雨露均沾，广大无边，对所有的人都给予最真诚的关怀和照顾，不给他们添麻烦。

3. 你愿息事宁人，还是唯恐天下不乱？

贾母是比凤姐更聪明、更有经验的老祖宗，因此处理起事情来，更是绝顶高明。请想一想：既然贾母又聪明、又体贴，那么，她对家族的人事纷扰、财务缺口这两件大事，又是怎样面对的呢？在这两个问题上，可真是体现贾母高情商的绝佳例证了。

举一个《红楼梦》中不易被察觉的例子，小说到了后半部，曹雪芹开始写到贾家在巨大的财务缺口下，只好靠典当、借贷这些方法来应付，但没想到屋漏偏逢连夜雨，一下子竟然青黄不接，连靠王熙凤典当首饰、收回高利贷都没法应付了，于是只能想别的法子。请看第七十二回怎么说：

第七十二回 → 扩展阅读 4

（贾琏）向鸳鸯道：“这两日因老太太的千秋，所有的几千两银子都使了。几处房租地税通在九月才得，这会子竟接不上。明儿又要送南安府里的礼，又要预备娘娘的重阳节礼，还有几家红白大礼，至少还得三二千两银子用，一时难去支借。俗语说，‘求人不如求己’。说不得，姐姐担个不是，暂且把老太太查不着的金银家伙偷着运出一箱子来，暂押千数两银子支腾过去。不上半年的光景，银子来了，我就赎了交还，断不能叫姐姐落不是。”

鸳鸯听了，笑道：“你倒会变法儿，亏你怎么想来。”

你看，真是“家家有本难念的经”，贾府的外强中干确实是外人无法了解的辛酸，只因一下子之间忽然冒出了好几个应酬，就得要多花两三千两银子。这可是一笔大数目，连凤姐这样机关算尽，都到了山穷水尽、走投无路的地步，贾琏这才想出这样一个向贾母找财源的办法。而贾母的所有东西都是鸳鸯经手管理的，于是和鸳鸯商量，借一些贾母暂时用不到的贵重东西去典当。幸亏鸳鸯能够理解这种无可奈何，所以也悄悄地帮了忙，暂时堵住这个两三千两银子的缺口。

第七十四回 → 扩展阅读 5

但是，你可能会怀疑：偷贾母的东西去典当，这不是一件正当的事吧？正派的鸳鸯怎么可能辜负贾母对她的信任，去做背叛贾母的事呢？而贾母既然是一个聪慧精明的人，这件事能瞒得了她吗？这些问题的答案，就在第七十四回里。这一回说，贾琏和平儿密谋的这件事不知为什么泄露了，被贾琏的母亲邢夫人知道，她竟然利用这件事勒索儿子，要贾琏给她二百两，类似我们现在说的封口费。贾琏无可奈何，最后还是凤姐权衡轻重，拿出自己的金项圈去当铺，暂时押二百两银子送去给婆婆，息事宁人。然后，凤姐和平儿猜疑揣测，到底是谁人走漏的风声，竟拟不出人来，而凤姐最担心的是，这件事很可能会连累了鸳鸯，她说：

“在你琏二爷还无妨，只是鸳鸯，正经女儿，带累了他受屈，岂不是咱们的过失。”

平儿笑道：“这也无妨。鸳鸯借东西，看的是奶奶，并不为的是二爷。一则鸳鸯虽应名是他私情，其实他是回过老太太的。老太太因怕孙男弟女多，这个也借，那个也要，到跟前撒个娇儿，和谁要去，因此只装不知道。纵闹了出来，究竟那也无碍。”

这下就非常清楚了吧，鸳鸯既然是一个像平儿、袭人一样可靠的人，怎么可能背着贾母做这样的事，那可是越俎代庖的大罪呀！

情商点评

所以说，对于这件事，贾母其实是心知肚明的，而且贾母也完全了解凤姐的性格，非不得已，不会做到这步田地，因此顺水推舟，睁一只眼、闭一只眼，让鸳鸯去帮助凤姐解决这个棘手的难题。但贾母又是何等的聪慧，她知道一旦开了这个先例，别的子孙一定也会想要循例办理，大家都来借钱、要东西，那就没完没了，而且在不可能完全公平的情况下，一定会引发彼此的猜疑、忌妒，那不是更让家族分崩离析了吗？这时候，“装作不知道”就是最好的办法了。

所以说，从这件事我们也可以清楚地看到，面对家族的纷扰，贾母同样是以高情商来面对，她深深了解凤姐理家的辛苦和为难，所以愿意私底下帮助她，贾母可以说是凤姐理家最大的后盾。但怎么帮？这就得要靠大智慧，不是胡乱插手就可以，帮的方法不对，反倒会制造出大麻烦，那就追悔莫及了。

在这里，我们可以参考一位皇帝的大智慧，他在历史上虽并不是很有名，但他的想法和做法，对于我们现代人来说，非常发人深省。

这位皇帝就是唐代宗，《资治通鉴》里面记载了一段很有趣的故事：郭子仪在安史之乱中立了大功，他的儿子郭暧娶了唐代宗的女儿升平公主，当上了驸马爷，有一次，小夫妻俩吵架，面对骄纵的公主，郭暧一气之下就反击说，你仗着你父亲是皇帝吗？

这皇帝的位子可是我父亲看不上的！言下之意，就是说如果郭子仪当初想当皇帝，你现在就不是公主啦，有什么好嚣张的！公主听了非常生气，回娘家去告“御状”，却万万没有想到，唐代宗竟然说，郭暧说的没错，然后劝慰公主回郭家。而郭子仪也听到了这件事，简直气坏了，就把这个口无遮拦的郭暧捆绑起来，送到皇宫去请罪。这时，唐代宗又对郭子仪说了一句很有智慧的话，他引用了谚语说：“不痴不聋，不做阿姑翁。”意思是，当人家公婆的人，要装聋作哑，不要介入子女的婚姻，夫妻吵架时所说的话，长辈不需要当真，只要他们自己和好了，那些气话自然就消失了；而长辈一当真，反倒让事情更复杂、更伤感情，破坏了儿女的婚姻。所以唐代宗并没有处罚郭暧，让夫妻两个自己去修补。你看，唐代宗是个高高在上的皇帝，他这么赦免郭暧，不仅是宽洪大量，更可贵的是他有理性、有智慧，因此才保住了郭暧的婚姻幸福，也维持了君臣关系的和谐，这最是令人赞叹不已。

情商点评

看完了这个故事，再回到贾母身上，我们也可以看到同样的高情商。贾母也从来没有倚老卖老，介入儿女子孙的是是非非中。我们在小说里，非但没有见到一次这样的作为，相反地，她总是尽量避免制造纷争，从来不在儿孙面前批评其配偶。并且，在贾琏、鸳鸯典当东西的这件事情上，她也是装聋作哑，既帮助了凤姐，又避免了其他的烦恼。所以说，高情商的秘诀之一，就是要懂得权衡轻重，该闭一只眼、该少说话的时候，就不妨装聋作哑，所谓的沉默是金，那也是大智慧、高情商的一种表现。

最后，我们总结一下这一章所讲的情商特质：

第一，培养适当的“同理心”，站在别人的立场体会他的感受，这样可以怜惜弱势者、体恤办事者，创造和谐的人际环境。

第二，懂得适当地抽身出来。身为有权力的人，更要懂得收敛，以免过于强势，伤害了别人。

这就是贾母高情商的真正原因。下一章，我们要继续谈贾府的第二代女家长王夫人，看看她为什么可以受到贾母的信任，接替贾母执掌理家的职权，又有哪些值得学习的高情商。

扩展阅读 1

第七十一回　嫌隙人有心生嫌隙　鸳鸯女无意遇鸳鸯

至次日一早，见过贾母，众族人都到齐，坐席开戏。贾母高兴，又见今日无远亲，都是自己族中子侄辈，只便衣常妆出来，堂上受礼。当中独设一榻，引枕靠背脚踏俱全，自己歪在榻上。榻之前后左右，皆是一色的小矮凳，宝钗、宝琴、黛玉、湘云、迎春、探春、惜春姊妹等围绕。因贾瑞之母也带了女儿喜鸾，贾琼之母也带了女儿四姐儿，还有几房的孙女儿，大小共有二十来个。贾母独见喜鸾和四姐儿生得又好，说话行事与众不同，心中喜欢，便命他两个也过来榻前同坐。宝玉却在榻上脚下与贾母捶腿。

首席便是薛姨妈，下边两溜皆顺着房头辈数下去。帘外两廊都是族中男客，也依次而坐。先是那女客一起一起行礼，后方是男客行礼。贾母歪在榻上，只命人说“免了罢”，早已都行完了。然后赖大等带领众家人，从仪门直跪至大厅上，磕头礼毕，又是众家下媳妇，然后各房的丫鬟，足闹了两三顿饭时。然后又抬了许多雀笼来，在当院中放了生。贾赦等焚过了天地寿星纸，方开戏饮酒。直到歇了中台，贾母方进来歇息，命他们取便，因命凤姐儿留下喜鸾四姐儿顽两日再去。凤姐儿出来便和他母亲说，他两个母亲素日都承凤姐的照顾，也巴不得一声儿。他两个也愿意在园内顽耍，至晚便不回家了。

…………

贾母因问：“你在那里来。”宝琴道：“在园里林姐姐屋里大家说话的。”贾母忽想起一事来，忙唤一个老婆子来，吩咐他：“到园里各处女人们跟前嘱咐嘱咐，留下的喜姐儿和四姐儿，虽然穷，也和家里的姑娘们是一样，大家照看经心些。我知道咱们家的男男女女都是‘一个富贵心，两只体面眼’，未必把他两个放在眼里。有人小看了他们，我听见可不依。”婆子应了方要走时，鸳鸯道：“我说去罢。他们那里听他的话。”说着，便一径往园子来。

先到稻香村中，李纨与尤氏都不在这里。问丫鬟们，说：“都在三姑娘那里呢。”鸳鸯回身又来至晓翠堂，果见那园中人都在那里说笑。见他来了，都笑说：“你这会子又跑来做什么？”又让他坐。鸳鸯笑道：“不许我也逛逛么？”于是把方才的话说了一遍。李纨忙起身听了，就叫人把各处的头儿唤了一个来。令他们传与诸人知道。不在话下。

扩展阅读 2

第二十九回　享福人福深还祷福　痴情女情重愈斟情

单表到了初一这一日，荣国府门前车辆纷纷，人马簇簇。那底下凡执事人等，闻得是贵妃作好事，贾母亲去拈香，正是初一日乃月之首日，况是端阳节间，因此凡动用的什物，一色都是齐全的，不同往日。

少时，贾母等出来。贾母坐一乘八人大轿，李氏、凤姐儿、薛姨妈每人一乘四人轿。宝钗、黛玉二人共坐一辆翠盖珠缨八宝车。迎春、探春、惜春三人共坐一辆朱轮华盖车。然后贾母的丫头鸳鸯、鹦鹉、琥珀、珍珠，林黛玉的丫头紫鹃、雪雁、春纤，宝钗的丫头莺儿、文杏，迎春的丫头司棋、绣桔，探春的丫头待书、翠墨，惜春的丫头入画、彩屏，薛姨妈的丫头同喜、同贵，外带着香菱、香菱的丫头臻儿，李氏的丫头素云、碧月，凤姐儿的丫头平儿、丰儿、小红，并王夫人两个丫头也要跟了凤姐儿去的是金钏、彩云，奶子抱着大姐儿带着巧姐儿另在一车，还有两个丫头，一共又连上各房的老嬷嬷奶娘并跟出门的家人媳妇子，乌压压的占了一街的车。

贾母等已经坐轿去了多远，这门前尚未坐完。这个说“我不同你在一处”，那个说“你压了我们奶奶的包袱”，那边车上又说“蹭了我的花儿”，这边又说“碰折了我的扇子”，咭咭呱呱，说笑不绝。周瑞家的走来过去的说道：“姑娘们，这是街上，看人笑话。”说了两遍，方觉好了。前头的全副执事摆开，早已到了清虚观了。宝玉骑着马，在贾母轿前。街上人都站在两边。

将至观前，只听钟鸣鼓响，早有张法官执香披衣，带领众道士在路旁迎接。贾母的轿刚至山门以内，贾母在轿内因看见有守门大帅并千里眼、顺风耳，当方土地、本境城隍各位泥胎圣像，便命住轿。贾珍带领各子弟上来迎接。

凤姐儿知道鸳鸯等在后面，赶不上来搀贾母，自己下了轿，忙要上来搀。可巧有个十二三岁的小道士儿，拿着剪筒，照管剪各处蜡花，正欲得便且藏出去，不想一头撞在凤姐儿怀里。凤姐便一扬手，照脸一下，把那小孩子打了一个筋斗，骂道："野牛肏的，胡朝那里跑！"那小道士也不顾拾烛剪，爬起来往外还要跑。正值宝钗等下车，众婆娘媳妇正围随的风雨不透，但见一个小道士滚了出来，都喝声叫"拿，拿，拿！打，打，打！"

贾母听了忙问："是怎么了？"贾珍忙出来问。凤姐上去搀住贾母，就回说："一个小道士儿，剪灯花的，没躲出去，这会子混钻呢。"贾母听说，忙道："快带了那孩子来，别唬着他。小门小户的孩子，都是娇生惯养的，那里见的这个势派。倘或唬着他，倒怪可怜见的，他老子娘岂不疼的慌？"说着，便叫贾珍去好生带了来。贾珍只得去拉了那孩子来。

那孩子还一手拿着蜡剪，跪在地下乱战。贾母命贾珍拉起来，叫他别怕。问他几岁了。那孩子通说不出话来。贾母还说"可怜见的"，又向贾珍道："珍哥儿，带他去罢。给他些钱买果子吃，别叫人难为了他。"贾珍答应，领他去了。这里贾母带着众人，一层一层的瞻拜观玩。外面小厮们见贾母等进入二层山门，忽见贾珍领了一个小道士出来，叫人来带去，给他几百钱，不要难为了他。家人听说，忙上来领了下去。

扩展阅读 3

第四十回　史太君两宴大观园　金鸳鸯三宣牙牌令

凤姐儿等来至探春房中，只见他娘儿们正说笑。探春素喜阔朗，这三间屋子并不曾隔断。当地放着一张花梨大理石大案，案上磊着各种名人法帖，并数十方宝砚，各色笔筒，笔海内插的笔如树林一般。那一边设着斗大的一个汝窑花囊，插着满满的一囊水晶球儿的白菊。西墙上当中挂着一大幅米襄阳《烟雨图》，左右挂着一副对联，乃是颜鲁公墨迹，其词云：

烟霞闲骨格　泉石野生涯

案上设着大鼎。左边紫檀架上放着一个大观窑的大盘，盘内盛着数十个娇黄玲珑大佛手。右边洋漆架上悬着一个白玉比目磬，旁边挂着小锤。那板儿略熟了些，便要摘那锤子要击，丫鬟们忙拦住他。他又要佛手吃，探春拣了一个与他说："玩罢，吃不得的。"东边便设着卧榻，拔步床上悬着葱绿双绣花卉草虫的纱帐。板儿又跑过来看，说"这是蝈蝈，这是蚂蚱"。刘姥姥忙打了他一巴掌，骂道："下作黄子，没干没净的乱闹。倒叫你进来瞧瞧，就上脸了。"打的板儿哭起来，众人忙劝解方罢。贾母因隔着纱窗往后院内看了一回，说道："后廊檐下的梧桐也好了，就只细些。"

正说话，忽一阵风过，隐隐听得鼓乐之声。贾母问"是谁家娶亲呢？这里临街倒近。"王夫人等笑回道："街上的那里听的见，这是咱们的那十几个女孩子们演习吹打呢。"贾母便笑道："既是他们演，何不叫他们进来演习。他们也逛一逛，咱们可又乐了。"凤姐听说，忙命人出去叫来，又一面吩咐摆下条桌，铺上红毡子。贾母道："就铺排在藕香榭的水亭子上，借着水音更好听。回来咱们就在缀锦阁底下吃酒，又宽阔，又听的近。"众人都说那里好。

扩展阅读 4

第七十二回　王熙凤恃强羞说病　来旺妇倚势霸成亲

平儿答应着才迎出去，贾琏已找至这间房内来。至门前，忽见鸳鸯坐在炕上，便煞住脚，笑道：“鸳鸯姐姐，今儿贵脚踏贱地。”鸳鸯只坐着，笑道：“来请爷奶奶的安，偏又不在家的不在家，睡觉的睡觉。”贾琏笑道：“姐姐一年到头辛苦服侍老太太，我还没看你去，那里还敢劳动来看我们。正是巧的很，我才要找姐姐去。因为穿着这袍子热，先来换了夹袍子再过去找姐姐，不想天可怜，省我走这一趟，姐姐先在这里等我了。”一面说，一面在椅上坐下。

鸳鸯因问：“又有什么说的？”贾琏未语先笑道：“因有一件事，我竟忘了，只怕姐姐还记得。上年老太太生日，曾有一个外路和尚来孝敬一个蜡油冻的佛手，因老太太爱，就即刻拿过来摆着了。因前日老太太生日，我看古董帐上还有这一笔，却不知此时这件东西着落何方。古董房里的人也回过我两次，等我问准了好注上一笔。所以我问姐姐，如今还是老太太摆着呢，还是交到谁手里去了呢？”鸳鸯听说，便道：“老太太摆了几日厌烦了，就给了你们奶奶。你这会子又问我来。我连日子还记得，还是我打发了老王家的送来的。你忘了，或是问你们奶奶和平儿。”

平儿正拿衣服，听见如此说，忙出来回说：“交过来了，现在楼上放着呢。奶奶已经打发过人出去说过给了这屋里，他们发昏，没记上，又来叨登这些没要紧的事。”贾琏听说，笑道：“既然给了你奶奶，我怎么不知道，你们就昧下了。”平儿道：“奶奶告诉二爷，二爷还要送人，奶奶不肯，好容易留下的。这会子自己忘了，倒说我们昧下。那是什么好东西，什么没有的物儿。比那强十倍的东西也没昧下一遭，这会子爱上那不值钱的！”

贾琏垂头含笑想了一想，拍手道：“我如今竟糊涂了！丢三忘四，惹人抱怨，竟大不像先了。”鸳鸯笑道：“也怨不得。事情又多，口舌又杂，你再喝上两杯酒，那里清楚的许多。”一面说，一面就起身要去。

贾琏忙也立身说道：“好姐姐，再坐一坐，兄弟还有事相求。”说着便骂小丫头：“怎么不沏好茶来！快拿干净盖碗，把昨儿进上的新茶沏一碗来。”说着向鸳鸯道：“这两日因老太太的千秋，所有的几千两银子都使了。几处房租地税通在九月才得，这会子竟接不上。明儿又要送南安府里的礼，又要预备娘娘的重阳节礼，还有几家红白大礼，至少还得三二千两银子用，一时难去支借。俗语说，‘求人不如求己’。说不得，姐姐担个不是，暂且把老太太查不着的金银家伙偷着运出一箱子来，暂押千数两银子支腾过去。不上半年的光景，银子来了，我就赎了交还，断不能叫姐姐落不是。”

鸳鸯听了，笑道：“你倒会变法儿，亏你怎么想来。”贾琏笑道：“不是我扯谎，若论除了姐姐，也还有人手里管的起千数两银子的，只是他们为人都不如你明白有胆量。我若和他们一说，反吓住了他们。所以我‘宁撞金钟一下，不打破鼓三千’。”一语未了，忽有贾母那边的小丫头子忙忙走来找鸳鸯，说：“老太太找姐姐半日，我们那里没找到，却在这里。”鸳鸯听说，忙的且去见贾母。

扩展阅读 5

第七十四回 惑奸谗抄检大观园 矢孤介杜绝宁国府

一语未了，只见贾琏进来，拍手叹气道："好好的又生事！前儿我和鸳鸯借当，那边太太怎么知道了。才刚太太叫过我去，叫我不管那里先迁挪二百银子，做八月十五日节间使用。我回没处迁挪。太太就说：'你没有钱就有地方迁挪，我白和你商量，你就搪塞我，你就说没地方。前儿一千银子的当是那里的？连老太太的东西你都有神通弄出来，这会子二百银子，你就这样。幸亏我没和别人说去。'我想太太分明不短，何苦来要寻事奈何人。"凤姐儿道："那日并没一个外人，谁走了这个消息。"

平儿听了，也细想那日有谁在此，想了半日，笑道："是了。那日说话时没一个外人，但晚上送东西来的时节，老太太那边傻大姐的娘也可巧来送浆洗衣服。他在下房里坐了一会子，见一大箱子东西，自然要问，必是小丫头们不知道，说了出来，也未可知。"因此便唤了几个小丫头来问，那日谁告诉呆大姐的娘。众小丫头慌了，都跪下赌咒发誓，说："自来也不敢多说一句话。有人凡问什么，都答应不知道。这事如何敢多说。"

凤姐详情说："他们必不敢，倒别委屈了他们。如今把这事靠后，且把太太打发了去要紧。宁可咱们短些，又别讨没意思。"因叫平儿："把我的金项圈拿来，且去暂押二百银子来送去完事。"贾琏道："越性多押二百，咱们也要使呢。"凤姐道："很不必，我没处使钱。这一去还不知指那一项赎呢。"平儿拿去，吩咐一个人唤了旺儿媳妇来领去，不一时拿了银子来。贾琏亲自送去，不在话下。

这里凤姐和平儿猜疑，终是谁人走的风声，竟拟不出人来。凤姐儿又道："知道这事还是小事，怕的是小人趁便又造非言，生出别的事来。打紧那边正和鸳鸯结下仇了，如今听得他私自借给琏二爷东西，那起小人眼馋肚饱，连没缝儿的鸡蛋还要下蛆呢，如今有了这个因由，恐怕又造出些没天理的话来也定不得。在你琏二爷还无妨，只是鸳鸯，正经女儿，带累了他受屈，岂不是咱们的过失。”

平儿笑道：“这也无妨。鸳鸯借东西，看的是奶奶，并不为的是二爷。一则鸳鸯虽应名是他私情，其实他是回过老太太的。老太太因怕孙男弟女多，这个也借，那个也要，到跟前撒个娇儿，和谁要去，因此只装不知道。纵闹了出来，究竟那也无碍。”凤姐儿道：“理固如此。只是你我是知道的，那不知道的，焉得不生疑呢。”

第十四章
对别人好，要用对方能接受的方式
——良言一句三春暖的王夫人

故事提要

①王夫人巧妙维护刘姥姥的自尊心，不让刘姥姥感到被施舍。

②王夫人在帮助别人时，通常从别人的需求出发，而非只顾个人得失喜好。

在上一章里，我们看到了贾母的大智慧、高情商，她不但有很温暖的同理心，而且还能洞察人性，从不动用长辈的权威介入晚辈的家务事，所以保全了家族的和谐，难怪她可以在贾府的人际关系里游刃有余，成为一家仰望的老祖宗。而贾母年老“退休”之后，把理家的权力交给了王夫人，这又是一个绝妙的人事安排，因为她找到了最佳人选。那王夫人是怎样的人呢？接下来我们就来看一看，我们以往忽略了哪些重要的地方。

1. 别忘了疼惜他人的自尊心

首先，我们先来思考一个问题：刘姥姥一家贫苦，谁是帮助他们最多的人？刘姥姥第一次进荣国府，想要得到金钱的帮助渡过难关，她筹划这个计策的时候，唯一的希望是在哪里？又是谁慷慨解囊，使他们一家不致饿死，还可以进一步改变命运的？是的，这些问题的答案都是王夫人。

贾母是贾家的第二代贵族妇女，她表现出的真正的贵族风范，我们在前一章已经见过了，而贾家第三代妇女，也就是现任的女家长王夫人，是一个怎样的人呢？为什么精明聪慧的贾母，会把家务的治理大权交给她呢？

贾母有两个儿子，大儿子贾赦，因为嫡长子继承的制度，袭了爵位；二儿子贾政，当了工部员外郎，娶的正妻就是王夫人。那么，既然一般都是嫡长子担任一家之主，为什么贾母交棒的时候，却越过了长子贾赦和他的正妻邢夫人，托付给第二个儿子？其实，这一点也是符合伦理的做法，古时家族中母权很高，家务事不像朝廷的爵位继承，只要母亲做主，是可以有这种安排的。

读者往往因为太过关心宝玉、黛玉的幸福，也因此对阻拦二人感情的人抱有负面印象，王夫人就是其中之一。还有很多读者因为金钏之死和抄检大观园这两件事，对王夫人印象不佳，其实这两件事中也有很多容易忽略的内情，我们暂时按下不表。王夫人到底是个什么样的人？其实，曹雪芹一开始就告诉我们，王夫人是一个贵族女性的典范。刘姥姥之所以到贾府来打抽丰（假借名义、利用人情关系向人索取财物或赠予），她打的算盘就是王夫人；而她果然得到了二十两银子渡过难关，帮助刘姥姥的关键人物也是在王夫人。第六回中刘姥姥就对女儿、女婿说：

第六回 → 扩展阅读 1

他们（王）家的二小姐着实响快，会待人，倒不拿大。如今现是荣国府贾二老爷的夫人。听得说，如今上了年纪，越发怜贫恤老，最爱斋僧敬道，舍米舍钱的。如今王府虽升了边任，只怕这二姑太太还认得咱们。你何不去走动走动，或者他念旧，有些好处，也未可知。要是他发一点好心，拔一根寒毛比咱们的腰还粗呢。

刘姥姥说的二小姐，正是王夫人。由此看出，刘姥姥打的算盘，靠的就是王夫人的品格，包括“会待人，倒不拿大”，说得是懂得对待别人，不摆高傲的架子，而且越上年纪就越慈悲施舍，还有一个最重要的优良品格——“念旧”。如果不念旧，不顾念以前的亲友，那过去的这一点关系就没有用了。

那么，刘姥姥的运气好不好呢？真是太好了，当刘姥姥来到了贾府以后，证实了王夫人果然是又慈悲又念旧。我们看第六回怎么说：凤姐因为完全不认识刘姥姥一家，于是私底下派人去询问王夫人，

> （凤姐）又叫过周瑞家的去，问他才回了太太，说了些什么？周瑞家的道：“太太说，他们家原不是一家子，不过因出一姓，当年又与太老爷在一处作官，偶然连了宗的。这几年来也不大走动。当时他们来一遭，却也没空了他们。今儿既来了瞧瞧我们，是他的好意思，也不可简慢了他。便是有什么说的，叫奶奶裁度着就是了。”凤姐听了说道：“我说呢，既是一家子，我如何连影儿也不知道。”

这段话就很清楚了，其实刘姥姥的女婿王狗儿一家，和金陵王家根本没有血缘上的亲戚关系，这几年也很疏远，连人情都非常淡薄了，难怪王熙凤当家了几年，根本没听过这门亲戚。从这个情况来说，王夫人是可以不用破费帮助他们的。可是你看王夫人怎么交代王熙凤，她说：当年他们来过一趟，并没有让他们空手回去。意思是贾家以前也都帮助过他们，现在应该比照前例办理；但最值得我们欣赏、学习的，是下面这一句话：“今儿既来了瞧瞧我们，是他的好意思，也不可简慢了他。”这是什么意思？

意思是说，刘姥姥今天既然来看我们，这是她的好意，不可怠慢了她。可是，刘姥姥来到贾家，明明是有所图谋，想要利用过去的一点关系来向贾家要钱，根本不是一般意义上的“好意”。这一点王夫人其实是知道的，很久没有联络的穷亲戚上门，谁不知道大都是来借钱的？但是，王夫人多么厚道，她把人家的私心讲成是善心、好意，是对王家、贾家的挂念惦记，然后说，我们要感谢这份好意，不要怠慢了人家。这么一来，如果不帮助刘姥姥的话，反倒像是贾家亏欠了她呢！这样的心胸雅量，非常温暖宽厚，也果然证明了刘姥姥没看错，王夫人真的是“着实响快，会待人，倒不拿大”。

也正是因为王夫人有了这样的交代，王熙凤才会把原本要给丫头做衣裳的二十两银子送给刘姥姥，让刘姥姥喜得浑身发痒，终于解决了一家人快要饿死的难题。所以说，从头到尾，让刘姥姥一家渡过难关的关键就是王夫人，她是刘姥姥一家唯一的希望。而且，当凤姐得到了王夫人的指示以后，对刘姥姥说的话，也是非常宽厚善良的，值得我们学习，她说：

> 这是二十两银子，暂且给这孩子做件冬衣罢。若不拿着，就真是怪我了。

你看，送钱给人家，却又担心对方不接受，还先怪罪自己，如此谦卑，正是对别人的高度尊重，让受礼的人感觉到坦然。难怪王夫人会把家务交给凤姐代理，不只是因为凤姐太能干，还因为凤姐也有高情商。这也正是贾府良好的家风。

情商点评

从这里我们可以学会怎么对人说话。原来，说好话的前提是要存好心，用善意去解释对方的行为，真正看到对方的真心，这并不是做老好人、滥好人。虽然对方打着自己的盘算，但如果我们有能力帮助他，也决定去帮助他，那么就不妨把事情做得漂亮，让被帮助的人感到温暖，千万不要一边帮忙，又一边批评，伤到了别人的自尊心，这种傲慢的施舍一点也不可取。换句话说，与其让人家含泪接受，不如让人家含笑接受，这才是最优雅、最高贵的善良。

俗话说“良言一句三冬暖”，一句好话会让人在寒冬的时候都感到温暖，王夫人就是最好的典范。我常常感慨，多少人读到这一段，没有看到这几句话背后的深意，真是非常可惜。刘姥姥第二次来到贾府的时候，更是满载而归，而她的大丰收里，谁对她的帮助最多？又是谁对她的关心最彻底？这两个问题的答案仍然是王夫人。

2. 为他人好需要拿掉个人的得失

当刘姥姥已经逛完了大观园，演完了轰轰烈烈的喜剧，终于要回家时，贾家给她的回馈简直是涌泉以报，施比受要多得多。第四十二回说：刘姥姥跟着平儿到了那边屋里，只见堆着半炕的东西，里面包括许多人各自送她的礼物，这份礼物单子简直令人眼花缭乱，吃穿用度什么都有，但是，最用心，也最有用的，是王夫人所给的一百两。别人给的，都是现成的东西，算是借花献佛、顺手人情，顶多是王熙凤给了一包八两银子，以及贾母给的两个金银锞子，但这都远远比不上王夫人的大手笔。尤其是王夫人真心替刘姥姥设想，不但加码帮助她，而且为她想得更根本、更深远，她给这一百两是希望刘姥姥“拿去或者作个小本买卖，或者置几亩地，以后再别求亲靠友的”，从根本上解决了他们家的贫穷，从此可以过小康日子，不用再忍受乞讨的难堪了。贾家上上下下能够慷慨接济刘姥姥，已经是非常难得了，王夫人更是好人做到底，为了彻底改善刘姥姥一家的困境，不惜送她一百两，这不是真正的慈悲之心吗？

同样，王夫人连昂贵的人参都肯送人。第十二回贾瑞因为纵欲过度，生了重病，医生开给他“独参汤”，即只用人参来熬煮的汤，这是非常昂贵的药物，他的祖父只好向荣国府寻求帮助，王夫人也很慷慨，命凤姐称二两给他，但凤姐因为厌恶贾瑞，就回说刚好家里的都用完了，这时王夫人道：

第十二回 → 扩展阅读 2

> 就是咱们这边没了，你打发个人往你婆婆那边问问，或是你珍大哥哥那府里再寻些来，凑着给人家，吃好了，救人一命，也是你的好处。

我们看到，王夫人总是尽力帮助别人，希望能救人一命，连珍贵的人参都舍得送人，还帮忙到处去找，这不是非常宽厚慈悲吗？

另外，书里还写到不少类似的案例，我们就先看一看一般读者误会最大的芳官等女戏子的事情。这里要提醒读者注意的一个事实是：这些女戏子是为了元妃省亲的庆典，才被买来用的，平常就住在梨香院里；但是到了第五十八回，皇宫中有一位老太妃薨逝，为了表示举国哀悼，凡是各个官宦家豢养优伶的都一概蠲免遣发掉了，不再听戏娱乐。在这个形势下，贾家自然也不能例外，大家商议要怎样处理这十二个女戏子，当时宁国府的尤氏主张：“这些人原是买的，如今虽不学唱，尽可留着使唤。”

第五十八回 → 扩展阅读 3

当放下个人得失和情绪，真心替他人着想时，说出的话自然是温暖人心的。

我们先停在这里，请大家想一想，尤氏的考虑其实合情合理，花钱买来的人，既然不用唱戏，也该做些别的事，不妨转作女仆来使唤。一般人也大多会作如此考虑，可令人意外的是，王夫人竟然反对了，她说：

> 这学戏的倒比不得使唤的，他们也是好人家的儿女，因无能卖了做这事，装丑弄鬼的几年，如今有这机会，不如给他们几两银子盘费，各自去罢。当日祖宗手里都是有这例的。咱们如今损阴坏德，而且还小器。

王夫人真是好人做到底，不但无条件解除了买卖契约，免除她们的赎金，还另外奉送盘缠，让她们有钱可以回家。而且王夫人提出这个决策的时候，提到了“当日祖宗手里都是有这例的”，暗示着这是贾府百年来的门风，宽厚待人，不要小器，那么发扬这种门风的王夫人，岂不是真正的好家长吗？于是听了这番话的尤氏也就顺着这番心意，说道：

> 如今我们也去问他十二个，有愿意回去的，就带了信儿，叫上父母来亲自来领回去，给他们几两银子盘缠方妥当。若不叫上他父母亲人来，只怕有混帐人顶名冒领出去又转卖了，岂不辜负了这恩典。若有不愿意回去的，就留下。王夫人笑道：“这话妥当。”

这时，尤氏顺着王夫人的思维方式，也想得更宽厚、更周全了。她想到这些女戏子恐怕被别人冒领了去，以后过得更不好，那就枉费了贾家的苦心，所以一定要父母亲人来领；如果有不愿意回家的，就留下来。王夫人当然很同意这个做法，认为很妥当，后来也果然按此实行了。

读到这里，我们可要知道，这些女戏子既然不用再唱戏，还继续留在贾家，就等于增加了贾家的负担。换作是一般人，谁愿意花钱养着不用工作的人呢，而且还让这些人在大观园这个豪华乐园里白吃白住，过着“每日园中游戏”的逍遥生活。果然，不少女戏子愿意留下来，因为在贾家，比在外面或回自己家要舒适快乐得多，这与袭人、晴雯都曾经表示宁死也不出贾家的门，心态是一样的。

因为有这样的宽厚心肠，我们也就可以看到，王夫人对别人也是非常宽容的，例如对大丫鬟。第七十四回中因为发生绣春囊的事件，王夫人既担心又愤怒，于是和凤姐商量怎样处置这件事情，刚好邢夫人的陪房王善保家的对园子里的丫鬟们很不满，觉得这些丫鬟不尊敬、巴结她，借机找她们麻烦。恰巧遇到绣春囊这件事，王善保家的就向王夫人告状，说这些女孩子骄纵不堪，简直就像千金小姐一样傲慢，但王夫人却说：

> 这也有的常情，跟姑娘的丫头原比别的娇贵些。你们该劝他们。连主子们的姑娘不教道尚且不堪，何况他们。

你看，王夫人对大丫鬟们是很包容的，她觉得跟着姑娘的贴身丫鬟本来就更娇贵些。显然王夫人很能体谅人性之常，既然这些大丫鬟分享了主子的地位，甚至被称为副小姐、二层主子，那么因此带有一点骄气，并不是什么大过错，只要劝说一下就好。这种雅量岂不是难能可贵吗？

既然王夫人对大丫鬟的骄纵都很能包容，那对于小姐的骄纵就更能宽容了。第十七至十八回为了元妃省亲，贾家打听到妙玉这个才貌双全的女道姑，打算把她请来，没想到妙玉非常高傲，说："侯门公府，必以贵势压人，我再不去的。"王夫人听了，不但没有生气，反而笑道："他既是官宦小姐，自然骄傲些，就下个帖子请他何妨。"于是林之孝家的答应了，后来又派了轿子去接妙玉。下帖子、派轿子这两种做法，在明清时期都是非常郑重的礼遇。也正是因为王夫人这么礼贤下士，才请动了妙玉。

读到这里，我们就可以发现以往常常忽略的细节。原来王夫人有被常人忽视的慈悲慷慨的一面，而且是"得饶人处且饶人"，给别人留余地的同时，也是给自己留余地。谁没有需要别人包容、帮助的时候呢？果然，当贾家败落了以后，刘姥姥仗义相助，把流落在外的巧姐儿给救回来，并把她许配给板儿，无家可归的巧姐儿就有了归宿，不用再受别人欺凌，算是不幸中的大幸。而探本溯源，最初种下善因的人，正是王夫人。她慷慨无私，送给刘姥姥第一次二十两，第二次一百两，让刘姥姥一家躲过了厄运，转变了命运，这份善心在巧姐儿身上结出了善果。高情商原来确实是优良的品德、慈善的心。

最后，我们总结一下本章所讲的情商特质：

第一，用宽厚的心态对待别人，得饶人处且饶人；即使是帮助别人，也要用谦和的姿态，疼惜别人的自尊心。

第二，学习正面思考，"不计算人的恶"，就能留下温暖的余地。

第三，说好话的前提是存好心，有了好的心意，说出来的话自然会让人感动。

这就是王夫人高情商的真正原因。下一章开始，将介绍被王夫人帮助最大的刘姥姥。

扩展阅读 1

第六回　贾宝玉初试云雨情　刘姥姥一进荣国府

按荣府中一宅人合算起来，人口虽不多，从上至下也有三四百丁；虽事不多，一天也有一二十件，竟如乱麻一般，并无个头绪可作纲领。正寻思从那一件事自那一个人写起方妙，恰好忽从千里之外，芥荳之微，小小一个人家，因与荣府略有些瓜葛，这日正往荣府中来，因此便就此一家说来，倒还是头绪。你道这一家姓甚名谁，又与荣府有甚瓜葛？且听细讲。

方才所说的这小小之家，乃本地人氏，姓王，祖上曾作过小小的一个京官，昔年与凤姐之祖王夫人之父认识。因贪王家的势利，便连了宗认作侄儿。那时只有王夫人之大兄凤姐之父与王夫人随在京中的，知有此一门连宗之族，馀者皆不认识。目今其祖已故，只有一个儿子，名唤王成，因家业萧条，仍搬出城外原乡中住去了。王成新近亦因病故，只有其子，小名狗儿。狗儿亦生一子，小名板儿，嫡妻刘氏，又生一女，名唤青儿。一家四口，仍以务农为业。因狗儿白日间又作些生计，刘氏又操井臼等事，青板姊妹两个无人看管，狗儿遂将岳母刘姥姥接来一处过活。这刘姥姥乃是个积年的老寡妇，膝下又无儿女，只靠两亩薄田度日。今者女婿接来养活，岂不愿意，遂一心一计，帮趁着女儿女婿过活起来。

因这年秋尽冬初，天气冷将上来，家中冬事未办，狗儿未免心中烦虑，吃了几杯闷酒，在家闲寻气恼，刘氏也不敢顶撞。因此刘姥姥看不过，乃劝道："姑爷，你别嗔着我多嘴。咱们村庄人，那一个不是老老诚诚的，守多大碗儿吃多大的饭。你皆因年小的时候，托着你那老家之福，吃喝惯了，如今所以把持不住。

有了钱就顾头不顾尾，没了钱就瞎生气，成个什么男子汉大丈夫呢！如今咱们虽离城住着，终是天子脚下。这长安城中，遍地都是钱，只可惜没人会去拿去罢了。在家跳蹋会子也不中用。”狗儿听说，便急道：“你老只会炕头儿上混说，难道叫我打劫偷去不成？”刘姥姥道：“谁叫你偷去呢。也到底想法儿大家裁度，不然那银子钱自己跑到咱家来不成？”狗儿冷笑道：“有法儿还等到这会子呢。我又没有收税的亲戚，作官的朋友，有什么法子可想的？便有，也只怕他们未必来理我们呢！”

刘姥姥道：“这倒不然。谋事在人，成事在天。咱们谋到了，看菩萨的保佑，有些机会，也未可知。我倒替你们想出一个机会来。当日你们原是和金陵王家连过宗的，二十年前，他们看承你们还好；如今自然是你们拉硬屎，不肯去亲近他，故疏远起来。想当初我和女儿还去过一遭。他们家的二小姐着实响快，会待人，倒不拿大。如今现是荣国府贾二老爷的夫人。听得说，如今上了年纪，越发怜贫恤老，最爱斋僧敬道，舍米舍钱的。如今王府虽升了边任，只怕这二姑太太还认得咱们。你何不去走动走动，或者他念旧，有些好处，也未可知。要是他发一点好心，拔一根寒毛比咱们的腰还粗呢。”刘氏一旁接口道：“你老虽说的是，但只你我这样个嘴脸，怎样好到他门上去的。先不先，他们那些门上的人也未必肯去通信。没的去打嘴现世。”

扩展阅读 2

第十二回　王熙凤毒设相思局　贾天祥正照风月鉴

此时贾瑞前心犹是未改，再想不到是凤姐捉弄他。过后两日，得了空，便仍来找凤姐。凤姐故意抱怨他失信，贾瑞急的赌身发誓。凤姐因见他自投罗网，少不得再寻别计令他知改，故又约他道："今日晚上，你别在那里了。你在我这房后小过道子里那间空屋里等我，可别冒撞了。"贾瑞道："果真？"凤姐道："谁可哄你，你不信就别来。"贾瑞道："来，来，来。死也要来！"凤姐道："这会子你先去罢。"贾瑞料定晚间必妥，此时先去了。凤姐在这里便点兵派将，设下圈套。

那贾瑞只盼不到晚上，偏生家里亲戚又来了，直等吃了晚饭才去，那天已有掌灯时候。又等他祖父安歇了，方溜进荣府，直往那夹道中屋子里来等着，热锅上的蚂蚁一般，只是干转。左等不见人影，右听也没声响，心下自思："别是又不来了，又冻我一夜不成？"正自胡猜，只见黑魆魆的来了一个人，贾瑞便意定是凤姐，不管皂白，饿虎一般，等那人刚至门前，便如猫捕鼠的一般，抱住叫道："亲嫂子，等死我了。"说着，抱到屋里炕上就亲嘴扯裤子，满口里"亲娘""亲爹"的乱叫起来。那人只不作声。贾瑞拉了自己裤子，硬帮帮的就想顶入。忽见灯光一闪，只见贾蔷举着个捻子照道："谁在屋里？"只见炕上那人笑道："瑞大叔要臊我呢。"贾瑞一见，却是贾蓉，真臊的无地可入，不知要怎么样才好，回身就要跑，被贾蔷一把揪住道："别走！如今琏二婶已经告到太太跟前，说你无故调戏他。他暂用了个脱身计，哄你在这边等着，太太气死过去，因此叫我来拿你。刚才你又拦住他，没的说，跟我去见太太！"

贾瑞听了，魂不附体，只说："好侄儿，只说没有见我，明日我重重的谢你。"贾蔷道："你若谢我，放你不值什么，只不知你谢我多少？况且口说无凭，写一文契来。"贾瑞道："这如何落纸呢？"贾蔷道："这也不妨，写一个赌钱输了外人帐目，借头家银若干两便罢。"贾瑞道："这也容易。只是此时无纸笔。"贾蔷道："这也容易。"说罢翻身出来，纸笔现成，拿来命贾瑞写。他俩作好作歹，只写了五十两，然后画了押，贾蔷收起来。然后撕逻贾蓉。贾蓉先咬定牙不依，只说："明日告诉族中的人评评理。"贾瑞急的至于叩头。贾蔷作好作歹的，也写了一张五十两欠契才罢。

贾蔷又道："如今要放你，我就担着不是。老太太那边的门早已关了，老爷正在厅上看南京的东西，那一条路定难过去，如今只好走后门。若这一走，倘或遇见了人，连我也完了。等我们先去哨探哨探，再来领你。这屋你还藏不得，少时就来堆东西。等我寻个地方。"说毕，拉着贾瑞，仍熄了灯，出至院外，摸着大台矶底下，说道："这窝儿里好，你只蹲着，别哼一声，等我们来再动。"说毕，二人去了。

贾瑞此时身不由已，只得蹲在那里。心下正盘算，只听头顶上一声响，嗗拉拉一净桶尿粪从上面直泼下来，可巧浇了他一身一头。贾瑞撑不住嗳哟了一声，忙又掩住口，不敢声张，满头满脸浑身皆是尿屎，冰冷打战。只见贾蔷跑来叫："快走，快走！"贾瑞如得了命，三步两步从后门跑到家里，天已三更，只得叫门。开门人见他这般景况，问是怎的。少不得扯谎说："黑了，失脚掉在茅厕里了。"一面到了自己房中更衣洗濯，心下方想到是凤姐顽他，因此发一回恨；再想想凤姐的模样儿，又恨不得一时搂在怀内，一夜竟不曾合眼。

自此满心想凤姐，只不敢往荣府去了。贾蓉两个又常常的来索银子，他又怕祖父知道，正是相思尚且难禁，更又添了债务；日间工课又紧，他二十来岁人，尚未娶亲，迩来想着凤姐，未免有那指头告了消乏等事；更兼两回冻恼奔波，因此三五下里夹攻，不觉就得了一病。心内发膨胀，口中无滋味，脚下如绵，眼中似醋，黑夜作烧，白昼常倦，下溺连精，嗽痰带血：诸如此症，不上一年都添全了。于是不能支持，一头睡倒，合上眼还只梦魂颠倒，满口乱说胡话，惊怖异常。百般请医疗治，诸如肉桂、附子、鳖甲、麦冬、玉竹等药，吃了有几十斤下去，也不见个动静。

倏又腊尽春回，这病更又沉重。代儒也着了忙，各处请医疗治，皆不见效。因后来吃“独参汤”，代儒如何有这力量，只得往荣府来寻。王夫人命凤姐秤二两给他，凤姐回说：“前儿新近都替老太太配了药，那整的太太又说留着送杨提督的太太配药，偏生昨儿我已送了去了。”王夫人道：“就是咱们这边没了，你打发个人往你婆婆那边问问，或是你珍大哥哥那府里再寻些来，凑着给人家。吃好了，救人一命，也是你的好处。”凤姐听了，也不遣人去寻，只得将些渣末泡须凑了几钱，命人送去，只说：“太太送来的，再也没了。”然后回王夫人，只说：“都寻了来，共凑了有二两送去。”

扩展阅读3

第五十八回　杏子阴假凤泣虚凰　茜纱窗真情揆痴理

谁知上回所表的那位老太妃已薨，凡诰命等皆入朝随班按爵守制。敕谕天下：凡有爵之家，一年内不得筵宴音乐，庶民皆三月不得婚嫁。贾母、邢、王、尤、许婆媳祖孙等皆每日入朝随祭，至未正以后方回。在大内偏宫二十一日后，方请灵入先陵，地名曰孝慈县。这陵离都来往得十来日之功，如今请灵至此，还要停放数日，方入地宫，故得一月光景。宁府贾珍夫妻二人，也少不得是要去的。

两府无人，因此大家计议，家中无主，便报了尤氏产育，将他腾挪出来，协理荣宁两处事体。因又托了薛姨妈在园内照管他姊妹丫鬟。薛姨妈只得也挪进园来。因宝钗处有湘云香菱；李纨处目今李婶母女虽去，然有时亦来住三五日不定，贾母又将宝琴送与他去照管；迎春处有岫烟；探春因家务冗杂，且不时有赵姨娘与贾环来嘈聒，甚不方便；惜春处房屋狭小；况贾母又千叮咛万嘱咐托他照管林黛玉，薛姨妈素习也最怜爱他的，今既巧遇这事，便挪至潇湘馆来和黛玉同房，一应药饵饮食十分经心。黛玉感戴不尽，以后便亦如宝钗之呼，连宝钗前亦直以姐姐呼之，宝琴前直以妹妹呼之，俨似同胞共出，较诸人更似亲切。

贾母见如此，也十分喜悦放心。薛姨妈只不过照管他姊妹，禁约得丫头辈，一应家中大小事务也不肯多口。尤氏虽天天过来，也不过应名点卯，亦不肯乱作威福，且他家内上下也只剩他一个料理，再者每日还要照管贾母王夫人的下处一应所需饮馔铺设之物，所以也甚操劳。

当下荣宁两处主人既如此不暇，并两处执事人等，或有人跟随入朝的，或有朝外照理下处事务的，又有先踩踏下处的，也都各各忙乱。因此两处下人无了正经头绪，也都偷安，或乘隙结党，与权暂执事者窃弄威福。荣府只留得赖大并几个管事照管外务。这赖大手下常用几个人已去，虽另委人，都是些生的，只觉不顺手。且他们无知，或赚骗无节，或呈告无据，或举荐无因，种种不善，在在生事，也难备述。

又见各官宦家，凡养优伶男女者，一概蠲免遣发，尤氏等便议定，待王夫人回家回明，也欲遣发十二个女孩子，又说："这些人原是买的，如今虽不学唱，尽可留着使唤，令其教习们自去也罢了。"王夫人因说："这学戏的倒比不得使唤的，他们也是好人家的儿女，因无能卖了做这事，装丑弄鬼的几年。如今有这机会，不如给他们几两银子盘费，各自去罢。当日祖宗手里都是有这例的。咱们如今损阴坏德，而且还小器。如今虽有几个老的还在，那是他们各有原故，不肯回去的，所以才留下使唤，大了配了咱们家的小厮们了。"尤氏道："如今我们也去问他十二个，有愿意回去的，就带了信儿，叫上父母来亲自来领回去，给他们几两银子盘缠方妥当。若不叫上他父母亲人来，只怕有混帐人顶名冒领出去又转卖了，岂不辜负了这恩典。若有不愿意回去的，就留下。”王夫人笑道：“这话妥当。”

尤氏等又遣人告诉了凤姐儿。一面说与总理房中，每教习给银八两，令其自便。凡梨香院一应物件，查清注册收明，派人上夜。将十二个女孩子叫来面问，倒有一多半不愿意回家的：也有说父母虽有，他只以卖我们为事，这一去还被他卖了；也有父母已亡，或被叔伯兄弟所卖的；也有说无人可投的；也有说恋恩不舍的。所愿去者止四五人。王夫人听了，只得留下。将去者四五人皆令其干娘领回家去，单等他亲父母来领；将不愿去者分散在园中使唤。

贾母便留下文官自使，将正旦芳官指与宝玉，将小旦蕊官送了宝钗，将小生藕官指与了黛玉，将大花面葵官送了湘云，将小花面豆官送了宝琴，将老外艾官送了探春，尤氏便讨了老旦茄官去。当下各得其所，就如倦鸟出笼，每日园中游戏。众人皆知他们不能针黹，不惯使用，皆不大责备。其中或有一二个知事的，愁将来无应时之技，亦将本技丢开，使学起针黹纺绩女工诸务。

扩展阅读 4

第十七至十八回　大观园试才题对额　荣国府归省庆元宵

此时王夫人那边热闹非常。原来贾蔷已从姑苏采买了十二个女孩子——并聘了教习——以及行头等事来了。那时薛姨妈另迁于东北上一所幽静房舍居住，将梨香院早已腾挪出来，另行修理了，就令教习在此教演女戏。又另派家中旧有曾演学过歌唱的女人们——如今皆已皤然老妪了，着他们带领管理。就令贾蔷总理其日用出入银钱等事，以及诸凡大小所需之物料帐目。

又有林之孝家的来回："采访聘买得十个小尼姑、小道姑都有了，连新作的二十分道袍也有了。外有一个带发修行的，本是苏州人氏，祖上也是读书仕宦之家。因生了这位姑娘自小多病，买了许多替身儿皆不中用，足的这位姑娘亲自入了空门，方才好了，所以带发修行，今年才十八岁，法名妙玉。如今父母俱已亡故，身边只有两个老嬷嬷、一个小丫头服侍。文墨也极通，经文也不用学了，模样儿又极好。因听见'长安'都中有观音遗迹并贝叶遗文，去岁随了师父上来，现在西门外牟尼院住着。他师父极精演先天神数，于去冬圆寂了。妙玉本欲扶灵回乡的，他师父临寂遗言，说他'衣食起居不宜回乡。在此静居，后来自然有你的结果'。所以他竟未回乡。"王夫人不等回完，便说："既这样，我们何不接了他来。"林之孝家的回道："请他，他说'侯门公府，必以贵势压人，我再不去的'。"王夫人笑道："他既是官宦小姐，自然骄傲些，就下个帖子请他何妨。"林之孝家的答应了出去，命书启相公写请帖去请妙玉。次日遣人备车轿去接等后话，暂且搁过，此时不能表白。

第十五章
情商大考验：你有绝地逢生的能力吗？
——坚韧抗压的刘姥姥

故事提要

刘姥姥为帮助女儿一家渡过难关，坚忍地承担了压力。

在上一章，我们看到了王夫人高贵的雅量，她念旧又慈悲心肠，慷慨解囊援助穷亲戚刘姥姥，对高傲的妙玉、骄纵的下人也都很宽容，她的高情商就在于“存好心、说好话、做好事”，所以确实是贾母的最贴心的接班人。接下来，我们要用三章来了解被王夫人大力帮助的刘姥姥，她在没有资源的情况下，解决问题、改善处境，靠的都是自己的聪明才智，尤其是她的高情商，这就是我们要多着墨于她的原因。

1. 逆境是情商的试金石

刘姥姥最突出的情商表现，首先是她的坚毅勇敢。

坚毅勇敢和情商实际上大有关联，情商不只是一种处理事情的方法或技巧，更是人格的外在反映。思考一下，什么时候需要高情商？在遇到挫折的时候，事情不如意的时候，是要放弃呢，还是要坚持下去？当事情不是按照你希望的方式发展，你是不耐烦，干脆不做了，还是耐着性子，一步步慢慢协调，让事情逐渐圆满完成？还有，当面对压力的时候，你是坚忍地承担，还是逃避？最后，即使事情仍然不尽如人意，你是否有坦然接受的勇气？我们通常会赞同，遇到困难挫折时勇于承担，坚持下去，耐着性子，一步步把事情圆满完成，即便结果仍不尽如人意，也可以潇洒地挥一挥手，不要坐困愁城。这样的态度和做法，正是高情商的表现。

所以说，刘姥姥的坚毅勇敢，就是她高情商的原动力。刘姥姥第一次出场的时候，是在第六回，当时刘姥姥一家面临很大的困境：

> 因这年秋尽冬初，天气冷将上来，家中冬事未办，狗儿未免心中烦虑，吃了几杯闷酒，在家闲寻气恼，刘氏也不敢顶撞。

王狗儿遇到事情不如意，却不知道该怎么解决问题，只懂得抱怨、生气，甚至迁怒别人，家里的妻小就成了出气筒。这样的做法当然于事无补，不但不能改善状况，而且还让事情恶化，可见他的情商分数并不及格。

在这里，我想到一位美国印地安人唐望所说的一段话，私以为是对提高情商最有帮助的至理名言。唐望说："在你心里，把自己看得太重要，使你觉得你可以理直气壮地对每件事恼火。你是如此重要，所以事情只要不如你的意，你就可以掉头走掉。你大概以为那表示你有个性。恰恰相反，你是又软弱，又自命不凡！"王狗儿不就正好印证了这个道理吗？他就是一个乱发脾气的人，也是自命不凡却软弱无能的人。首先，他无法控制脾气，缺乏控制情绪的能力；其次，王狗儿因为没有能力解决问题，所以才会坐困愁城，用发脾气来掩盖自己的无能；最后，他只敢对那些不敢还手的弱势者发脾气，是欺负弱小的纸老虎。真正有本事的人，是勇敢地面对问题、解决问题，所以刘姥姥看不过，挺身而出，她劝狗儿说：

> 姑爷，你别嗔着我多嘴。咱们村庄人，那一个不是老老诚诚的，守多大碗儿吃多大的饭。你皆因年小的时候，托着你那老家之福，吃喝惯了，如今所以把持不住。有了钱就顾头不顾尾，没了钱就瞎生气，成个什么男子汉大丈夫呢！

我们要先了解一个情况，刘姥姥是个寡妇，又只有一个出嫁的女儿，于是和女婿一家住在一起，这在清朝时候并不少见。但毕竟一家之主不是自己的儿子，做岳母的还是会退让一些。不过，刘姥姥可是勇敢得很，女儿不敢顶撞丈夫，她就出面好言相劝，并且指出女婿的缺点，说他是因为从小享受惯了，由奢返俭难，于是有了钱就乱花，没了钱就生气，算是什么男子汉大丈夫！

换句话说，刘姥姥自己就是一个“老老诚诚的，守多大碗儿吃多大的饭”的人，她知足本分，面对生活能够“把持得住”，有了钱可以长远地规划，不会一下子挥霍花光，没了钱时也懂得积极想办法，而不是乱发脾气；并且，她遇到女婿生气，也能挺身而出，当面指出女婿的缺点，这实在也是勇敢的表现。当然，刘姥姥绝不是当场与女婿发生争吵，用情绪去碰撞情绪，那又是一种低情商的做法。那刘姥姥的高情商又是怎么表现的呢？

刘姥姥对女婿并不是责骂，而是客观指出他的问题，这是不一样的层次。“责骂”主要是发泄自己的情绪，指责对方时语气一定不好，当然容易引起对方抵触，结果就是没有意义地大吵一架。客观指出对方的问题，就不一样了，这其实是在提醒他要了解自己的状况，一旦对方意识到自己的问题，就有沟通的可能了。

刘姥姥就是这么做的。何况，刘姥姥在指出女婿的缺点之后，又提出建设性的方法，可以帮助他们解决问题，这样一来，对方就不会再意气用事，而是肯冷静下来谈问题了。请看刘姥姥是怎么做的，她对女婿王狗儿说：

“如今咱们虽离城住着，终是天子脚下。这长安城中，遍地都是钱，只可惜没人会去拿去罢了。在家跳蹋会子也不中用。”狗儿听说，便急道：“你老只会炕头儿上混说，难道叫我打劫偷去不成？”刘姥姥道：“谁叫你偷去呢。也到底想法儿大家裁度，不然那银子钱自己跑到咱家来不成？”狗儿冷笑道：“有法儿还等到这会子呢。我又没有收税的亲戚，作官的朋友，有什么法子可想的？便有，也只怕他们未必来理我们呢！”

刘姥姥道：“这倒不然。谋事在人，成事在天。咱们谋到了，看菩萨的保佑，有些机会，也未可知。”

情商点评

其实，刘姥姥也和王狗儿一样，都要面对家里的断粮问题，但她遇到不如意的时候，却能够拿掉情绪，沉着冷静地面对问题，要“想法儿大家裁度”，并且愿意尽自己的努力，“谋事在人”，不放弃谋到一些机会的可能性，这就是高情商的表现。

而刘姥姥苦心谋到的又是哪一个机会呢？她说：

我倒替你们想出一个机会来。当日你们原是和金陵王家连过宗的，……如今王府虽升了边任，只怕这二姑太太还认得咱们。你何不去走动走动，或者他念旧，有些好处，也未可知。要是他发一点好心，拔一根寒毛比咱们的腰还粗呢。

情商点评

刘姥姥不但有胆量，也有智谋，并且肯积极争取，抓住每一个可能的机会，这就是"谋事在人，成事在天"的态度。不去试试看，又怎么会有机会呢？而不努力去做，有机会又有什么用呢？

然后刘姥姥就出发了，带着小外孙板儿从乡下到京城，找到了以前认识的周瑞家的，终于见到了王熙凤。接下来就是我们已经熟知的故事了。

2. 尽最大的努力，做最坏的打算

在这段过程中，很多人往往容易忽略的是，刘姥姥最坚强的地方就在于她从没有专打如意算盘，一厢情愿地幻想事情会称心如意，而是懂得做最坏的打算。这就是成熟的心态，也是高情商的表现。当她决定要自己出马，到贾府去找机会的时候，是这么说的：

"倒还是舍着我这付老脸去碰一碰。果然有些好处，大家都有益；便是没银子来，我也到那公府侯门见一见世面，也不枉我一生。"说毕，大家笑了一回。

即便做最坏的打算，也能苦中作乐，这便是强大的心理能量了。

很明显地，刘姥姥知道这一趟行程很可能会空手而归，毕竟非亲非故的，别人并没有义务帮助你，即使是亲朋好友，也很可能会见死不救。曹雪芹不就写了贾芸的故事吗？他的父亲早亡，家产都交给舅舅卜世仁掌管，掌管到了贾芸长大，那些家产也都没有了，连贾芸去向他借一些中药材，还被数落了一顿。难怪曹雪芹给这个舅舅取的名字“卜世仁”，谐音恰是“不是人”。

情商点评

刘姥姥是很懂得人情世故的人，当然明白人情冷暖、世态炎凉，所以也没有抱幼稚的幻想。但刘姥姥也没有愤世嫉俗、怨天尤人，她坦然接受这个可能的结果，具备了被拒绝以及面对失败的勇气，这也是高情商的表现。

再进一步来看，刘姥姥更难能可贵的是，她不只做了最坏的打算，竟然还发现了上门求助另一层的意义，使这一趟到贾家的求助之旅，无论结果如何，都变成了一趟有丰富意义的旅程！这简直是异常强大的心理能量。注意刘姥姥的这句话：

> 便是没银子来，我也到那公府侯门见一见世面，也不枉我一生。

真是精彩万分！我们一般人可能想不到这一步，没得到银子，竟然还是会有天大的好处——见一见世面！没有钱可是会全家饿死的，可刘姥姥却认为，见世面比起拿到钱，是更有价值的事情，世界上有几个人有这样的心胸呢？

所以说，刘姥姥虽然只是一个乡下人，她的心胸见识却远远高于大多数的人。她明白钱财只是一时的，可以解决生活困境，也可以让生活更舒适，但那只是低层次的需求；更重要的是增加人生的历练，开阔更广大的视野，这才是我们存在的真正价值。因此借这个机会“到那公府侯门见一见世面”，也就不虚此生！

情商点评

从这点上来说，刘姥姥简直是一个大智慧的人，知道真正的本末轻重，所以才能拥有面对生命困境的坚强，她可以等待、可以忍耐、可以冷静想办法，因此拥有处理问题的高情商。

3. 面对压力，是逃避还是勇敢直面？

而刘姥姥的这一趟求助之旅，我们都已经知道了，结果很顺利。但是，在顺利的表面下，刘姥姥还是展现出了非常强韧的意志力，值得学习。例如，姥姥好不容易到了凤姐的面前了，可是一直没有说出真正的来意，于是周瑞家的就提醒她道：

“没甚说的便罢；若有话，只管回二奶奶，是和太太一样的。”一面说，一面递眼色与刘姥姥。

刘姥姥会意，未语先飞红的脸，欲待不说，今日又所为何来？只得忍耻说道：“论理今儿初次见姑奶奶，却不该说，只是大远的奔了你老这里来，也少不的说了。”……

才又说道：“今日我带了你侄儿来，也不为别的，只因他老子娘在家里，连吃的都没有。如今天又冷了，越想没个派头儿，只得带了你侄儿奔了你老来。”

对于老实人来说，向人家开口要钱，一点儿尊严也没有，那是多么羞耻的事情！就连伟大的诗人陶渊明也受过同样的屈辱，他写了一首名为《乞食》的诗，记录他去向人要饭的心情和过程，诗里面一开始就写道：“饥来驱我去，不知竟何之。行行至斯里，叩门拙言辞。”意思是，因为饥饿太痛苦，驱使人出门去乞讨，可是人海茫茫，不知道究竟要到哪里去。走着走着，来到了这个村里的一户人家，但敲门以后却说不话来。“叩门拙言辞”这句诗，活灵活现地表现出向人乞讨的羞耻。难怪姥姥还没开口，就先飞红了脸，这种压力又让她想要不说算了，可是不说的话，今天又所为何来？大老远地跑来这里，好不容易有个机会，怎么能就这样放弃呢？于是姥姥只得“忍耻”——忍住心里的羞耻，说出家道艰难，来贾府投奔的用意。她讲得含糊其词，但是意思已经很清楚了，王熙凤一听就明白了，后面的故事我们也已经知道了，不再多说。

情商点评

到这里，我们应该清清楚楚地明白，“坚毅”“勇敢”的人格，确实是高情商的根基，脆弱、容易沮丧、容易放弃的人谈不上高情商，坚毅勇敢的心灵才能有突破难关的能力，也才能表现出高情商的行为。

刘姥姥的坚毅，就表现在她有控制情绪的能力，有承受压力的勇气，能忍人所不能忍，具备“忍耻”的高抗压性和耐挫力，所以她不会怨天尤人，甚至还能在困境中自得其乐。

最后，我们总结一下这一章所讲的情商特质：

第一，能够拿掉情绪，坦然接受事实，面对问题的时候，懂得“面对它、接受它、处理它、放下它”的原则，这样一来，就能经得起困境的考验，维持心理的平静；

第二，培养“坚毅勇敢”的意志力，提高抗压性和挫折忍受力。

这就是刘姥姥高情商的原因。下一章，我们再看看刘姥姥另一种高情商的表现。

扩展阅读 1

第六回　贾宝玉初试云雨情　刘姥姥一进荣国府

只见门外錾铜钩上悬着大红撒花软帘，南窗下是炕，炕上大红毡条，靠东边板壁立着一个锁子锦靠背与一个引枕，铺着金心绿闪缎大坐褥，旁边有雕漆痰盒。那凤姐儿家常带着秋板貂鼠昭君套，围着攒珠勒子，穿着桃红撒花袄，石青刻丝灰鼠披风，大红洋绉银鼠皮裙，粉光脂艳，端端正正坐在那里，手内拿着小铜火箸儿拨手炉内的灰。平儿站在炕沿边，捧着小小的一个填漆茶盘，盘内一个小盖钟。凤姐也不接茶，也不抬头，只管拨手炉内的灰，慢慢的问道：“怎么还不请进来？”一面说，一面抬身要茶时，只见周瑞家的已带了两个人在地下站着呢。这才忙欲起身；

犹未起身时，满面春风的问好，又嗔着周瑞家的怎么不早说。刘姥姥在地下已是拜了数拜，问姑奶奶安。凤姐忙说："周姐姐，快搀起来，别拜罢，请坐。我年轻，不大认得，可也不知是什么辈数，不敢称呼。"周瑞家的忙回道："这就是我才回的那姥姥了。"凤姐点头。刘姥姥已在炕沿上坐了。板儿便躲在背后，百般的哄他出来作揖，他死也不肯。

凤姐儿笑道："亲戚们不大走动，都疏远了。知道的呢，说你们弃厌我们，不肯常来；不知道的那起小人，还只当我们眼里没人似的。"刘姥姥忙念佛道："我们家道艰难，走不起，来了这里，没的给姑奶奶打嘴，就是管家爷们看着也不像。"凤姐儿笑道："这话没的叫人恶心。不过借赖着祖父虚名，作了穷官儿，谁家有什么，不过是个旧日的空架子。俗语说，'朝廷还有三门子穷亲戚'呢，何况你我。"说着，又问周瑞家的回了太太了没有。周瑞家的道："如今等奶奶的示下。"凤姐道："你去瞧瞧，要是有人有事就罢，得闲儿呢就回，看怎么说。"周瑞家的答应着去了。

这里凤姐叫人抓些果子与板儿吃，刚问些闲话时，就有家下许多媳妇管事的来回话。平儿回了，凤姐道："我这里陪客呢，晚上再来回。若有很要紧的，你就带进来现办。"平儿出去了，一会进来说："我都问了，没什么紧事，我就叫他们散了。"凤姐点头。只见周瑞家的回来，向凤姐道："太太说了，今日不得闲，二奶奶陪着便是一样。多谢费心想着。白来逛逛呢便罢；若有甚说的，只管告诉二奶奶，都是一样。"刘姥姥道："也没甚说的，不过是来瞧瞧姑太太、姑奶奶，也是亲戚们的情分。"周瑞家的道："没甚说的便罢；若有话，只管回二奶奶，是和太太一样的。"一面说，一面递眼色与刘姥姥。

刘姥姥会意，未语先飞红的脸，欲待不说，今日又所为何来？只得忍耻说道："论理今儿初次见姑奶奶，却不该说，只是大远的奔了你老这里来，也少不的说了。”刚说到这里，只听二门上小厮们回说：“东府里的小大爷进来了。”凤姐忙止刘姥姥：“不必说了。”一面便问：“你蓉大爷在那里呢？”只听一路靴子脚响，进来了一个十七八岁的少年，面目清秀，身材俊俏，轻裘宝带，美服华冠。刘姥姥此时坐不是，立不是，藏没处藏。凤姐笑道：“你只管坐着，这是我侄儿。”刘姥姥方扭扭捏捏在炕沿上坐了。

贾蓉笑道：“我父亲打发我来求婶子，说上回老舅太太给婶子的那架玻璃炕屏，明日请一个要紧的客，借了略摆一摆就送过来。”凤姐道：“说迟了一日，昨儿已经给了人了。”贾蓉听着，嘻嘻的笑着，在炕沿上半跪道：“婶子若不借，又说我不会说话了，又挨一顿好打呢。婶子只当可怜侄儿罢。”凤姐笑道：“也没见你们，王家的东西都是好的不成？你们那里放着那些好东西，只是看不见，偏我的就是好的。”贾蓉笑道：“那里有这个好呢！只求开恩罢。”凤姐道：“若碰一点儿，你可仔细你的皮！”因命平儿拿了楼房的钥匙，传几个妥当人抬去。贾蓉喜的眉开眼笑，说：“我亲自带了人拿去，别由他们乱碰。”说着便起身出去了。

这里凤姐忽又想起一事来，便向窗外叫：“叫蓉哥回来。”外面几个人接声说：“蓉大爷快回来。”贾蓉忙复身转来，垂手侍立，听阿凤指示。那凤姐只管慢慢的吃茶，出了半日的神，又笑道：“罢了，你且去罢。晚饭后你来再说罢。这会子有人，我也没精神了。”贾蓉应了一声，方慢慢的退去。

这里刘姥姥心神方定，才又说道：“今日我带了你侄儿来，也不为别的，只因他老子娘在家里，连吃的都没有。如今天又冷了，越想没个派头儿，只得带了你侄儿奔了你老来。”说着又推板儿道：“你那爹在家怎么教你来？打发咱们作煞事来？只顾吃果子咧。”凤姐早已明白了，听他不会说话，因笑止道：“不必说了，我知道了。”因问周瑞家的：“这姥姥不知可用了早饭没有？”刘姥姥忙说道："一早就往这里赶咧，那里还有吃饭的工夫咧。"凤姐听说，忙命快传饭来。一时周瑞家的传了一桌客饭来，摆在东边屋内，过来带了刘姥姥和板儿过去吃饭。

第十六章
如何做一个幽默的人？
——刘姥姥具备强大的内核

故事提要

①刘姥姥逛大观园时，察言观色，抓住贾府的心理需求，发挥自己幽默的特长。

②面对贾府众人的取笑捉弄，刘姥姥配合地开自己玩笑，并不因难堪自卑而扫了兴致。

上一章我们初步领略了刘姥姥的高情商，由于她坚毅勇敢的性格，所以有高度的挫折忍受力以及抗压性，遇到困境的时候，她能够控制自己的情绪，积极创造机会，也能克服心理障碍，“面对它、接受它、处理它、放下它”，事情无论什么结果，都能赋予其有价值的意义，这是了不起的大智慧。接下来我们继续解读刘姥姥的另一种智慧——幽默。

1. 根据场合需求，主动演好不同的角色

幽默，可以说是人性中最光明的一种力量，它可以让我们在任何处境里都拥有活力，也让我们乐观地看待世界，所以说幽默是最佳的人际润滑剂，也是面对人生困境最好的良药。在《红楼梦》里，最幽默的人就是刘姥姥了，她的幽默性格展现得最突出的一段情节，就是在第四十回逛大观园的时候，我们很熟悉的这

第四十回 → 扩展阅读 1

一幕：

> 凤姐儿偏拣了一碗鸽子蛋放在刘姥姥桌上。贾母这边说声“请”，刘姥姥便站起身来，高声说道：“老刘，老刘，食量大似牛，吃一个老母猪不抬头。”自己却鼓着腮不语。
>
> 众人先是发怔，后来一听，上上下下都哈哈的大笑起来。史湘云撑不住，一口饭都喷了出来；林黛玉笑岔了气，伏着桌子叫“嗳哟”；宝玉早滚到贾母怀里，贾母笑的搂着宝玉叫“心肝”；王夫人笑的用手指着凤姐儿，只说不出话来；薛姨妈也撑不住，口里茶喷了探春一裙子；探春手里的饭碗都合在迎春身上；惜春离了坐位，拉着他奶母叫揉一揉肠子。地下的无一个不弯腰屈背，也有躲出去蹲着笑去的……

这种场景在贾家可是空前绝后的，贾家人的举止言谈都要精致优雅，大家闺秀们连头发都一丝不乱，很少数、很罕见的例子，就只有王熙凤这个从小被当作男孩子教养的人，会跨出脚蹬着门坎子，但平常也是端庄大方，没有出格的举动，然而这个时候所有的姑娘不但都哈哈大笑，还笑得东倒西歪，喷饭、喷茶，碗也打翻了，人也滚倒了，丫鬟们个个都是笑到弯腰屈背，简直是完全失控，我们什么时候看到过贾家这样的混乱！

为什么刘姥姥说的笑话，会让贾家人笑得这么夸张呢？可那些笑话，我们一点也不觉得好笑呀？甚至“老刘，老刘，食量大似牛，吃一个老母猪不抬头”这几句话，根本也不算笑话，贾府的人却都全部笑成这样，又是为什么呢？

原来，那几句话最主要的卖点就是“粗鄙”。第六回刘姥姥第一次进荣国府的时候，听见王熙凤给她二十两，欢喜得浑身发痒起来，说道：

第六回
↓
扩展阅读 2

“俗语说的：‘瘦死的骆驼比马大。’凭他怎样，你老拔根寒毛比我们的腰还粗呢！”周瑞家的见他说得粗鄙，只管使眼色止他。

可见刘姥姥说话的风格，就是粗鄙。“粗鄙”本身当然登不了大雅之堂，我们一般人对此也是能免则免，但曹雪芹如此安排的奥妙就在这里：对贾府这种注重优雅品位的贵族之家，哪里听过这样的粗话？第十五回里写道，在秦可卿出殡的路途上，宝玉凡是农庄使用的东西，都不曾见过，看到锄头、铁犁等对象，都觉得奇特，不知是做什么用的，也不知道叫什么名字，后来看到炕上有个织布的纺车，宝玉又问小厮们：“这又是什么？”小厮在旁边一一地告诉他，说明原委。可见，贾家的千金、少爷们，连锄头、纺车都没见过，所以刘姥姥说的什么“食量大似牛，吃一个老母猪不抬头”“大火烧了毛毛虫”，对他们来说，简直是做梦都想不到还能这样说话，所以才会一听都先愣住了，然后放声大笑。

第十五回
扩展阅读 3

值得注意的是，刘姥姥的乡野气质，确实有一个很有趣的特色，那就是曹雪芹拼命在她身上加上动物的形象，比如前面说到的“瘦死的骆驼比马大”“食量大似牛，吃一个老母猪不抬头”“大火烧了毛毛虫”等。这种用动物来比喻的说话方式，对于十分优雅的贾家人来说，是非常稀奇的。刘姥姥一开口说话，就相当于马戏团来了，仿佛看到许多动物表演，因此贾家上上下下才会听得这么津津有味。

我们也应该注意到一件事：刘姥姥的幽默之所以会这么成功，还有一个很重要的关键，那就是贾府这些人本来就是觉得她很有趣，能带给他们完全不一样的新鲜感，因此才会把刘姥姥留下来。你看，第四十回说，刘姥姥第二次来到贾府送礼表达谢意，刚好遇到贾母喜欢，于是凤姐留下她住几天，鸳鸯笑道：

> “天天咱们说外头老爷们吃酒吃饭都有一个篾片相公，拿他取笑儿。咱们今儿也得了一个女篾片了。”李纨是个厚道人，听了不解。凤姐儿却知是说的是刘姥姥了，也笑说道：“咱们今儿就拿他取个笑儿。”二人便如此这般的商议。

“篾片”也叫“清客”，指旧时富贵场中闲来凑趣的文人。很明显地，刘姥姥会被当作供人取笑的女篾片，就是因为她的村野气，让贾家的人觉得非常新鲜有趣。果然，刘姥姥的所作所为，包括她所说的乡野传奇，都让贾家人大开眼界，为之深深着迷。第三十九回说凤姐儿见贾母喜欢刘姥姥，连忙留她住下来，说道：

第三十九回 → 扩展阅读 4

> “你住两天罢，把你们那里的新闻故事儿说些与我们老太太听听。”……刘姥姥吃了茶，便把些乡村中所见所闻的事情说与贾母，贾母益发得了趣味。……彼时宝玉姊妹们也都在这里坐着，他们何曾听见过这些话，自觉比那些瞽目先生说的书还好听。

第四十回也说“众人已没心吃饭，都看着他笑”。所以说，这种陌生感所带来的娱乐性效果，就是刘姥姥此时此地能提供的最重要的价值。

情商点评

那么，刘姥姥自己知不知道呢？刘姥姥是很明白这种心理的，所以第三十九回又说，刘姥姥“见头一个贾母高兴，第二见这些

哥儿姐儿们都爱听，便没了说的也编出些话来讲”。换句话说，

刘姥姥根本是故意投其所好，甚至故意闹笑话给他们看。这其实是一种角色扮演，就像王熙凤大闹宁国府一样，都是自觉地运用所长，配合环境做高明的演出。而刘姥姥既然非常懂得角色扮演，当然也知道她的乡野气是见多识广的贾府唯一没见过的，于是就把这一个特色尽量发挥出来。

2. 开得起自己的玩笑——自信的人才懂幽默

当刘姥姥闹了许多笑话后，中场有一段暂停时间，这时，鸳鸯、凤姐私底下都向她道歉，凤姐笑道：“你可别多心，才刚不过大家取笑儿。”一句话还没有说完，鸳鸯也进来笑道：“姥姥别恼，我给你老人家赔个不是。”这时刘姥姥的回答就十分耐人寻味了，她笑道：

第四十回 → 扩展阅读 5

> 姑娘说那里话，咱们哄着老太太开个心儿，可有什么恼的！你先嘱咐我，我就明白了，不过大家取个笑儿。我要心里恼，也就不说了。

原来，刘姥姥也明白，大家都是在演一出戏，鸳鸯、凤姐是想要拿她取笑，好去讨老太太的欢心，为的是尽孝道。这和薛宝钗过生日的时候，宝钗和王熙凤专点《西游记》《鲁智深醉闹五台山》之类的热闹戏投贾母所好，是完全一样的，都是子孙晚辈的一片孝心。正因为刘姥姥知道她们的真正目的，所以才尽量配合，很多出丑的洋相还是刘姥姥自己加码演出的呢。

情商点评

这么一来，我们就可以来谈谈一个很重要的问题了。

到底什么叫作幽默呢？我们一般人都弄错了，幽默并不是开玩笑，自以为幽默却得罪了人还不知道。简单地说，玩笑是针对别人的，所以一不小心很容易戳到别人的痛处，难免伤害到了别人；而幽默是针对自己的，是开自己的玩笑，也就没有伤到别人的问题。

依照这个区别来说，我们也可以清楚地看到，刘姥姥从头到尾都是在开自己的玩笑，对别人始终都是赞美的好话，例如，她称呼比自己小几岁的贾母是“老寿星”，称赞贾府的繁文缛节是“礼出大家”，当贾母指派惜春画大观园图的时候，她又高兴得连忙跑过来，拉着惜春说道：“我的姑娘，你这么大年纪儿，又这么个好模样，还有这个能干，别是神仙托生的罢。”至于对潇湘馆、怡红院的赞美就不用多说了，刘姥姥从来没有得罪人，就是这个原因。

但刘姥姥之所以讨大家的欢喜，主要还是因为她懂得幽默，也就是会开自己的玩笑。大智慧的刘姥姥，发现了她自己唯一的一个，也是最好的一个特色，可以发挥出最大的效果，那就是乡下人的粗野，这是她用来娱乐贾府这些贵族的最佳利器，于是不介意自己出丑。我们再看下面的这一段情节：

（李纨的丫鬟）碧月早捧过一个大荷叶式的翡翠盘子来，里面盛着各色的折枝菊花。贾母便拣了一朵大红的簪于鬓上。因回头看见了刘姥姥，忙笑道：“过来带花儿。”一语未完，凤姐便拉过刘姥姥来，笑道：“让我打扮你。”说着，将一盘子花横三竖四的插了一头。贾母和众人笑的不住。刘姥姥笑道："我这头也不知修了什么福，今儿这样体面起来。"众人笑道："你还不拔下来摔到他脸上呢，把你打扮的成了个老妖精了。"刘姥姥笑道："我虽老了，年轻时也风流，爱个花儿粉儿的，今儿老风流才好。"

满头乱七八糟的鲜花，原本是个可笑的"老妖精"，如果刘姥姥是个自卑的人，一生起气来，场面就非常尴尬了，会大大地扫兴。可是刘姥姥却不以为忤，顺势借这个情况开自己的玩笑，说自己的头这么体面，今天就做个老风流吧，这么一来，皆大欢喜。

幽默是敢于开自己的玩笑，并且不怕被人取笑的强大自信。

情商点评

刘姥姥的高情商之处就是她有真正的智慧，她哪里是插科打诨的小丑，专做出洋相的傻事？洋相要出得对，才会让人开心，而不是让人反感。这需要很高的观察力、很大的判断力，才能真正发挥效果，所以她的幽默来自大智慧。

那么，既然刘姥姥是一个没有受过教育的乡下人，她的智慧又是怎样培养出来的呢？第三十九回有一句话很值得我们注意，书中说：

那刘姥姥虽是个村野人，却生来的有些见识，况且年纪老了，世情上经历过的，见头一个贾母高兴，第二见这些哥儿姐儿们都爱听，便没了说的也编出些话来讲。

一般来说，人的见识都是在后天慢慢学习起来的，刘姥姥却是“生来的有些见识”，我们不妨把这句话理解为，刘姥姥“生来就拥有一种不断增长见识的能力”，这是一种天生的人格特质，让她能够一直保持观察、思考、认识新的情况，不断地调整自己，不断地学习、进步，这样逐步累积，当然就会变成一个有见识的人。

举一个例子来看，第四十回刘姥姥逛了好几个地方，忍不住念佛道：

> 昨儿见了老太太正房，配上大箱大柜大桌子大床，果然威武。那柜子比我们那一间房子还大还高。怪道后院子里有个梯子。我想并不上房晒东西，预备个梯子作什么？后来我想起来，定是为开顶柜收放东西，非离了那梯子，怎么得上去呢。

我们看到，当她到了贾母的房间，发现院子里有一把梯子，不知道是要做什么用。但她遇到陌生的事情，并不随便放过，而是默默放在心里，边想边看，果然就悟出道理了：既然屋子里的柜子比她们家的一间房子还大，那梯子应该就是开顶柜、收放东西用的！

从这件小事，确实证明了刘姥姥真是一个懂得观察、懂得思考的人。上一章特别提到过，她甚至认为“到那公府侯门见一见世面，也不枉我一生”，所以她才会一直成长进步，成为一个“生来的有些见识”的人。否则，一个乡下老婆子要在贾府这种环境里游刃有余，还让大家皆大欢喜，恐怕是不太可能的吧。

情商点评

从中我们可以得到一个很大的鼓励，原来，无论一个人的出身背景如何，无论出生以后受到原生家庭怎样的影响，都是可以靠自己的努力，走向独立自主的人生的。

尤其值得我们学习的是，刘姥姥显然不是一个自卑的人，相反地，她是一个很有自信的人，所以当别人取笑她的时候，才不会生气受伤。她的自信主要来源于她能够接受真正的自己，而这并不是一件容易的事。大多数的人都不肯承认真实的自己，甚至不了解自己，常常夸大自己的优点，不能面对自己的缺点，因此也不能真正地改善自己。而刘姥姥就不一样了，她“老老诚诚的，守多大碗儿吃多大的饭”，能接纳自己客观的样子，也就是别人眼中的自己；可同时又了解自己真正的优点，不在乎别人的误会，不怕别人看不起，也就不会有所谓的自卑了。

由此可见，能够幽自己一默的人，心理能量是很强大的，他们了解自己真正的优点，也因此有相对的自信，不会在意别人的批评，而且还能够反过来自我调侃，这又是高情商的一种表现呢！

这种真正的自信，旁人也可以充分感受得到。刘姥姥演完了一场喜剧，在打道回府之前，她和王熙凤的对话是多么成熟而稳重。当时王熙凤甚至拜托刘姥姥替女儿取个名字，那是多么大的信赖啊，贵族女儿的名字竟然交给一个才来第二次的乡下老婆子决定，可见王熙凤对刘姥姥是非常尊敬的，一点儿也没有因为前一两天的取笑而轻视她。恰恰相反，刘姥姥在插科打诨的过程中所展现出的自信和见识，让凤姐也感到了她无比强大的心理能量，所以才会把女儿的名字托付给她。

第四十二回 → 扩展阅读6

所以说，刘姥姥的大智慧真是值得我们学习，只看到她搞笑的一面，未免买椟还珠了。

最后，我们总结一下这一期所讲的情商特质：

第一，培养高度的“见识”，才能拥有很好的判断力，根据场合做妥当的角色扮演，促成全体的和谐。

第二，遵守“自我解嘲”的大原则，幽默不是开别人玩笑，才能把欢乐带给别人。

第三，接受自己真正的样子。拥有真正的自信，才能把握自己的特长，培养强大的心理能量，发挥出个人的贡献。

这就是刘姥姥高情商的真正原因。下一章我们继续解析刘姥姥的另一种高情商的表现。

扩展阅读 1

第四十回　史太君两宴大观园　金鸳鸯三宣牙牌令

远远望见池中一群人在那里撑舡。贾母道：“他们既预备下船，咱们就坐。”一面说着，便向紫菱洲蓼溆一带走来。未至池前，只见几个婆子手里都捧着一色捏丝戗金五彩大盒子走来。凤姐忙问王夫人早饭在那里摆。王夫人道：“问老太太在那里，就在那里罢了。”贾母听说，便回头说：“你三妹妹那里就好。你就带了人摆去，我们从这里坐了舡去。”

凤姐听说，便回身同了探春、李纨、鸳鸯、琥珀带着端饭的人等，抄着近路到了秋爽斋，就在晓翠堂上调开桌案。鸳鸯笑道：“天天咱们说外头老爷们吃酒吃饭都有一个篾片相公，拿他取笑儿。咱们今儿也得了一个女篾片了。”李纨是个厚道人，听了不解。凤姐儿却知是说的是刘姥姥了，也笑说道：“咱们今儿就拿他取个笑儿。”二人便如此这般的商议。李纨笑劝道：“你们一点好事也不做，又不是个小孩儿，还这么淘气，仔细老太太说。”鸳鸯笑道：“很不与你相干，有我呢。”

正说着，只见贾母等来了，各自随便坐下。先着丫鬟端过两盘茶来，大家吃毕。凤姐手里拿着西洋布手巾，裹着一把乌木三镶银箸，敁敠人位，按席摆下。贾母因说：“把那一张小楠木桌子抬过来，让刘亲家近我这边坐着。”众人听说，忙抬了过来。凤姐一面递眼色与鸳鸯，鸳鸯便拉了刘姥姥出去，悄悄的嘱咐了刘姥姥一席话，又说：“这是我们家的规矩，若错了我们就笑话呢。”调停已毕，然后归坐。

薛姨妈是吃过饭来的，不吃，只坐在一边吃茶。贾母带着宝玉、湘云、黛玉、宝钗一桌。王夫人带着迎春姊妹三个人一桌，刘姥姥傍着贾母一桌。贾母素日吃饭，皆有小丫鬟在旁边，拿着漱盂、麈尾、巾帕等物。如今鸳鸯是不当这差的了，今日鸳鸯偏接过麈尾来拂着。丫鬟们知道他要撮弄刘姥姥，便躲开让他。鸳鸯一面侍立，一面悄向刘姥姥说道：“别忘了。”刘姥姥道：“姑娘放心。”那刘姥姥入了坐，拿起箸来，沉甸甸的不伏手。原是凤姐和鸳鸯商议定了，单拿一双老年四楞象牙镶金的筷子与刘姥姥。刘姥姥见了，说道：“这叉爬子比俺那里铁锨还沉，那里犟的过他。”说的众人都笑起来。

只见一个媳妇端了一个盒子站在当地，一个丫鬟上来揭去盒盖，里面盛着两碗菜。李纨端了一碗放在贾母桌上。凤姐儿偏拣了一碗鸽子蛋放在刘姥姥桌上。贾母这边说声“请”，刘姥姥便站起身来，高声说道：“老刘，老刘，食量大似牛，吃一个老母猪不抬头。”自己却鼓着腮不语。

众人先是发怔，后来一听，上上下下都哈哈的大笑起来。史湘云撑不住，一口饭都喷了出来；林黛玉笑岔了气，伏着桌子叫“嗳哟”；宝玉早滚到贾母怀里，贾母笑的搂着宝玉叫“心肝”；王夫人笑的用手指着凤姐儿，只说不出话来；薛姨妈也撑不住，口里茶喷了探春一裙子；探春手里的饭碗都合在迎春身上；惜春离了坐位，拉着他奶母叫揉一揉肠子。地下的无一个不弯腰屈背，也有躲出去蹲着笑去的，也有忍着笑上来替他姊妹换衣裳的，独有凤姐鸳鸯二人撑着，还只管让刘姥姥。

刘姥姥拿起箸来，只觉不听使，又说道：“这里的鸡儿也俊，下的这蛋也小巧，怪俊的。我且肏攮一个。”众人方住了笑，听见这话又笑起来。贾母笑的眼泪出来，琥珀在后捶着。贾母笑道：“这定是凤丫头促狭鬼儿闹的，快别信他的话了。”那刘姥姥正夸鸡蛋小巧，要肏攮一个，凤姐儿笑道：“一两银子一个呢，你快尝尝罢，那冷了就不好吃了。”刘姥姥便伸箸子要夹，那里夹的起来，满碗里闹了一阵好的，好容易撮起一个来，才伸着脖子要吃，偏又滑下来滚在地下，忙放下箸子要亲自去捡，早有地下的人捡了出去了。刘姥姥叹道：“一两银子，也没听见响声儿就没了。”

众人已没心吃饭，都看着他笑。贾母又说：“这会子又把那个筷子拿了出来，又不请客摆大筵席。都是凤丫头支使的，还不换了呢。”地下的人原不曾预备这牙箸，本是凤姐和鸳鸯拿了来的，听如此说，忙收了过去，也照样换上一双乌木镶银的。刘姥姥道：“去了金的，又是银的，到底不及俺们那个伏手。”凤姐儿道：“菜里若有毒，这银子下去了就试的出来。”刘姥姥道：“这个菜里若有毒，俺们那菜都成了砒霜了。那怕毒死了也要吃尽了。”贾母见他如此有趣，吃的又香甜，把自己的也端过来与他吃。又命一个老嬷嬷来，将各样的菜给板儿夹在碗上。

扩展阅读 2

第六回　贾宝玉初试云雨情　刘姥姥一进荣国府

说话时，刘姥姥已吃毕了饭，拉了板儿过来，䠶舌咂嘴的道谢。凤姐笑道："且请坐下，听我告诉你老人家。方才的意思，我已知道了。若论亲戚之间，原该不等上门来就该有照应才是。但如今家内杂事太烦，太太渐上了年纪，一时想不到也是有的。况是我近来接着管些事，都不知道这些亲戚们。二则外头看着虽是烈烈轰轰的，殊不知大有大的艰难去处，说与人也未必信罢。今儿你既老远的来了，又是头一次见我张口，怎好叫你空回去呢。可巧昨儿太太给我的丫头们做衣裳的二十两银子，我还没动呢，你若不嫌少，就暂且先拿了去罢。"

那刘姥姥先听见告艰难，只当是没有，心里便突突的；后来听见给他二十两，喜的又浑身发痒起来，说道："嗳，我也是知道艰难的。但俗语说的：'瘦死的骆驼比马大。'凭他怎样，你老拔根寒毛比我们的腰还粗呢！"周瑞家的见他说的粗鄙，只管使眼色止他。凤姐看见，笑而不睬，只命平儿把昨儿那包银子拿来，再拿一吊钱来，都送到刘姥姥的跟前。凤姐乃道："这是二十两银子，暂且给这孩子做件冬衣罢。若不拿着，就真是怪我了。这钱雇车坐罢。改日无事，只管来逛逛，方是亲戚们的意思。天也晚了，也不虚留你们了，到家里该问好的问个好儿罢。"一面说，一面就站了起来。

扩展阅读3

第十五回　王凤姐弄权铁槛寺　秦鲸卿得趣馒头庵

一时凤姐进入茅堂，因命宝玉等先出去顽顽。宝玉等会意，因同秦钟出来，带着小厮们各处游顽。凡庄农动用之物，皆不曾见过。宝玉一见了锹、镢、锄、犁等物，皆以为奇，不知何项所使，其名为何。小厮在旁一一的告诉了名色，说明原委。宝玉听了，因点头叹道："怪道古人诗上说，'谁知盘中餐，粒粒皆辛苦'，正为此也。"一面说，一面又至一间房前，只见炕上有个纺车，宝玉又问小厮们："这又是什么？"小厮们又告诉他原委。宝玉听说，便上来拧转作耍，自为有趣。只见一个约有十七八岁的村庄丫头跑了来乱嚷："别动坏了！"众小厮忙断喝拦阻。宝玉忙丢开手，陪笑说道："我因为没见过这个，所以试他一试。"那丫头道："你们那里会弄这个，站开了，我纺与你瞧。"秦钟暗拉宝玉笑道："此卿大有意趣。"宝玉一把推开，笑道："该死的！再胡说，我就打了。"说着，只见那丫头纺起线来。宝玉正要说话时，只听那边老婆子叫道："二丫头，快过来！"那丫头听见，丢下纺车，一径去了。

扩展阅读4

第三十九回　村姥姥是信口开河　情哥哥偏寻根究底

平儿等来至贾母房中，彼时大观园中姊妹们都在贾母前承奉。刘姥姥进去，只见满屋里珠围翠绕，花枝招展，并不知都系何人。只见一张榻上歪着一位老婆婆，身后坐着一个纱罗裹的美人一般的一个丫鬟在那里捶腿，凤姐儿站着正说笑。刘姥姥便知是贾母了，忙上来陪着笑，道了万福，口里说：“请老寿星安。”贾母亦欠身问好，又命周瑞家的端过椅子来坐着。那板儿仍是怯人，不知问候。

贾母道：“老亲家，你今年多大年纪了？”刘姥姥忙立身答道：“我今年七十五了。”贾母向众人道：“这么大年纪了，还这么健朗。比我大好几岁呢。我要到这么大年纪，还不知怎么动不得呢。”刘姥姥笑道：“我们生来是受苦的人，老太太生来是享福的。若我们也这样，那些庄家活也没人作了。”贾母道：“眼睛牙齿都还好？”刘姥姥道：“都还好，就是今年左边的槽牙活动了。”贾母道：“我老了，都不中用了，眼也花，耳也聋，记性也没了。你们这些老亲戚，我都不记得了。亲戚们来了，我怕人笑我，我都不会，不过嚼的动的吃两口，睡一觉，闷了时和这些孙子孙女儿顽笑一回就完了。”刘姥姥笑道：“这正是老太太的福了。我们想这么着也不能。”贾母道：“什么福，不过是个老废物罢了。”说的大家都笑了。

贾母又笑道：“我才听见凤哥儿说，你带了好些瓜菜来，叫他快收拾去了，我正想个地里现撷的瓜儿菜儿吃。外头买的，不像你们田地里的好吃。”刘姥姥笑道：“这是野意儿，不过吃个新鲜。依我们想鱼肉吃，只是吃不起。”贾母又道：“今儿既认着了亲，别空空儿的就去。不嫌我这里，就住一两天再去。我们也有个园子，园子里头也有果子，你明日也尝尝，带些家去，你也算看亲戚一趟。”

凤姐儿见贾母喜欢，也忙留道：“我们这里虽不比你们的场院大，空屋子还有两间。你住两天罢，把你们那里的新闻故事儿说些与我们老太太听听。”贾母笑道：“凤丫头别拿他取笑儿。他是乡屯里的人，老实，那里搁的住你打趣他。”说着，又命人去先抓果子与板儿吃。板儿见人多了，又不敢吃。贾母又命拿些钱给他，叫小幺儿们带他外头顽去。刘姥姥吃了茶，便把些乡村中所见所闻的事情说与贾母，贾母益发得了趣味。正说着，凤姐儿便令人来请刘姥姥吃晚饭。贾母又将自己的菜拣了几样，命人送过去与刘姥姥吃。

凤姐知道合了贾母的心，吃了饭便又打发过来。鸳鸯忙令老婆子带了刘姥姥去洗了澡，自己挑了两件随常的衣服令给刘姥姥换上。那刘姥姥那里见过这般行事，忙换了衣裳出来，坐在贾母榻前，又搜寻些话出来说。彼时宝玉姊妹们也都在这里坐着，他们何曾听见过这些话，自觉比那些瞽目先生说的书还好听。

那刘姥姥虽是个村野人，却生来的有些见识，况且年纪老了，世情上经历过的，见头一个贾母高兴，第二见这些哥儿姐儿们都爱听，便没了说的也编出些话来讲。因说道："我们村庄上种地种菜，每年每日，春夏秋冬，风里雨里，那有个坐着的空儿，天天都是在那地头子上作歇马凉亭，什么奇奇怪怪的事不见呢。就像去年冬天，接连下了几天雪，地下压了三四尺深。我那日起的早，还没出房门，只听外头柴草响。我想着必定是有人偷柴草来了。我爬着窗户眼儿一瞧，却不是我们村庄上的人。"贾母道："必定是过路的客人们冷了，见现成的柴，抽些烤火去也是有的。"刘姥姥笑道："也并不是客人，所以说来奇怪。老寿星当个什么人？原来是一个十七八岁的极标致的一个小姑娘，梳着溜油光的头，穿着大红袄儿，白绫裙子——"

刚说到这里，忽听外面人吵嚷起来，又说："不相干的，别唬着老太太。"贾母等听了，忙问怎么了，丫鬟回说"南院马棚里走了水，不相干，已经救下去了。"贾母最胆小的，听了这个话，忙起身扶了人出至廊上来瞧，只见东南上火光犹亮。贾母唬的口内念佛，忙命人去火神跟前烧香。王夫人等也忙都过来请安，又回说"已经下去了，老太太请进房去罢。"贾母足的看着火光息了方领众人进来。宝玉且忙着问刘姥姥："那女孩儿大雪地作什么抽柴草？倘或冻出病来呢？"贾母道："都是才说抽柴草惹出火来了，你还问呢。别说这个了，再说别的罢。"宝玉听说，心内虽不乐，也只得罢了。

刘姥姥便又想了一篇，说道："我们庄子东边庄上，有个老奶奶子，今年九十多岁了。他天天吃斋念佛，谁知就感动了观音菩萨，夜里来托梦说：'你这样虔心，原来你该绝后的，如今奏了玉皇，给你个孙子。'原来这老奶奶只有一个儿子，这儿子也只一个儿子，好容易养到十七八岁上死了，哭的什么似的。后果然又养了一个，今年才十三四岁，生的雪团儿一般，聪明伶俐非常。可见这些神佛是有的。"这一席话，实合了贾母王夫人的心事，连王夫人也都听住了。

扩展阅读 5

第四十回　史太君两宴大观园　金鸳鸯三宣牙牌令

一时吃毕，贾母等都往探春卧室中去说闲话。这里收拾过残桌，又放了一桌。刘姥姥看着李纨与凤姐儿对坐着吃饭，叹道："别的罢了，我只爱你们家这行事。怪道说'礼出大家'。"凤姐儿忙笑道："你别多心，才刚不过大家取笑儿。"一言未了，鸳鸯也进来笑道："姥姥别恼，我给你老人家赔个不是。"刘姥姥笑道："姑娘说那里话，咱们哄着老太太开个心儿，可有什么恼的！你先嘱咐我，我就明白了，不过大家取个笑儿。我要心里恼，也就不说了。"鸳鸯便骂人"为什么不倒茶给姥姥吃。"刘姥姥忙道："刚才那个嫂子倒了茶来，我吃过了。姑娘也该用饭了。"凤姐儿便拉鸳鸯："你坐下和我们吃了罢，省的回来又闹。"鸳鸯便坐下了。

婆子们添上碗箸来，三人吃毕。

扩展阅读 6

第四十二回　蘅芜君兰言解疑癖　潇湘子雅谑补馀香

且说刘姥姥带着板儿，先来见凤姐儿，说："明日一早定要家去了。虽住了两三天，日子却不多，把古往今来没见过的，没吃过的，没听见过的，都经验了。难得老太太和姑奶奶并那些小姐们，连各房里的姑娘们，都这样怜贫惜老照看我。我这一回去后没别的报答，惟有请些高香天天给你们念佛，保佑你们长命百岁的，就算我的心了。"

凤姐儿笑道："你别喜欢。都是为你，老太太也被风吹病了，睡着说不好过；我们大姐儿也着了凉，在那里发热呢。"刘姥姥听了，忙叹道："老太太有年纪的人，不惯十分劳乏的。"凤姐儿道："从来没像昨儿高兴。往常也进园子逛去，不过到一二处坐坐就回来了。昨儿因为你在这里，要叫你逛逛，一个园子倒走了多半个。大姐儿因为找我去，太太递了一块糕给他，谁知风地里吃了，就发起热来。"

刘姥姥道："小姐儿只怕不大进园子，生地方儿，小人儿家原不该去。比不得我们的孩子，会走了，那个坟圈子里不跑去。一则风扑了也是有的；二则只怕他身上干净，眼睛又净，或是遇见什么神了。依我说，给他瞧瞧祟书本子，仔细撞客着了。"一语提醒了凤姐儿，便叫平儿拿出《玉匣记》着彩明来念。彩明翻了一回念道："八月二十五日，病者在东南方得遇花神。用五色纸钱四十张，向东南方四十步送之，大吉。"凤姐儿笑道："果然不错，园子里头可不是花神！只怕老太太也是遇见了。"一面命人请两分纸钱来，着两个人来，一个与贾母送祟，一个与大姐儿送祟。果见大姐儿安稳睡了。

凤姐儿笑道：“到底是你们有年纪的人经历的多。我这大姐儿时常肯病，也不知是个什么原故。”刘姥姥道：“这也有的事。富贵人家养的孩子多太娇嫩，自然禁不得一些儿委曲；再他小人儿家，过于尊贵了，也禁不起。以后姑奶奶少疼他些就好了。”凤姐儿道：“这也有理。我想起来，他还没个名字，你就给他起个名字。一则借借你的寿；二则你们是庄家人，不怕你恼，到底贫苦些，你贫苦人起个名字，只怕压的住他。”刘姥姥听说，便想了一想，笑道：“不知他几时生的？”凤姐儿道：“正是生日的日子不好呢，可巧是七月初七日。”刘姥姥忙笑道：“这个正好，就叫他是巧哥儿。这叫作‘以毒攻毒，以火攻火’的法子。姑奶奶定要依我这名字，他必长命百岁。日后大了，各人成家立业，或一时有不遂心的事，必然是遇难成祥，逢凶化吉，却从这‘巧’字上来。”

第十七章
报恩不在物质轻重，也不在一时一事
——投桃报李、细水长流的刘姥姥

故事提要

①刘姥姥回赠贾府的东西虽廉价，情谊却重千斤。

②虽然一时帮不上贾府忙，但刘姥姥将恩情记在心里，日后帮了贾府大忙。

在上一章，我们看到了刘姥姥的幽默，那不只是插科打诨而已，而是需要见识和智慧，需要很好的观察力、判断力，并且还要有强大的心理能量，才能真正将幽默发挥出最佳的效果。刘姥姥为什么要在贾家使出浑身解数，尽量制造笑料呢？而贾家对于刘姥姥的卖力演出，又是怎样回报的呢？下面我们就来仔细解读。

1. 用情意增加礼物的分量

第六回中，刘姥姥一家连吃的都没有，冬天又来了，简直过不下去，于是来向贾家求助。当时因为王夫人的慈悲，所以凤姐给了刘姥姥二十两。二十两银子在当时是一笔大数目，我们参考第三十九回刘姥姥第二次进荣国府的时候，看到了那一顿螃蟹宴，她算了一下价格，说：

> 这样螃蟹，今年就值五分一斤。十斤五钱，五五二两五，

三五一十五，再搭上酒菜，一共倒有二十多两银子。阿弥陀佛！这一顿的钱够我们庄家人过一年了。

所以说，贾家第一次给她的二十两银子，让刘姥姥一家不但立刻解决了燃眉之急，还让庄稼人接下来的一整年都衣食无忧，可以说是很大的恩惠。

受到了人家的恩惠，应该都要回报吧？刘姥姥是个穷苦的乡下人，能回报什么呢？一无所有的刘姥姥，亲手种出来的农作物，就是她唯一可以贡献的礼物，所以第三十九回她第二次进荣国府，就送来了一大批的农作物，当时平儿从大观园回到家：

只见凤姐儿不在房里。忽见上回来打抽丰的那刘姥姥和板儿又来了，坐在那边屋里，还有张材家的周瑞家的陪着，又有两三个丫头在地下倒口袋里的枣子倭瓜并些野菜。

众人见他进来，都忙站起来了。刘姥姥因上次来过，知道平儿的身分，忙跳下地来问“姑娘好”，又说：“家里都问好。早要来请姑奶奶的安看姑娘来的，因为庄家忙。好容易今年多打了两石粮食，瓜果菜蔬也丰盛。这是头一起摘下来的，并没敢卖呢，留的尖儿孝敬姑奶奶姑娘们尝尝。姑娘们天天山珍海味的也吃腻了，这个吃个野意儿，也算是我们的穷心。”平儿忙道：“多谢费心。”

刘姥姥把最早、最好的第一批蔬菜瓜果扛过来，其实就等于有钱人拿出珍藏的珠宝一样，可是她的心意恐怕更加可贵。第一，刘姥姥多么体贴，她了解“姑娘们天天山珍海味的也吃腻了，这个吃个野意儿，也算是我们的穷心”。果然，后来贾母见到了刘姥姥，就笑道：“我才听见凤哥儿说，你带了好些瓜菜来，叫他快收拾去了，我正想个地里现撷的瓜儿菜儿吃。外头买的，不像你们田地里的好吃。”等到第四十二回，刘姥姥住了几天，准备要回去的时候，看到贾家给了堆积如山的礼物，刘姥姥心里感到不安，觉得“收了又不好，不收又辜负了姑娘的心”，平儿就安慰她说：

“咱们都是自己，我才这样。你放心收了罢，我还和你要东西呢。到年下，你只把你们晒的那个灰条菜干子和豇谷、扁豆、茄子、葫芦条儿各样干菜带些来，我们这里上上下下都爱吃。这个就算了，别的一概不要，别罔费了心。”刘姥姥千恩万谢答应了。

情商点评

可见刘姥姥确实很了解人性，很懂得人情世故，因此能体贴入微。回报给贾家的农作物是她唯一拥有的财产，但送礼送到了对方的心坎儿里，让人家心满意足，这才最是难能可贵的地方。更何况这些农作物重得很，一个七十几岁的老人家从乡下到城里，又扛了这么重的东西走了那么远的路，那就是十足的心意，连凤姐都体贴说：“大远的，难为他扛了那些沉东西来，晚了就住一夜明儿再去。”所以说，刘姥姥回赠蔬菜瓜果的心意是更加的可贵，就在于这份“穷心”。

不知大家是否留意，刘姥姥用的“穷心”这个词非常耐人寻味，因为“穷”，所以无法用金钱包装，只剩下那份“心”，那完全只能靠真诚来表现，所以就可以看出真正的诚心诚意了。难怪古代有一句俗语：“千里送鹅毛，礼轻情意重。”何况刘姥姥送的是比鹅毛重得多的农作物，更证明了刘姥姥的穷心“情意重”，所以才会让贾家的人感动。

当然，一无所有的刘姥姥，除了亲手种出来的农作物，另外还可以送给贾家的礼物，就是她的幽默感，能让大家开怀大笑，这是比物质上的礼物更珍贵的精神回馈。贾家最缺的，正是这样没有负担、真正畅快的欢笑。在第七十一回里，三姑娘探春就曾经说："我们这样人家人多，外头看着我们不知千金万金小姐，何等快乐，殊不知我们这里说不出来的烦难，更利害。"因此，刘姥姥一来，大家也想用她来取乐，讨贾母的欢心，也调剂一下生活。刘姥姥当然也知道她们的真正目的，所以尽量配合，不但尽情表演，很多出丑的洋相还是刘姥姥自己加码演出的呢。

第七十一回
扩展阅读 1

2. 报恩不必求"对等"，尽心尽力最重要

但是，刘姥姥能回报的，真的只有这些吗？所谓的"疾风知劲草"，当大风吹来的时候，哪一棵草最坚忍不拔，就可以看出来了。贾府被抄家，就是最大的一阵狂风，把贾家吹得"落了片白茫茫大地真干净"。当贾府败落以后，凤姐唯一的女儿巧姐儿流落到了烟花巷，过着非常悲惨的生活，这个时候，受过贾家大恩的刘姥姥见义勇为，救出了被拐卖的巧姐儿。这段情节要到最后才能见到，可惜后四十回已经佚失了，而高鹗的续书并不符合曹雪芹的原意。我们从前八十回的线索来看，第五回宝玉神游太虚幻境的时候，关于巧姐儿的图画判词是这么说的：

> 一座荒村野店，有一美人在那里纺绩。其判云：
>
> 事败休云贵，家亡莫论亲。偶因济刘氏，巧得遇恩人。

这就暗示得很清楚了，当贾家"势败""家亡"的时候，就"休云

贵”“莫论亲”，不要再谈以前有多么富贵，血缘有多么亲近，人情冷暖，世态炎凉，巧姐儿就这么被无情的亲人拐卖了！幸好过去贾家“偶因济刘氏”，曾经偶然救济过刘姥姥，于是在偶然的情况下，巧姐儿遇到了刘姥姥，把巧姐儿救了出来，这时候刘姥姥反过来变成贾家的大恩人了。

这句“巧得遇恩人”，很有意思，一方面是用这个“巧”字暗示巧姐儿这位金钗，一方面又是一语双关，意指将来她会在巧合的情况下遇到刘姥姥，才能脱离苦海。所以说，这个“巧”字就是巧姐儿改变厄运的关键，而“巧姐儿”这个名字还是刘姥姥给取的。当刘姥姥逛完大观园，准备回家的前夕，凤姐对这位老人家充满了信赖，竟然把自己的宝贝女儿交给刘姥姥来命名。一个人的名字会跟着他一辈子，也是一个人的符号、象征，通常都是由家长或有权威的人来起名，凤姐这样做，就表示她非常信赖刘姥姥，书里第四十二回这样说：

> 凤姐儿道：“……我想起来，他还没个名字，你就给他起个名字。一则借借你的寿；二则你们是庄家人，不怕你恼，到底贫苦些，你贫苦人起个名字，只怕压的住他。”刘姥姥听说，便想了一想，笑道：“不知他几时生的？”凤姐儿道：“正是生日的日子不好呢，可巧是七月初七日。”刘姥姥忙笑道：“这个正好，就叫他是巧哥儿。这叫作‘以毒攻毒，以火攻火’的法子。姑奶奶定要依我这名字，他必长命百岁。日后大了，各人成家立业，或一时有不遂心的事，必然是遇难成祥，逢凶化吉，却从这‘巧’字上来。”
>
> 凤姐儿听了，自是欢喜，忙道谢，又笑道：“只保佑他应了你的话就好了。”

可见，刘姥姥果然是非常坚毅勇敢的人。她面对厄运，并不是逃避、不敢面对，而是勇敢地挑战它。“以毒攻毒，以火攻火”的心态，就显示出刘姥姥毫不畏惧，有这种勇气才能真正摆脱困境。刘姥姥不仅用这种意志力帮助女婿一家渡过了难关，现在她又用这种意志力帮助了巧姐儿。当贾家败落，巧姐儿遇到不遂心的事时，也正是因为刘姥姥而“遇难成祥，逢凶化吉”，真是令人感慨万分。

不只如此，巧姐儿虽然被救出来了，但家破人亡，人海茫茫，一个小女孩又能到哪里去呢？刘姥姥这时就做了一个决定，让外孙子板儿娶巧姐。这个结局，根据脂砚斋的提示，也很符合曹雪芹的苦心设计。在第四十回里，贾母带刘姥姥逛大观园，其中一站来到了探春住的秋爽斋，屋子里左边紫檀架上放着一个大观窑的大盘，盘内盛着数十个娇黄玲珑的大佛手，那板儿来到贾家一两天，已经略熟了些，就要佛手吃，于是探春拣了一个给他说：“顽罢，吃不得的。”

这个佛手后来就到了巧姐儿手里，第四十一回说，奶娘抱了当时还没有取名“巧姐”的大姐儿来，大家哄她玩了一会儿。

> 那大姐儿因抱着一个大柚子玩的，忽见板儿抱着一个佛手，便也要佛手。丫鬟哄他取去，大姐儿等不得，便哭了。众人忙把柚子与了板儿，将板儿的佛手哄过来与他才罢。那板儿因顽了半日佛手，此刻又两手抓着些果子吃，又忽见这柚子又香又圆，更觉好顽，且当球踢着玩去，也就不要佛手了。

这段描写非常有趣，但不只是在讲小孩子的无聊小事而已，里面也隐藏了奥妙的深义。这个佛手是曹雪芹故意写的，它是一种产在南方的有芬芳香气的果子，到了北方，既是珍贵的摆设，也可以用来熏香，所以出现在贾府这种贵族人家的房间里。但是可以用来表示富贵的珍奇果品还有很多，这里单单用了佛手，意义就不是那么简单的了。

果然，《红楼梦》点评者脂砚斋说，大姐儿的大柚子又香又圆，这个“圆”字就是谐音缘分的“缘”，而这个大柚子却转到了板儿手里，就代表这两个小孩子“有缘”，也就是将来会有结为夫妻的姻缘。同样，在两个小孩子手里被交换的佛手，又是代表什么意义呢？曹雪芹真是用心良苦，选了这么一个有着慈悲名称的水果，“佛”代表慈悲，怜惜沉沦在苦海里的人；而“手”代表牵引，可以拉人一把，那么“佛手”的意思就是伸出一双温暖的手，把苦难的人拉回岸上。这就是暗示将来巧姐儿“巧得遇恩人”的情节。

珍惜他人的好意和恩情，埋下了未来的好因缘。

既然当初王夫人好人做到底，给了刘姥姥一百两银子，想要彻底转变她家的命运，那么，这时候刘姥姥也可以好人做到底，给巧姐儿这个无家可归的小女孩一个终身的归宿，让外孙子板儿娶了巧姐。所以说，当初贾家善待了刘姥姥，种下了善因，后来就在巧姐儿身上结出了善果，这是不幸中的大幸。如果贾母、王夫人、王熙凤地下有知，应该终于可以含笑瞑目了吧！天道好还，贾家的善心、刘姥姥的穷心，就这样创造出美丽的善的循环。

而这种善的循环，以传统的观念来说，就是一种礼尚往来的精神。

中国最重要的传统经典之一《礼记·曲礼》，其中指出：“太上贵德，其次务施报。礼尚往来，往而不来，非礼也；来而不往，亦非礼也。”其实，每一个社会都提倡这种相互报偿的道德，只是在中国，这一观念历史久远，更是广泛地应用于社会各方面，产生深刻的影响。因此，受人恩惠，应该感恩图报。那么，哪些算是恩惠呢？受了恩惠又该怎样回报呢？

情商点评

“恩”是一种泛称，史书中所说的德、惠、赠予、招待以及生活救济、挽救生命和照顾事业等，都是恩惠。而报恩的表现则集中在回报自己的时间、为对方提供机会和同样回赠物品等方面，当然，报恩的行为大多由本人执行，这才是有诚意。请大家特别注意的是，报恩时以另一种方式回报的情况居多，以完全同样方式回报的较少。

早在三千年前，《诗经》里就出现了“投桃报李”这个成语，体现出“礼尚往来”的精神，《大雅·抑》说：“无德不报，……投我以桃，报之以李。”看起来旗鼓相当，可以说是最均衡的礼尚往来了。施恩者与报恩者彼此的关系平等，两边都很自在，一般情况下，这是最好的一种互动方式。但是，有时候双方的能力差别很大，很难投桃报李，那就可以像上面所说，报恩的形式可以换成另一种方式，不需要拘泥表面的形式，只要尽自己的能力就好。

每一个人的能力都不同，不需要用同等的市场价值来衡量，只要尽心尽力，就是非常可贵的回报。

每个人能力不同，条件不同，不能用统一标准来衡量其付出和回报，只要尽心尽力就是最好。

生长在富贵场中的王熙凤很懂得这个道理。第三十九回中刘姥姥送礼物来，赶着傍晚宵禁之前出城回家，于是请周瑞家的去帮她转告一下，没想到王熙凤听了，说：“大远的，难为他扛了那些沉东西来，晚了就住一夜明儿再去。”你看，王熙凤非常体贴这个乡下老妇人，因为她看到了“千里送鹅毛”的“礼轻情意重”，那些新鲜农作物不值多少钱，可是刘姥姥的心意无比珍贵，王熙凤能想到这一点，已经是非常难得了，更难得的是，她让刘姥姥住一晚再回去，也是让刘姥姥过一天好日子的意思。这又是一种礼尚往来。贾家和王熙凤并没有因为先前给了二十两银子帮助刘姥姥，就认为现在姥姥的回礼是应该的，反倒很感谢她的好意。所以说，这种礼尚往来的精神真是非常温暖的品德，让双方的付出都有了美好的意义。

贾家其实根本没有计算第一次给刘姥姥二十两的恩情，只记得刘姥姥这次扛来了蔬菜瓜果的情意，以及她卖力带给贾家的快乐，于是又加码给了刘姥姥更多的回报。

她们首先是先向刘姥姥道歉，第四十回说：

> 凤姐儿忙笑道："你可别多心，才刚不过大家取笑儿。"一言未了，鸳鸯也进来笑道："姥姥别恼，我给你老人家赔个不是。"……鸳鸯便骂人"为什么不倒茶给姥姥吃"。

可见凤姐、鸳鸯这两个捉弄刘姥姥的人，完全不是存心欺负乡下人，所以事后才会诚心诚意地道歉，并且她们还泉涌以报，送给刘姥姥的东西堆积如山，包括王夫人的那一百两。这已经不只是投桃报李了，《诗经 · 卫风 · 木瓜》这一篇很可以说明贾家的报恩方式，简单来说，有人"投我以木瓜"，我们就"报之以琼瑶"，贾家的做法正是如此。木瓜并不值钱，琼瑶则是昂贵的珠宝。汉代的韩信报答漂母的一饭之恩，也是这样。漂母是一个在水边洗衣服的妇女，她看到韩信非常落魄，于是好心给了韩信一碗饭吃，并没有求回报，但韩信成功以后，特别派人找到了这个漂母，重重给了她一千两黄金的赏赐，贾家对刘姥姥不也正是这样吗？

所以说，人必须知恩图报，不可把别人对我们的好、对我们的付出视为理所当然。你看刘姥姥，虽然一开始是想要来贾家“打抽丰”，但同时她也有着感恩图报的心，不但诚心诚意地回送了礼物，也贡献出自己的幽默欢乐，最后还在贾家败落了以后，见义勇为，救出了被拐卖的巧姐儿，这种人与人之间“善的循环”，就是礼尚往来真正的意义。

最后，我们总结一下这一期所讲的情商特质：

第一，乐于助人，也培养“感恩图报”的品德，把别人对我们的好放在心里。

第二，遵守“礼尚往来”的大原则，待人处事就可以互相帮助，创造善的循环。

这就是刘姥姥和贾家人都有高情商的真正原因。那么，连没有受过教育的乡下人刘姥姥都能培养出高情商，生活在贾府里，对贾府礼数耳濡目染的仆人们，其中也应该不缺乏具备高情商的人吧？下一章，我们就来看看这些没有人注意的小人物。

扩展阅读 1

第七十一回　嫌隙人有心生嫌隙　鸳鸯女无意遇鸳鸯

这里尤氏笑道：“老太太也太想的到，实在我们年轻力壮的人捆上十个也赶不上。”李纨道：“凤丫头仗着鬼聪明儿，还离脚踪儿不远。咱们是不能的了。”鸳鸯道：“罢哟，还提凤丫头虎丫头呢，他也可怜见儿的。虽然这几年没有在老太太、太太跟前有个错缝儿，暗里也不知得罪了多少人。总而言之，为人是难作的：若太老实了没有个机变，公婆又嫌太老实了，家里人也不怕；若有些机变，未免又治一经损一经。如今咱们家里更好，新出来的这些底下奴字号的奶奶们，一个个心满意足，都不知要怎么样才好，稍有不得意，不是背地里咬舌根，就是挑三窝四的。我怕老太太生气，一点儿也不肯说。不然我告诉出来，大家别过太平日子。这不是我当着三姑娘说，老太太偏疼宝玉，有人背地里怨言还罢了，算是偏心。如今老太太偏疼你，我听着也是不好。这可笑不可笑？”探春笑道：“糊涂人多，那里较量得许多。我说倒不如小人家人少，虽然寒素些，倒是欢天喜地，大家快乐。我们这样人家人多，外头看着我们不知千金万金小姐，何等快乐，殊不知我们这里说不出来的烦难，更利害。”宝玉道：“谁都像三妹妹好多心。事事我常劝你，总别听那些俗话，想那些俗事，只管安富尊荣才是。比不得我们没这清福，该应浊闹的。”尤氏道：“谁都像你，真是一心无挂碍，只知道和姊妹们玩笑，饿了吃，困了睡，再过几年，不过还是这样，一点后事也不虑。”宝玉笑道：“我能够和姊妹们过一日是一日，死了就完了。什么后事不后事。”

李纨等都笑道：“这可又是胡说。就算你是个没出息的，终老在这里，难道他姊妹们都不出阁的？”尤氏笑道：“怨不得人都说他是假长了一个胎子，究竟是个又傻又呆的。”宝玉笑道：“人事莫定，知道谁死谁活。倘或我在今日明日、今年明年死了，也算是遂心一辈子了。”众人不等说完，便说：“可是又疯了，别和他说话才好。若和他说话，不是呆话，就是疯话。”喜鸾因笑道：“二哥哥，你别这样说，等这里姐姐们果然都出了阁，横竖老太太、太太也寂寞，我来和你作伴儿。”李纨尤氏等都笑道：“姑娘也别说呆话，难道你是不出阁的？这话哄谁。”说的喜鸾低了头。当下已是起更时分，大家各自归房安歇，众人都且不提。

第十八章
别小看态度和善、发挥稳定的人
——不简单的贾府小人物

故事提要

①贾府过元宵节，贾母命两个婆子送点心给袭人、鸳鸯，这两人的表现可圈可点。

②怡红院的宋妈，可靠又细心，贾府的小人物也有真正的优越之处。

在上一章里，我们学习了礼尚往来这个平等互惠的法则，这是知恩图报的表现，刘姥姥的做法提供了很好的范例，更可以看出刘姥姥确实是一个平凡又伟大的人。其实，不只是贾府之外有刘姥姥这样聪明善良又有见识的平凡人，贾府众多的仆人里，也有一些高情商的小人物。我们今天就要来挖掘这些沙砾中的珍珠，见识一下他们闪烁的光芒。

1. 拿掉情绪，态度好也是“竞争力”

首先是两个默默无闻的女仆。第五十四回贾府过元宵节，大家都热热闹闹地看戏听书，中途宝玉离席，回到怡红院里上厕所：

{第五十四回 → 扩展阅读 1}

> 这里宝玉刚转过来，只见两个媳妇子迎面来了，问是谁，秋纹道：“宝玉在这里，你大呼小叫，仔细唬着罢。”那媳妇

们忙笑道："我们不知道，大节下来惹祸了。姑娘们可连日辛苦了。"说着，已到了跟前。

实际上，两个媳妇子迎面走来的时候，会问宝玉这一行人是谁，是一种尽责的表现。大观园这么大的一个地方，人来人往，鱼龙混杂，安全是很重要的，一遇到身份不确定的人，问清楚也是替大家做了保险。这两个媳妇的音量可能是大了点，秋纹才会亮出宝玉的名号，说："宝玉在这里，你大呼小叫，仔细唬着罢。"然后那媳妇们立刻道歉，自责竟然在大节日惹祸了，还问候秋纹、麝月这两个大丫鬟连日辛苦了。然后，麝月等问说："手里拿的是什么？"媳妇们道："是老太太赏金、花二位姑娘吃的。"宝玉想看看那是些什么食物，于是笑着命她们："揭起来我瞧瞧。"秋纹、麝月忙上去将两个盒子揭开，两个媳妇忙蹲下身子，宝玉看了两盒内都是席上所有的上等果品菜馔，点了一点头，迈步就走，麝月二人连忙胡乱放下盒盖，跟上来。

看完了这一小段过程，有没有注意到这两个媳妇的优点呢？宝玉不但是注意到了，而且说得非常清楚，宝玉笑道：

"这两个女人倒和气，会说话，他们天天乏了，倒说你们连日辛苦，倒不是那矜功自伐的。"

宝玉对这两个媳妇的赞美，就是清楚地感受到了她们高情商的地方，这也证明了他自己也是一个高情商的人，否则怎么看得出来呢？请看，他先是说"这两个女人倒和气"，这就很明显了，与人相处，"态度"是最重要的，因为那是待人处事的第一关，人家首先感觉到的就是"态度"，而"和气"正是最好的态度，一下子就化解了敌意，拉近了彼此的距离，接下来就容易沟通了。

情商点评

所以说，遇到摩擦的时候，要懂得“拿掉情绪”，有情绪，就容易起争执，没办法再讲道理，形势就会走向失控。但怎样才能帮助我们拿掉情绪呢？有时候情绪一来，真的很难控制。我们从这两个媳妇的表现，可以学习到一个好方法，那就是：不要认为别人是故意针对你找麻烦的。其实大部分的时候，别人只是不小心，一下子没想到那么多，或者别人只是产生了误会，他并不了解真正的情况。这么一想，你就会心平气和了。只要心平气和了，讲话就会温和委婉，对方一定也感受得到，于是也会放下剑拔弩张的气势，这样一来，场面不就化解开了吗？

那这两个媳妇是怎么表现出和气的呢？除了口气要温和之外，这里有一个重点应该特别注意一下，你看，她们一听到对方原来是宝玉，立刻就连忙认错，笑道：“我们不知道，大节下来惹祸了。”其实，不知者无罪，黑夜里没看到对方是谁，这不算错；但既然已经发现是宝玉，确实是自己有所失礼，于是坦然道歉，这其实是一种高情商的表现。同样地，宝玉的贴身小厮焙茗，也有一次很有趣的反应，第二十八回说：

宝玉出来，到外面，只见焙茗说道：“冯大爷家请。”宝玉听了，知道是昨日的话，便说：“要衣裳去。”自己便往书房里来。焙茗一直到了二门前等人，只见一个老婆子出来了，焙茗上去说道：“宝二爷在书房里等出门的衣裳，你老人家进去带个信儿。”那婆子说：“放你娘的屁！倒好，宝二爷如今在园里住着，跟他的人都在园里，你又跑了这里来带信儿来了！”焙茗听了，笑道：“骂的是，我也糊涂了。”说着一径往东边二门前来。

焙茗弄错了地方，被婆子很不客气地斥骂了一顿，但他却没有生气反驳，反倒虚心承认错误，说骂得对，是他自己糊涂了，然后赶快换地方找宝玉出门要穿的衣裳。焙茗是宝玉的贴身小厮，是最得力的左右手，第九回中还大闹过学堂，但他在这里并没有仗势欺人，挨了骂还笑着认错，然后赶紧把事情办好。

情商点评

坦然接受自己的错误，尽快修正做法，这也是非常重要的情商力。

和气，不因他人的情绪点燃自己的脾气，是化解矛盾、惹人喜爱和尊敬的原因之一。

我们再回来看这两个媳妇的第二个优点，宝玉说这两个女人“会说话”，那又是个怎样的会说话法呢？除了前面说的坦然认错之外，就是将心比心，真诚地体贴别人，你看宝玉说“他们天天乏了，倒说你们连日辛苦”。

情商点评

“会说话”并不是巧言令色，说一些言不由衷的甜言蜜语，而是这两个媳妇自己天天都很劳累，所以更能体会做丫鬟的辛苦，大家都是侍候主子的仆人，彼此更懂得互相体谅，这就是她们两个“会说话”的原因。

也因此，才会有第三个优点——这两个媳妇“倒不是那矜功自伐的”，因此让人尊重。那什么叫作“矜功自伐”呢？意思就是自以为有功劳，于是自我吹嘘，炫耀自己的贡献。照这个定义，《红楼梦》里最“矜功自伐”的人，应该是焦大了，他因为当年在战场上救了宁、荣二公的命，就觉得自己功劳很大，常常大咧咧地要贾家报他的恩，焦大这个名字，就暗含“骄傲自大”的意思，正是曹雪芹对他的讽刺。对照起来，这两个媳妇就大大不同了，这里我们要注意一下，为什么在秋纹、麝月过来揭开盒子时，这两个媳妇要“忙蹲下身子”呢？原来，这是为了表示尊敬的意思，因为秋纹、麝月是贴身服侍主子的大丫头，相当于副小姐、二层主子，地位比这两个媳妇高很多，接着宝玉又会过来，那是地位更高的主子，所以她们才会屈膝蹲下来。难怪宝玉赞美这两个媳妇“倒不是那矜功自伐的”，现在你是不是也觉得她们非常谦虚可爱呢？

另外，更值得我们注意的是，麝月听了宝玉的赞美以后，接着说：

> 这好的也很好，那不知礼的也太不知礼。

可见这两个媳妇确实是“这好的也很好”的一类，而她们的“好”就是“知礼”，懂得礼貌、礼节、礼数，算一算，她们从一开始自动负起园子里安全的责任，到问候秋纹、麝月这两个大丫鬟连日辛苦了，最后是在秋纹、麝月过来揭开盒子时，连忙蹲下身子，都是谨守分寸的适宜表现。这就再一次证明了我们在书中不断提醒大家的，知理守礼就是情商力量的真正来源！

2. 别与糊涂人纠缠

和“这好的也很好”相反的，就是“那不知礼的也太不知礼”，不外乎就是态度随便、逾越分寸、越俎代庖、矜功自伐这样的人，也就是缺乏情商的人。而对于宝玉这种心胸宽广的人来说，这类人其实是很可怜的，所以听了麝月抱怨“那不知礼的也太不知礼”以后，宝玉笑道：

你们是明白人，耽待他们是粗笨可怜的人就完了。

换句话说，“那不知礼的也太不知礼”的人就是“粗笨可怜的人”，为什么会这样说？因为他们没有教养，不懂得待人处事的道理，当然粗粗笨笨，所以也就不是一个优美像样的人，这还不可怜吗？宝玉就是看到了这种“可怜”，而不只是看到他们的粗笨，所以没有对他们生气，反倒以一种慈悲的心胸来担待他们的可怜。

情商点评

从这个角度来说，能够拥有担待别人的雅量，能真正地认识、理解对方，也是一种高贵人格的体现，也才能从根本上管理好情绪。

而贾府的好贵族子弟们，都拥有这样的教养，我们前面提到的王夫人，她的雅量就是最好的代表。还有那位杰出到连王熙凤都自叹不如的探春，她的领袖风范也包括了这样的雅量，想想看，心胸狭窄、没有肚量的人，怎能当一个气度恢宏的领导者呢？第七十一回是这么说的。

探春在第五十五回理家后一鸣惊人，她的品行才智终于被老祖宗注意到了，第七十一回贾母过八十大寿的生日，南安太妃还亲自登门来贺寿，当时问起众小姐们，于是：

> 贾母回头命凤姐儿去把史、薛、林带来，“再只叫你三妹妹陪着来罢”。

除了史湘云、薛宝钗、薛宝琴和林黛玉之外，这时又多增加了探春。而探春完全是靠自己的杰出才干获得贾母青睐的，这个荣誉算是实至名归，照理来说，应该是大家都很心服口服才对。然而这世界上有很多不理性的人，只要看到别人得宠，就嫉妒眼红，背后说酸言酸语让鸳鸯“听着也是不好”。然而，探春听了以后是笑道：

> 糊涂人多，那里较量得许多。

从这句话中可以看出，探春的反应非常宽容大方，和宝玉的反应一模一样。对那些背后嫉妒说坏话的人，探春说他们是“糊涂人”，这就相当于宝玉说的“粗笨可怜的人”，宝玉是看到了“可怜”，探春则是看到了“糊涂”，所以一概怜悯他们的无知卑劣，于是做哥哥的宝玉“担待”他们，做妹妹的探春不想去“较量”，都不和他们一般见识，这就是一种高贵的雅量。

3. 高情商不是少数人的专利

我们再看那些“好的也很好”、不需要别人担待的小人物。其中还有一个宋妈，是怡红院的人，这宋妈在书里一共出现两次，每次都把事情做得非常完善，没有丝毫遗漏。第一次出现是在第三十七回。

> 袭人打点齐备东西，叫过本处的一个老宋妈妈来，向他说道："你先好生梳洗了，换了出门的衣裳来，如今打发你与史姑娘送东西去。"那宋嬷嬷道："姑娘只管交给我，有话说与我，我收拾了就好一顺去的。"袭人听说，便端过两个小掐丝盒子来。……宋嬷嬷道："宝二爷不知还有什么说的，姑娘再问问去，回来又别说忘了。"袭人因问秋纹："方才可见在三姑娘那里？"秋纹道："他们都在那里商议起什么诗社呢，又都作诗。想来没话，你只去罢。"宋嬷嬷听了，便拿了东西出去，另外穿戴了。

在这里，宋妈不但处理好袭人交代的事情，送东西去给史湘云，还特别问了一下，宝玉是否还有其他的传话，以免遗漏，简直比袭人还要周到，很令人刮目相看。等宋妈回来以后，也把湘云的答话如实带到：

> 宋妈妈已经回来，回复道生受，与袭人道乏。

"道生受"，意思是湘云说她接受馈赠，却无法回报，表示非常感谢；湘云又"与袭人道乏"，也就是向袭人转告说辛苦了，表示劝慰的意思。宋妈全部都照顾到了，这些小地方没有一个遗漏，完完整整，非常可靠，是值得信赖的人。

也正是这个细心的宋妈，发现了偷窃平儿镯子的那个人。第四十九回写湘云、宝玉在芦雪庵联句作诗前，先烧烤鹿肉来吃，

第四十九回 → 扩展阅读 2

连宝琴、凤姐、平儿都共襄盛举，凑着一处吃了起来。当时平儿褪去手上的镯子，好方便吃肉，没想到吃完后洗了手要戴时，却少了一个，左右前后乱找了一番，踪迹全无。这只失踪的虾须镯，到了第五十二回才真相大白，平儿到怡红院对麝月说明情况，道：

第五十二回
↓
扩展阅读 3

> 你们这里的宋妈妈去了，拿着这支镯子，说是小丫头子坠儿偷起来的，被他看见，来回二奶奶的。

当时满地的火炉、刀叉、铁丝蒙，大家围在一起野餐，整个场面热热闹闹，一团纷乱，显然宋妈应该是一直留心注意，并没有松懈的，这才能看到坠儿的偷窃，也才解决了这个悬案。果然宋妈是一个认真可靠，值得信赖的人。

情商点评

连贾府中的小人物，都可以表现出高度的情商，这就告诉我们，任何环境、任何群体里都有好人和不好的人，所以，我们不管在何时何地，其实都可以做好人。这两个默默无闻的媳妇，再加上宋妈，就是很好的例子。她们虽然只是小人物，可是品行却比邢夫人、赵姨娘这些人更优越。这也让我们想到法国小说家加缪（Albert Camus）曾经领悟到的一个道理，他在《札记》里面说：“实在令人难以置信，一个人不必比别人居高位便可以比别人优越。而这才是真正的优越。”换句话说，一个人的“优越”不是来自位高权重，而是他的人格品行，这种优越才是真正的优越。这个道理看起来似乎难以置信，但却是真知灼见，值得我们仔细省思。

即便是无足轻重的小人物，安守自己应尽的职责，守住优秀的品行，也是一个优越的、高情商的人。

最后，我们总结一下本期所讲的情商特质：

第一，和善的态度最重要，情绪、脾气是人际关系的最大障碍。

第二，说话时应该体恤别人，表现出设身处地的同理心，这样有助于良好的沟通。

第三，要能够虚心认错，并且尽快改正，这样一来，我们自己才能更完善。

第四，无论在什么环境，有怎样的身份，都可以努力做一个真正优越的人。

这就是这些贾府的小人物高情商的原因。下一章，我们再来看一看同样默默无闻的贾迎春，她绝不只是软弱无能而已，其实同样拥有高情商。

扩展阅读 1

第五十四回　史太君破陈腐旧套　王熙凤效戏彩斑衣

且说宝玉一径来至园中，众婆子见他回房，便不跟去，只坐在园门里茶房里烤火，和管茶的女人偷空饮酒斗牌。宝玉至院中，虽是灯光灿烂，却无人声。麝月道："他们都睡了不成？咱们悄悄的进去唬他们一跳。"于是大家蹑足潜踪的进了镜壁一看，只见袭人和一人对面都歪在地炕上，那一头有两三个老嬷嬷打盹。

宝玉只当他两个睡着了，才要进去，忽听鸳鸯叹了一声，说道："可知天下事难定。论理你单身在这里，父母在外头，每年他们东去西来，没个定准，想来你是不能送终的了，偏生今年就死在这里，你倒出去送了终。”袭人道：“正是。我也想不到能够看父母回首。太太又赏了四十两银子，这倒也算养我一场，我也不敢妄想了。”宝玉听了，忙转身悄向麝月等道：“谁知他也来了。我这一进去，他又赌气走了，不如咱们回去罢，让他两个清清静静的说一回。袭人正一个闷着，他幸而来的好。”说着，仍悄悄的出来。

宝玉便走过山石之后去站着撩衣，麝月秋纹皆站住背过脸去，口内笑说：“蹲下再解小衣，仔细风吹了肚子。”后面两个小丫头子知是小解，忙先出去茶房预备去了。这里宝玉刚转过来，只见两个媳妇子迎面来了，问是谁，秋纹道：“宝玉在这里，你大呼小叫，仔细唬着罢。”那媳妇们忙笑道：“我们不知道，大节下来惹祸了。姑娘们可连日辛苦了。”说着，已到了跟前。

麝月等问：“手里拿的是什么？”媳妇们道：“是老太太赏金、花二位姑娘吃的。”秋纹笑道：“外头唱的是《八义》，没唱《混元盒》，那里又跑出‘金花娘娘’来了。”宝玉笑命：“揭起来我瞧瞧。”秋纹麝月忙上去将两个盒子揭开。两个媳妇忙蹲下身子，宝玉看了两盒内都是席上所有的上等果品菜馔，点了一点头，迈步就走。麝月二人忙胡乱掷了盒盖，跟上来。宝玉笑道：“这两个女人倒和气，会说话，他们天天乏了，倒说你们连日辛苦，倒不是那矜功自伐的。”麝月道：“这好的也很好，那不知礼的也太不知礼。”宝玉笑道：“你们是明白人，耽待他们是粗笨可怜的人就完了。”一面说，一面来至园门。

扩展阅读 2

第四十九回　琉璃世界白雪红梅　脂粉香娃割腥啖膻

一时众姊妹来齐，宝玉只嚷饿了，连连催饭。好容易等摆上来，头一样菜便是牛乳蒸羊羔。贾母便说：“这是我们有年纪的人的菜，没见天日的东西，可惜你们小孩子们吃不得。今儿另外有新鲜鹿肉，你们等着吃。”众人答应了。宝玉却等不得，只拿茶泡了一碗饭，就着野鸡瓜齑忙忙的咽完了。贾母道：“我知道你们今儿又有事情，连饭也不顾吃了。”便叫“留着鹿肉与他晚上吃”，凤姐忙说“还有呢”，方才罢了。史湘云便悄和宝玉计较道：“有新鲜鹿肉，不如咱们要一块，自己拿了园里弄着，又顽又吃。”宝玉听了，巴不得一声儿，便真和凤姐要了一块，命婆子送入园去。

一时大家散后，进园齐往芦雪庵来，听李纨出题限韵，独不见湘云宝玉二人。黛玉道：“他两个再到不了一处，若到一处，生出多少故事来。这会子一定算计那块鹿肉去了。”正说着，只见李婶也走来看热闹，因问李纨道：“怎么一个带玉的哥儿和那一个挂金麒麟的姐儿，那样干净清秀，又不少吃的，他两个在那里商议着要吃生肉呢，说的有来有去的。我只不信肉也生吃得的。”众人听了，都笑道：“了不得，快拿了他两个来。”黛玉笑道：“这可是云丫头闹的，我的卦再不错。”

李纨等忙出来找着他两个说道：“你们两个要吃生的，我送你们到老太太那里吃去。那怕吃一只生鹿，撑病了不与我相干。这么大雪，怪冷的，替我作祸呢。”宝玉笑道：“没有的事，我们烧着吃呢。”李纨道：“这还罢了。”只见老婆们拿了铁炉、铁叉、铁丝蒙来，李纨道：“仔细割了手，不许哭！”说着，同探春进去了。

凤姐打发了平儿来回复不能来，为发放年例正忙。湘云见了平儿，那里肯放。平儿也是个好顽的，素日跟着凤姐儿无所不至，见如此有趣，乐得顽笑，因而褪去手上的镯子，三个围着火炉儿，便要先烧三块吃。那边宝钗黛玉平素看惯了，不以为异，宝琴等及李婶深为罕事。探春与李纨等已议定了题韵。探春笑道："你闻闻，香气这里都闻见了，我也吃去。"说着，也找了他们来。李纨也随来说："客已齐了，你们还吃不够？"湘云一面吃，一面说道："我吃这个方爱吃酒，吃了酒才有诗。若不是这鹿肉，今儿断不能作诗。"说着，只见宝琴披着凫靥裘站在那里笑。湘云笑道："傻子，过来尝尝。"宝琴笑说："怪脏的。"宝钗笑道："你尝尝去，好吃的。你林姐姐弱，吃了不消化，不然他也爱吃。"宝琴听了，便过去吃了一块，果然好吃，便也吃起来。

一时凤姐儿打发小丫头来叫平儿。平儿说："史姑娘拉着我呢，你先走罢。"小丫头去了。一时只见凤姐也披了斗篷走来，笑道："吃这样好东西，也不告诉我！"说着也凑着一处吃起来。黛玉笑道："那里找这一群花子去！罢了，罢了，今日芦雪庵遭劫，生生被云丫头作践了。我为芦雪庵一大哭！"湘云冷笑道："你知道什么！'是真名士自风流'，你们都是假清高，最可厌的。我们这会子腥膻大吃大嚼，回来却是锦心绣口。"宝钗笑道："你回来若作的不好了，把那肉掏了出来，就把这雪压的芦苇子摁上些，以完此劫。"

说着，吃毕，洗漱了一回。平儿带镯子时却少了一个，左右前后乱找了一番，踪迹全无。众人都诧异。凤姐儿笑道："我知道这镯子的去向。你们只管作诗去，我们也不用找，只管前头去，不出三日包管就有了。"说着又问："你们今儿作什么诗？老太太说了，离年又近了，正月里还该作些灯谜儿大家顽笑。"众人听了，都笑道："可是倒忘了。如今赶着作几个好的，预备正月里顽。"说着，一齐来至地炕屋内，只见杯盘果菜俱已摆齐，墙上已贴出诗题、韵脚、格式来了。宝玉湘云二人忙看时，只见题目是“即景联句，五言排律一首，限二萧韵”。后面尚未列次序。李纨道：“我不大会作诗，我只起三句罢，然后谁先得了谁先联。”宝钗道：“到底分个次序。”要知端的，且听下回分解。

扩展阅读3

第五十二回　俏平儿情掩虾须镯　勇晴雯病补雀金裘

宝玉因记挂着晴雯袭人等事，便先回园里来。到房中，药香满屋，一人不见，只见晴雯独卧于炕上，脸面烧的飞红，又摸了一摸，只觉烫手。忙又向炉上将手烘暖，伸进被去摸了一摸身上，也是火烧。因说道：“别人去了也罢，麝月秋纹也这样无情，各自去了？”晴雯道：“秋纹是我撵了他去吃饭的，麝月是方才平儿来找他出去了。两人鬼鬼祟祟的，不知说什么。必是说我病了不出去。”宝玉道：“平儿不是那样人。况且他并不知你病特来瞧你，想来一定是找麝月来说话，偶然见你病了，随口说特瞧你的病，这也是人情乖觉取和的常事。便不出去，有不是，与他何干？你们素日又好，断不肯为这无干的事伤和气。”晴雯道：“这话也是，只是疑他为什么忽然间瞒起我来。”宝玉笑道：“让我从后门出去，到那窗根下听听说些什么，来告诉你。”说着，果然从后门出去，至窗下潜听。

只闻麝月悄问道：“你怎么就得了的？”平儿道：“那日洗手时不见了，二奶奶就不许吵嚷，出了园子，即刻就传给园里各处的妈妈们小心查访。我们只疑惑邢姑娘的丫头，本来又穷，只怕小孩子家没见过，拿了起来也是有的。再不料定是你们这里的。幸而二奶奶没有在屋里，你们这里的宋妈妈去了，拿着这支镯子，说是小丫头子坠儿偷起来的，被他看见，来回二奶奶的。我赶忙接了镯子，想了一想：宝玉是偏在你们身上留心用意、争胜要强的，那一年有一个良儿偷玉，刚冷了一二年，间还有人提起来趁愿，这会子又跑出一个偷金子的来了。而且更偷到街坊家去了。偏是他这样，偏是他的人打嘴。所以我倒忙叮咛宋妈，千万别告诉宝玉，只当没有这事，别和一个人提起。第二件，老太太、太太听了也生气。三则袭人和你们也不好看。所以我回二奶奶，只说：'我往大奶奶那里去的，谁知镯子褪了口，丢在草根底下，雪深了没看见。今儿雪化尽了，黄澄澄的映着日头，还在那里呢，我就拣了起来。'二奶奶也就信了，所以我来告诉你们。你们以后防着他些，别使唤他到别处去。等袭人回来，你们商议着，变个法子打发出去就完了。"麝月道："这小娼妇也见过些东西，怎么这么眼皮子浅。"平儿道："究竟这镯子能多少重，原是二奶奶说的，说这叫做'虾须镯'，倒是这颗珠子还罢了。晴雯那蹄子是块爆炭，要告诉了他，他是忍不住的。一时气了，或打或骂，依旧嚷出来不好，所以单告诉你，留心就是了。"说着便作辞而去。

第十九章
最后，先照顾好自己内心的小孩吧
——在平凡中活出自洽的迎春

故事提要

①迎春担任诗社副社长甘愿为大家服务。

②迎春独自一人树荫下穿茉莉花。

③面对无力调解的冲突，迎春自有精神上的宽慰，床头前读《太上感应篇》。

前面一章，我们了解到了即使是没名没姓的婆子，也都能培养出高情商，替人设想，表现得得体大方，那么，深受贵族教育的大家闺秀，当然不缺高情商的能力，我们前面也谈过不少。现在我们来解读一个不那么突出的金钗，但她也可以给我们很大的启发，这就是贾迎春。

1. 平凡不是问题，不甘于平凡才会出问题

对迎春这位姑娘，读者的印象应该都不深，确实，她一直像一抹淡淡的影子，别说读者不怎么注意，连贾府里面的人也都常常忽略她。话说迎春是荣国府大房贾赦的女儿、贾琏的妹妹，也是凤姐的小姑，她生在玉字辈的这一代，依照女孩子的春字辈排行，是元春下面的第二个女儿，所以叫作二姑娘，宝玉称她为二姐姐。她是十二金钗里，性格最善良的一个，总是与世无争，默

默在自己的紫菱洲里过日子。

人们因为她没有什么才能，平凡无奇，所以忽略她，连宝玉都在所难免。例如，第四十九回大家准备开诗社的时候，偏偏迎春生了病，这么一来诗社成员就不齐全了，宝玉竟然说："二姐姐又不大作诗，没有他又何妨。"但就是这样不受重视的迎春，却还是能享受生活的乐趣，她并不自卑，也没有怨天尤人，更没有放弃自己，所以说，迎春是另一种高情商的展现。

从作诗谈起。大家看惯了林黛玉、薛宝钗的竞技，再回头看迎春，几乎没有什么存在感，甚至她还常常是出错的那一个。在第二十二回，元宵节时，宫廷里的元妃很有兴致，做了灯谜送来给贾府的千金们猜，也叫大家做灯谜给她猜。结果，太监出来传达元妃的谜底，大家都猜中了元妃的灯谜，只有迎春和贾环猜错了，太监又将元妃赏赐的小物件送给猜中的人，包括每人一个宫制诗筒，独独只有迎春、贾环两个人没有礼物。而这两个人的反应就不一样，"迎春自为玩笑小事，并不介意，贾环便觉得没趣"。相比之下，迎春显得坦然自在得多。

第二十二回 → 扩展阅读 1

再举一个例子，第四十回刘姥姥逛大观园的时候，大家行酒令取乐，其中唯一说错的人就是迎春，当轮到迎春时，令官鸳鸯说道：

第四十回 → 扩展阅读 2

"左边'四五'成花九。"迎春道："桃花带雨浓。"

这里我们可以看到，这两句根本没有押韵，所谓的押韵，就像当时刘姥姥依样画葫芦，在现场说的一个酒令：

鸳鸯道："中间'三四'绿配红。"刘姥姥道："大火烧了毛毛虫。"

"红"和"虫"就是押韵的。但是在迎春的酒令里，"花九"的"九"和"桃花带雨浓"的"浓"根本不押韵，一听就知道，难怪众人听了就说："该罚！错了韵。"而迎春也并不在意，笑着被罚酒，饮了一口。要知道，错了韵，这在古代是非常严重的错误，古典诗可不像现代诗，押韵是最基本的要求，连初学者都不会在这里跌跤，迎春却在这里犯下错误，难道真的是迎春才能太差吗？仔细想一想，连刘姥姥这个没受过教育的乡下人，都懂得押韵，迎春应该不可能连押韵都做不到，既然知道还犯错，我们有理由猜想她是故意的。但她又为什么要故意出错呢？最大的可能性，应该是迎春愿意配合大家，也就是为了"凤姐儿和鸳鸯都要听刘姥姥的笑话，故意都令说错"。可是这么一来，迎春也就变成唯一一个犯错的人了。

情商点评

一般来说，没有人会愿意扮演犯错的角色，而迎春却并不介意，其中的原因，当然也是因为迎春对这些活动并不较真，"自为玩笑小事，并不介意"，也可以看得出来，迎春也很愿意扮演那个"故意把酒令说错"的角色，得失全不放在心上，开开心心，好让大家玩得更尽兴。

懂得角色扮演，就是高情商的一种表现。比较一下刘姥姥，她在逛大观园的时候，也是充分扮演小丑的角色，让贾府的太太、姑娘们开怀大笑。

高情商的迎春，在诗社成立的时候，也一样尽到角色扮演的责任。第三十七回“秋爽斋偶结海棠社　蘅芜苑夜拟菊花题”说：李纨当了社长，接着分派任务给大家，她说：“我们七个人起社，我和二姑娘四姑娘都不会作诗，须得让出我们三个人去。我们三个各分一件事。……我一个社长自然不够，必要再请两位副社长，就请菱洲藕榭二位学究来，一位出题限韵，一位誊录监场。”李纨宣布了以后，二姑娘迎春、四姑娘惜春本性懒于诗词，听了这话便深合己意，二人皆说“极是”。

第三十七回 → 扩展阅读 3

当了副社长，就不能参加竞争，没有得第一名的机会，可是从另一个角度来看，却可以协助诗社的运行，出题、限韵等，用笔誊写大家写好的作品，这些工作也都需要有人做，所以也是一种贡献。同样地，给别人热烈的掌声，鼓励别人做得更好，这样的快乐也是让人很充实。比起嫉妒别人、想要压倒别人，以致让心里充满了紧张和不快乐，迎春这样的安于自我，其实是很有智慧的。所以，我们要提醒大家一个很深刻的道理，就像《小王子》的作者圣埃克苏佩里所说的：

平凡本身并不会不快乐，不甘于平凡才会不快乐。

> 无论我们扮演的角色多么卑微，只有在我们意识到自己的角色之后，我们才能真正快乐。

这是因为每个人的才能、兴趣都不一样，并不应该用同一个标准衡量所有的人，只要能够扮演好适合自己的角色，认真做好这个角色，同样可以真正地快乐。

情商点评

从这里也可以看到，迎春并不是一个自卑的人，因为自卑的人往往很敏感、很在意别人对他的评价，因此通常会表现得更逞强，更不愿意认输，所以就会患得患失，让别人也很有压力，贾环不就是一个很好的例子吗？

迎春虽然平凡，没有突出的地方，但她却拥有一种极其可贵的禀赋，就是内心充实自在，对自己的平凡能够坦然接受，因此不介意扮演那个故意出错、让大家尽兴的角色，愿意担任副手，让有诗才的人可以尽情发挥。这不是非常可爱吗？

2. 如何与自己相处也是重要的能力

第三十八回 → 扩展阅读 4

再进一步，当不在群体里扮演角色的时候，迎春快不快乐呢？请大家注意一个很小的细节，第三十八回众人举行了螃蟹宴，这些姑娘也安排了作诗的竞赛，当时姑娘们各有活动，例如：林黛玉倚着栏杆坐着，拿着钓竿钓鱼。宝钗手里拿着一枝桂花玩了一会，俯在窗槛上把桂花掷向水面，引的游鱼浮上来争抢。湘云出一会神，就去到处招呼那些丫鬟、婆子只管尽量吃。探春和李纨、惜春立在垂柳荫中欣赏鸥鸟、鹭鸶。至于宝玉呢，他本来就是无事忙，这里看了一会黛玉钓鱼，一会又俯在宝钗旁边说笑两句，一会又看袭人等吃螃蟹等，简直就像个花蝴蝶。

但请特别注意一下迎春，书里说“迎春又独在花阴下拿着花针穿茉莉花”，只有一句话而已，可是非常耐人寻味。只要设身处地想象当时的情景，就可以感觉到，迎春也是一个青春少女，她也爱花、惜花，并不亚于宝钗、黛玉等其他金钗。当读者在为黛玉的葬花而动容的时候，是否也曾想到，还有一个青春少女，默默地拿着花针穿茉莉花呢？那也是很值得我们怜惜的。

而且，“拿着花针穿茉莉花”是一种很多小女孩都玩过的小游戏，可见迎春在大家都忽略她的情况下，默默地一个人自得其乐，在角落里营造简单的满足。不只迎春这样平凡的小女孩才这么容易满足，这种“小确幸”，是盛唐大诗人李白也有的大智慧，李白在《襄阳歌》这首诗里说“清风朗月不用一钱买”，其实根本不用花钱，就可以享受到风的清爽、月亮的皎洁，为什么一定要灯红酒绿呢?

如此，在树下拿着花针穿茉莉花的迎春，虽然她没有三妹妹探春杰出，和宝钗、黛玉相比，更是毫不出色，但这又有什么关系呢?只要能够知足，找到真正的兴趣所在，人就有了根；有了自己的领土，你就是那小小领土的国王，可以找到发自内心的快乐。

3. 不确定的世界，为自己建一个心灵避风港

这样的迎春虽然默默无闻，其实却拥有很坚强的中心信仰，带给她很大的精神力量，这也是她可以自得其乐的原因。

在第七十三回“痴丫头误拾绣春囊　懦小姐不问累金凤”这一段里提到，因为迎春平常很懦弱，下人们都敢欺负她，她的奶娘竟然直接拿走迎春的珍贵首饰累金凤，典当了钱去赌博，被发现以后甚至还捏造了一篇假账，诬赖迎春用了她们的钱，简直得寸进尺。迎春的大丫鬟气急败坏，绣桔、司棋就和奶娘的媳妇争吵起来，吵得不可开交，但你看迎春的反应是什么?“迎春劝止不住，自拿了一本《太上感应篇》来看。……倚在床上看书，若有不闻之状”，后来探春、平儿来了，介入这场纠纷加以仲裁，当平儿问迎春的意见时，“当下迎春只和宝钗阅‘感应篇’故事，究竟连探春之语亦不曾闻得”。

第七十三回 → 扩展阅读 5

一般情况下，读到这一段的人都注意到迎春软弱到不可思议的性格，却没有发现，这本《太上感应篇》就是迎春的精神支柱。

《太上感应篇》是明清时期非常流行的劝善书，里面讲的是因果报应、祈福避祸的故事和道理。最特别的是，这一类的劝善书也叫作“功过格”，它奉劝人们每天计算一下做了哪些好事、哪些不好的事，按各自的标准去打分数，加加减减，就可以算出你是有功劳还是有罪过。

当时，这一类的书连士大夫阶层都非常热衷，并不只是一般老百姓的迷信，所以这本书会走进大观园，也并不令人意外。但值得注意的是，大观园里乃至整个贾府，只有迎春在读这本书，而且把它放在床头边，随手就可以拿来阅读，可见这真是她最喜欢的精神食粮。从这一点来说，迎春并不笨，她之所以这么软弱，其实是在做一种看不见的努力，也就是想要透过这类书的劝解，不断地累积功德，以便替自己、替家人祈福。这是多么善良，又多么努力的一个人！

拥有自己的精神世界，就建立起一个心灵的避风港，源源不断输送心灵的能量。

而迎春这么努力，却没有人看见，因此，她总是让人特别心疼。难道我们的眼睛只能看到大红大绿的颜色吗？为什么我们总是忽略了许多可爱的小人物呢？他们一样认真，一样努力，一样值得赞美。

情商点评

当然，迎春用来解决问题的方式并不可取，应该说，她根本就没有解决问题，只是放任矛盾，让问题自行发展，这当然是不值得鼓励的；并且，迎春一味地退缩，让坏人得寸进尺，这也是情商不及格的表现。前面我们已经学习过，高情商也包括划出适当的心理界限，勇于说不。但是，看一个人应该从多角度全面观察，每一个人都有值得学习的地方，关键在于你能不能看得出来。我们在前面也说过，高情商的人是最能欣赏别人、赞美别人的。

那么，我们也应该从迎春身上学到另一种情商的力量，她最可爱的一点就是：

接受自己本来的样子，不好高骛远，也不虚张声势，更不和别人比较，其实每一个人都有自己的烦恼，只是你看不见而已。只要一个人接受自己，不去追求外面虚荣的幻影，就可以真正了解自己，找到自己最想到的东西，即使是拿着花针穿茉莉花，也可以是幸福的时刻。

平凡人有平凡人的踏实和幸福，做一个对世界有小小贡献的平凡人，那也是一种伟大。

最后，我们总结一下本章所讲的情商特质：

第一，了解到人的存在价值是多元的，就能自我肯定、自给自足，只要认真生活，都可以很有意义。

而一旦认真生活，就可以感受到生活中的乐趣，像李白一样，享受不用花钱的小幸福的能力，也是一种成功。

第二，培养自己的“中心信念”，具备了核心价值观，生活上就有支撑的力量，也就有安全感，能够享受孤独。

这就是我们说贾迎春也有高情商的原因。

扩展阅读 1

第二十二回　听曲文宝玉悟禅机　制灯谜贾政悲谶语

忽然人报，娘娘差人送出一个灯谜儿，命你们大家去猜，猜着了每人也作一个进去。四人听说忙出去，至贾母上房。只见一个小太监，拿了一盏四角平头白纱灯，专为灯谜而制，上面已有一个，众人都争看乱猜。小太监又下谕道："众小姐猜着了，不要说出来，每人只暗暗的写在纸上，一齐封进宫去，娘娘自验是否。"宝钗等听了，近前一看，是一首七言绝句，并无甚新奇，口中少不得称赞，只说难猜，故意寻思，其实一见就猜着了。宝玉、黛玉、湘云、探春四个人也都解了，各自暗暗的写了半日。一并将贾环、贾兰等传来，一齐各揣机心都猜了，写在纸上。然后各人拈一物作成一谜，恭楷写了，挂在灯上。

太监去了，至晚出来传谕："前娘娘所制，俱已猜着，惟二小姐与三爷猜的不是。小姐们作的也都猜了，不知是否。"说着，也将写的拿出来。也有猜着的，也有猜不着的，都胡乱说猜着了。太监又将颁赐之物送与猜着之人，每人一个宫制诗筒，一柄茶筅，独迎春、贾环二人未得。迎春自为玩笑小事，并不介意，贾环便觉得没趣。且又听太监说："三爷说的这个不通，娘娘也没猜，叫我带回问三爷是个什么。"众人听了，都来看他作的什么，写道是：

大哥有角只八个，二哥有角只两根。

大哥只在床上坐，二哥爱在房上蹲。

众人看了，大发一笑。贾环只得告诉太监说："一个枕头，一个兽头。"太监记了，领茶而去。

扩展阅读2

第四十回　史太君两宴大观园　金鸳鸯三宣牙牌令

鸳鸯道："左边'四五'成花九。"迎春道："桃花带雨浓。"众人道："该罚！错了韵，而且又不像。"迎春笑着饮了一口。原是凤姐儿和鸳鸯都要听刘姥姥的笑话，故意都令说错，都罚了。至王夫人，鸳鸯代说了个，下便该刘姥姥。

刘姥姥道："我们庄家人闲了，也常会几个人弄这个，但不如说的这么好听。少不得我也试一试。"众人都笑道："容易说的。你只管说，不相干。"鸳鸯笑道："左边'四四'是个人。"刘姥姥听了，想了半日，说道："是个庄家人罢。"众人哄堂笑了。贾母笑道："说的好，就是这样说。"刘姥姥也笑道："我们庄家人，不过是现成的本色，众位别笑。"鸳鸯道："中间'三四'绿配红。"刘姥姥道："大火烧了毛毛虫。"众人笑道："这是有的，还说你的本色。"鸳鸯道："右边'幺四'真好看。"刘姥姥道："一个萝卜一头蒜。"众人又笑了。鸳鸯笑道："凑成便是一枝花。"刘姥姥两只手比着，说道："花儿落了结个大倭瓜。"众人大笑起来。只听外面乱嚷——

扩展阅读3

第三十七回　秋爽斋偶结海棠社　蘅芜苑夜拟菊花题

众人见他进来，都笑说："又来了一个。"探春笑道："我不算俗，偶然起个念头，写了几个帖儿试一试，谁知一招皆到。"宝玉笑道："可惜迟了，早该起个社的。"黛玉道："此时还不算迟，也没什么可惜。但是你们只管起社，可别算上我，我是不敢的。"迎春笑道："你不敢谁还敢呢。"宝玉道："这是一件正经大事，大家鼓舞起来，不要你谦我让的。各有主意自管说出来大家平章。宝姐姐也出个主意，林妹妹也说个话儿。"宝钗道："你忙什么，人还不全呢。"

一语未了，李纨也来了，进门笑道："雅的紧！要起诗社，我自荐我掌坛。前儿春天我原有这个意思的。我想了一想，我又不会作诗，瞎乱些什么，因而也忘了，就没有说得。既是三妹妹高兴，我就帮你作兴起来。"

黛玉道："既然定要起诗社，咱们都是诗翁了，先把这些姐妹叔嫂的字样改了才不俗。"李纨道："极是，何不大家起个别号，彼此称呼则雅。我是定了'稻香老农'，再无人占的。"

探春笑道："我就是'秋爽居士'罢。"宝玉道："居士、主人到底不恰，且又瘰赘。这里梧桐芭蕉尽有，或指梧桐芭蕉起个倒好。"探春笑道："有了，我最喜芭蕉，就称'蕉下客'罢。"众人都道别致有趣。黛玉笑道："你们快牵了他去，炖了脯子吃酒。"众人不解。黛玉笑道："古人曾云'蕉叶覆鹿'。他自称'蕉下客'，可不是一只鹿了？快做了鹿脯来。"众人听了都笑起来。

探春因笑道："你别忙中使巧话来骂人，我已替你想了个极当的美号了。"又向众人道："当日娥皇女英洒泪在竹上成斑，故今斑竹又名湘妃竹。如今他住的是潇湘馆，他又爱哭，将来他想林姐夫，那些竹子也是要变成斑竹的。以后都叫他作'潇湘妃子'就完了。"大家听说，都拍手叫妙。林黛玉低了头方不言语。李纨笑道："我替薛大妹妹也早已想了个好的，也只三个字。"惜春迎春都问是什么。李纨道："我是封他为'蘅芜君'了，不知你们以为如何。"探春笑道："这个封号极好。"宝玉道："我呢？你们也替我想一个。"宝钗笑道："你的号早有了，'无事忙'三字恰当的很。"李纨道："你还是你的旧号'绛洞花主'就好。"宝玉笑道：

“小时候干的营生，还提他作什么。”探春道：“你的号多的很，又起什么。我们爱叫你什么，你就答应着就是了。”宝钗道：“还得我送你个号罢。有最俗的一个号，却于你最当。天下难得的是富贵，又难得的是闲散，这两样再不能兼有，不想你兼有了，就叫你‘富贵闲人’也罢了。”宝玉笑道：“当不起，当不起，倒是随你们混叫去罢。”李纨道：“二姑娘四姑娘起个什么号？”迎春道：“我们又不大会诗，白起个号作什么？”探春道：“虽如此，也起个才是。”宝钗道：“他住的是紫菱洲，就叫他‘菱洲’；四丫头在藕香榭，就叫他‘藕榭’就完了。”

李纨道：“就是这样好。但序齿我大，你们都要依我的主意，管情说了大家合意。我们七个人起社，我和二姑娘四姑娘都不会作诗，须得让出我们三个人去。我们三个各分一件事。”探春笑道：“已有了号，还只管这样称呼，不如不有了。以后错了，也要立个罚约才好。”李纨道：“立定了社，再定罚约。我那里地方大，竟在我那里作社。我虽不能作诗，这些诗人竟不厌俗客，我作个东道主人，我自然也清雅起来了。若是要推我作社长，我一个社长自然不够，必要再请两位副社长，就请菱洲藕榭二位学究来，一位出题限韵，一位誊录监场。亦不可拘定了我们三个人不作，若遇见容易些的题目韵脚，我们也随便作一首。你们四个却是要限定的。若如此便起，若不依我，我也不敢附骥了。”迎春惜春本性懒于诗词，又有薛林在前，听了这话便深合己意，二人皆说：“极是。”

扩展阅读 4

第三十八回　林潇湘魁夺菊花诗　薛蘅芜讽和螃蟹咏

贾母一时不吃了，大家方散，都洗了手，也有看花的，也有弄水看鱼的，游玩了一回。王夫人因回贾母说：“这里风大，才又吃了螃蟹，老太太还是回房去歇歇罢了。若高兴，明日再来逛逛。”贾母听了，笑道：“正是呢。我怕你们高兴，我走了又怕扫了你们的兴。既这么说，咱们就都去罢。”回头又嘱咐湘云：“别让你宝哥哥林姐姐多吃了。”湘云答应着。又嘱咐湘云宝钗二人说：“你两个也别多吃。那东西虽好吃，不是什么好的，吃多了肚子疼。”二人忙应着送出园外，仍旧回来，令将残席收拾了另摆。宝玉道：“也不用摆，咱们且作诗。把那大团圆桌就放在当中，酒菜都放着。也不必拘定坐位，有爱吃的去吃，大家散坐岂不便宜。”宝钗道：“这话极是。”湘云道：“虽如此说，还有别人。”因又命另摆一桌，拣了热螃蟹来，请袭人、紫鹃、司棋、待书、入画、莺儿、翠墨等一处共坐。山坡桂树底下铺下两条花毡，命答应的婆子并小丫头等也都坐了，只管随意吃喝，等使唤再来。

湘云便取了诗题，用针绾在墙上。众人看了，都说：“新奇固新奇，只怕作不出来。”湘云又把不限韵的原故说了一番。宝玉道：“这才是正理，我也最不喜限韵。”林黛玉因不大吃酒，又不吃螃蟹，自令人掇了一个绣墩倚栏杆坐着，拿着钓竿钓鱼。宝钗手里拿着一枝桂花玩了一回，俯在窗槛上爬了桂蕊掷向水面，引的游鱼浮上来唼喋。湘云出一回神，又让一回袭人等，又招呼山坡下的众人只管放量吃。探春和李纨惜春立在垂柳阴中看鸥鹭。迎春又独在花阴下拿着花针穿茉莉花。宝玉又看了一回黛玉钓鱼，一回又俯在宝钗旁边说笑两句，一回又看袭人等吃螃蟹，自己也陪他饮两口酒。袭人又剥一壳肉给他吃。

扩展阅读 5

第七十三回　痴丫头误拾绣春囊　懦小姐不问累金凤

迎春正因他乳母获罪，自觉无趣，心中不自在，忽报母亲来了，遂接入内室。奉茶毕，邢夫人因说道：“你这么大了，你那奶妈子行此事，你也不说说他。如今别人都好好的，偏咱们的人做出这事来，什么意思。”迎春低着头弄衣带，半晌答道：“我说他两次，他不听也无法。况且他是妈妈，只有他说我的，没有我说他的。”邢夫人道：“胡说！你不好了他原该说，如今他犯了法，你就该拿出小姐的身分来。他敢不从，你就回我去才是。如今直等外人共知，是什么意思。再者，只他去放头儿，还恐怕他巧言花语的和你借贷些簪环衣履作本钱，你这心活面软，未必不周接他些。若被他骗去，我是一个钱没有的，看你明日怎么过节。”迎春不语，只低头弄衣带。

邢夫人见他这般，因冷笑道：“总是你那好哥哥好嫂子，一对儿赫赫扬扬，琏二爷凤奶奶，两口子遮天盖日，百事周到，竟通共这一个妹子，全不在意。但凡是我身上掉下来的，又有一话说，——只好凭他们罢了。况且你又不是我养的，你虽然不是同他一娘所生，到底是同出一父，也该彼此瞻顾些，也免别人笑话。我想，天下的事也难较定，你是大老爷跟前人养的，这里探丫头也是二老爷跟前人养的，出身一样。如今你娘死了，从前看来，你两个的娘，只有你娘比如今赵姨娘强十倍的。你该比探丫头强才是，怎么反不及他一半！谁知竟不然。这可不是异事。倒是我一生无儿无女的，一生干净，也不能惹人笑话。”旁边伺候的媳妇们便趁机道：“我们的姑娘老实仁德，那里像他们三姑娘伶牙俐齿，会要姊妹们的强。他们明知姐姐这样，他竟不顾恤一点儿。”

邢夫人道："连他哥哥嫂子还如是，别人又作什么呢。"

一言未了，人回："琏二奶奶来了。"邢夫人听了，冷笑两声，命人出去说："请他自去养病，我这里不用他伺候。"接着又有探事的小丫头来报说："老太太醒了。"邢夫人方起身前边来。迎春送至院外方回。

绣桔因说道："如何，前儿我回姑娘，那一个攒珠累丝金凤竟不知那里去了。回了姑娘，姑娘竟不问一声儿。我说必是老奶奶拿去典了银子放头儿的，姑娘不信，只说司棋收着呢。问司棋，司棋虽病着，心里却明白。我去问他，他说没有收起来，还在书架上匣内暂放着，预备八月十五日恐怕要戴呢。姑娘就该问老奶奶一声，只是脸软怕人恼。如今竟怕无着，明儿要都戴时，独咱们不戴，是何意思呢。"

迎春道："何用问，自然是他拿去暂时借一肩儿。我只说他悄悄的拿了出去，不过一时半晌，仍旧悄悄的送来就完了，谁知他就忘了。今日偏又闹出来，问他想也无益。"绣桔道："何曾是忘记！他是试准了姑娘的性格，所以才这样。如今我有个主意：我竟走到二奶奶房里，将此事回了他，或他着人去要，或他省事拿几吊钱来替他赔补。如何？"迎春忙道："罢，罢，罢，省些事罢。宁可没有了，又何必生事。"绣桔道："姑娘怎么这样软弱。都要省起事来，将来连姑娘还骗了去呢，我竟去的是。"说着便走。迎春便不言语，只好由他。

谁知迎春乳母子媳王住儿媳妇正因他婆婆得了罪，来求迎春去讨情，听他们正说金凤一事，且不进去。也因素日迎春懦弱，他们都不放在心上。如今见绣桔立意去回凤姐，估着这事脱不去的，且又有求迎春之事，只得进来，陪笑先向绣桔说："姑娘，你别去生事。姑娘的金丝凤，原是我们老奶奶老糊涂了，输了几个钱，没的捞梢，所以暂借了去。原说一日半晌就赎的，因总未捞过本儿来，就迟住了。可巧今儿又不知是谁走了风声，弄出事来。虽然这样，到底主子的东西，我们不敢迟误下，终久是要赎的。如今还要求姑娘看从小儿吃奶的情常，往老太太那边去讨个情面，救出他老人家来才好。”迎春先便说道：“好嫂子，你趁早儿打了这妄想，要等我去说情儿，等到明年也不中用的。方才连宝姐姐林妹妹大伙儿说情，老太太还不依，何况是我一个人。我自己愧还愧不来，反去讨臊去。”绣桔便说：“赎金凤是一件事，说情是一件事，别绞在一处说。难道姑娘不去说情，你就不赎了不成？嫂子且取了金凤来再说。”

王住儿家的听见迎春如此拒绝他，绣桔的话又锋利无可回答，一时脸上过不去，也明欺迎春素日好性儿，乃向绣桔发话道：“姑娘，你别太仗势了。你满家子算一算，谁的妈妈奶子不仗着主子哥儿多得些益，偏咱们就这样丁是丁卯是卯的，只许你们偷偷摸摸的哄骗了去。自从邢姑娘来了，太太吩咐一个月俭省出一两银子来与舅太太去，这里饶添了邢姑娘的使费，反少了一两银子。常时短了这个，少了那个，那不是我们供给？谁又要去？不过大家将就些罢了。算到今日，少说些也有三十两了。我们这一向的钱，岂不白填了限呢。”绣桔不待说完，便啐了一口，道：“作什么你白填了三十两，我且和你算算帐，姑娘要了些什么东西？”迎春听见这媳妇发邢夫人之私意，忙止道：“罢，罢，罢。你不能拿了金凤来，不必牵三扯四乱嚷。我也不要那凤了。便是太太们问时，我只说丢了，也妨碍不着什么的，你出去歇息歇息倒好。”一面叫绣桔倒茶来。

绣桔又气又急，因说道：“姑娘虽不怕，我们是作什么的，把姑娘的东西丢了。他倒赖说姑娘使了他们的钱，这如今竟要准折起来。倘或太太问姑娘为什么使了这些钱，敢是我们就中取势了？这还了得！”一行说，一行就哭了。司棋听不过，只得勉强过来，帮着绣桔问着那媳妇。迎春劝止不住，自拿了一本《太上感应篇》来看。